JN003904

新潮文庫

奇譚蒐集録

北の大地のイコンヌㇷ゚

清水 朔著

新潮社版

11335

目次

奇譚蒐集録

きたん しゅうしゅう ろく

北の大地のイコンヌプ

Collection of Strange Tales

The Last Ikonnup of the North Wandering Tribe

序章

■チシ

嵐《あらし》が来たのは夕方だった。

陽が落ちる前から吹き始めた不穏な風は、暗くなるのと同時に雨を降らせた。濡《ぬ》れた木の根に滑り、苔《こけ》に足を取られる。でも走ることは止《や》めなかった。

その間も雨は横殴りに身体《からだ》に打ちつけ、芯《しん》まで濡らそうと激しさを増してくる。

天が光った。顔を上げずともわかる。稲妻《イメル》だ。

すぐに轟音《ごうおん》が響いた。どこかで落ちた音がする。近い。と思う間もなく、真横で大きな音がした。地面が弾《はじ》けたような衝撃が走る。身体は誰かの見えない手で持ち上げられ、叩《たた》きつけられるように近くの樹《き》に衝突した。

「かはっ……！」

背中からぶつかる。跳ね返ってうつ伏せに倒れた。

じっとりと濡れた地面から、土の匂《にお》いがする。

荒い息の中、胸に抱いた油紙に手を遣《や》った。濡れていないか、確認せずにはいられなかった。

隣家の幼なじみが熱に倒れたのは三日前——疱瘡《ほうそう》らしいと大人たちが騒ぎ始めたのが昨日、人々の目を盗んで山へ走ったのは今日の昼前のことだ。

日中いっぱいかけて、ようやく朽ちた老木の洞《うろ》の中で、エプリクを見つけた。

村にはこの蕈《きのこ》が疱瘡に効くという言い伝えはあるものの、実際に試した者はほとんどいない。そもそも疱瘡が流行《はや》ることもなかった。疱瘡神は頭の赤い鳥の姿で海を飛んでくるという。鳥に因《ちな》むこの村には特別な加護があるのだろうと信じられていた。山へ入ってもエプリクを気にとめる者など誰もいなかった。

幼なじみの高熱と水腫《すいしゅ》。今晩はもう保《も》たないかもしれない。そう言われてはいてもたってもいられなかった。狼狽《ろうばい》した姉の声を背中に聞きながら、山の奥へと踏み入った。

見つけることができたのは奇跡だ。

油紙の感触に力を得て、両足を踏んばる。四つん這《ば》いになったとたん、激痛が走り、咳《せ》き込んだ。ぬるりとした感触は血だろうか。

口許《くちもと》を拭《ぬぐ》い、震える足を前に出す。歩くたびに背中が痛んだ。ヒューヒューと肺を震わす音が雷雨に混じる。

それでも足を動かし続けた。

自分を呼ぶ声が聞こえたのはその時だ。おそらく姉だろう。探しに来てくれたか。

荒い呼吸の中、ただひたすら、声のした方向へと歩く。灯《スネ》りが見えた。

光がこちらを照らし、悲鳴があがるのを聞いた。足をひきずりながらも駆け寄って来る人影を見て、思わずその場に膝《ひざ》をついた。

抱きかかえてくれた姉に、胸元から取り出した油紙を渡した。視界に入る自分の手の震えが止まらない。

「チㇱ！　まさか、本当に？」

「早く行って。これを使って」

この嵐だから、大人たちも見張ってはいないはずだ。今なら隣家に近づける。

姉は自分を気にしてくれたが、一刻を争うからと押し返した。

振り返り、振り返り。彼女は躊躇《ためら》っているようだったが、思い切ったように進みだす。

——それでいい。

その姿を見ながら、不意に水の弾ける音を聞いた。自分が倒れた音だとは思わなかった。

必ず、助けて。

ゆっくりと瞼《まぶた》を閉じた。

■比佐乃

「駆け落ち？」

目の前に座る男が、丸眼鏡を押し上げる手を止めた。

怜悧《れいり》な眼元、薄い唇。この男――瀧次郎《たきじろう》も数年前に番頭となり、以降は人前で親昵《しんじつ》さをみせなくなって久しいが、さすがに驚いたのか、敬語が吹き飛んでいる。

「あれと？」

口調に込められた侮蔑《ぶべつ》に敢《あ》えて気づかない振りをして、比佐乃《ひさの》は頷《うなず》いてみせた。

「そうよ。あれに生まれた集落のことを聞いて思い出したの。昔、当家《うち》から御府内に献上した男の話があったでしょう――『奥御用』の。あれの話に出てくる集落が、よく似てるのよ」

瀧次郎の顔が険しくなる。奥御用とは、この店の裏稼業《うらかぎょう》だ。

「どこからそれを」

「ゆき緒《を》……中《なか》姉さまよ」

二番目の姉だ。八年前、肺の病でこの世を去った。大好きな姉だった。引き取られてからこのかた相手にもしてくれなかった長姉とは違い、腹違いでも妹には違いないとずっと優しくしてくれた。

亡《な》くなった姉を責めることなど誰にもできない。案の定、瀧次郎は渋面だ。

「余計なことに首を突っ込むものではない」

幼い頃からこの家で育ったせいか、姉たちの従兄《いとこ》に当たるせいか、主家の娘を前にしてものを言う態度に遠慮がない。昔の『瀧兄さん』が顔を出したようだった。

「いずれ、私が知る話ではないの」

睨《にら》むようにして唇を尖《とが》らせる。瀧次郎は片眉《かたまゆ》を上げた。

「大《おお》姉さまにも、もうご無理をしていただきたくはないのよ」

長姉はもはや枕《まくら》から頭が上がらない。日がな一日、天井を眺めて暮らしている。疱瘡で一命を取り留めたはいいが、評判の美貌《びぼう》には痘痕《あばた》が残り、縁談もすべて破談になってしまった。誰もが腫《は》れ物に触るように扱うせいか、自信を喪失して気鬱《きうつ》に罹《かか》り、最近では誰とも話さない。あれほど蔑《さげす》んでいた自分でさえ、近寄っても手を触っても反応ひとつ返さない。

周囲の、そしてこの男の思惑が見えぬほど、愚鈍ではないつもりだ。

「私を大姉さまの代わりにしたいのでしょう？」

ほう、と瀧次郎は目を細め、居住まいを正した。

「それは良いお覚悟をなさった。だが猶更《なおさら》、駆け落ちでなくとも良いだろう。偽装とはいえ、出戻りとなれば評判も悪い。人を遣《や》って調べさせれば済むのでは」

「宥《なだ》め賺《すか》してもあれは口を割りはしないわ。けれど妻《さい》ならばどう？　今はないというその集落が本当に影も形もないのか、真偽を確かめられるのではなくて？　そこまですればあれも油断するでしょうし、奥御用の為《ため》にもなるわ」

瀧次郎は腕を組む。

「それにいざとなれば、出戻りでも良いではないの。お金を積めばどこからでも婿《むこ》の来手はあるでしょう？　この器量で釣れる程度になるでしょうけど」

瀧次郎は黙考しているようだった。

彼の肩越しには見慣れた襖《ふすま》がある。人払いをしたから、廊下には気配もない。あの時のようにこの話を聞く者はない。

あの人も今は所用で外出している。耳の良い彼が、邸内にいる時にこの話を切りだしたくはなかった。

「委細、承知いたしました」

面を上げた瀧次郎は、番頭の顔になっていた。

「彼《か》の集落の手がかりが摑《つか》めたら、すぐに現地を離れてください。迎えを遣ります。定期連絡は欠かさないように」

まるで心配でもしているかのような口ぶりだ。

——私なんて、これっぽっちも気に懸けてなどいないくせに。

迎えなど不要だと言おうとして、すんでのところで呑《の》み込んだ。

「わかったわ」

それと、と瀧次郎は再び従兄の顔で眼鏡を押し上げた。

「念のため確認するが……本気で惚《ほ》れているわけではあるまいな？　駆け落ちは狂言に

相違《ちがい》ないということでよろしいか」

「私を疑うの？」

「あれとは懇意だと聞いている」

仲が良くなければ駆け落ちに信憑性《しんぴょうせい》などないでしょう、と顎《あご》を反らして笑ってやった。

「さもありなんというていでなければ、誰も信じないわ」

「だが」

ねえ、と言葉を遮った。

「この私が、本気で、士人に嫁ぐとでも思っているの？」

目をそらさずに見つめると、瀧次郎は一瞬、口を開けた。それからすぐに表情を引き締める。畳に手をついて頭を下げた。

「ご立派なお覚悟、確かに。お父様にご報告したのち、手筈《てはず》を整えますのでしばしお待ちを」

「結構よ。頃合いは自分で見極めるから」

いや、機を見るのは必要だ、と瀧次郎は食い下がる。

「当家のお仕えするさる方が、近々御用でこちらへいらっしゃる。その御用向きとはどうか時期をずらしていただきますように」

「さる方ってどなた？」

「知らずとも良い」

瀧次郎はぴしゃりとはねつけた。

「叶《かな》うならその方にあれを検分していただきたいものだ。そうすれば駆け落ちなどさせずとも良いものを」

瀧次郎の言葉から、さる方とやらが奥御用に縁《ゆかり》の人間だとわかる。慌《あわ》てて首を振った。

「せっかく駆け落ちするところにまで持ち込んだのよ。検分なんてとんでもないわ。今あれは私を信じ切っているのだから、情報を聞きだす機を逃してはだめよ」

瀧次郎は長くため息をついた。彼が持論を引っ込める時の癖だ。

「良い時に家を抜けるから、見張りは手薄にしておいてちょうだい。着いたら連絡はこちらから入れるから。追って来ないで」

かしこまりました、と瀧次郎は再び頭を下げた。

――これでいい。

瀧次郎が退出した後も、座り込んだまま震える拳《こぶし》をぎゅっと握り込んでいた。

バサバサ、と中庭の木に羽音がする。

姉さま。上体を折って比佐乃は亡き姉に呼び掛ける。

――必ず、上手《うま》くやってみせるから。

強く噛《か》んだ奥歯が音を立てるまで、長い間、そればかりを脳裏に繰り返した。

一章　邂逅《かいこう》

■真汐

停車場《ステイション》には間一髪で滑り込めた。上野午後十一時発の急行列車である。山内真《やまうちま》汐《しお》は主《あるじ》が肩で息をしている姿を見て無性に可笑《おか》しくなったが、自分もまた上手《うま》く息を吐くことができないことに気づいた。二人で通路《デッキ》に突っ立ったまま、息が整うのをしばし待つ。

「間、に合いました、ね」

主は頷《うなず》くだけでまだ声が出ないようだ。彼がこれほどに呼吸を乱すのを見たことがない。抱えた黒い洋杖《ステッキ》を差し出しながら、真汐は自分の足が小さく震えていることに気がついた。寒いわけではない。必死に走ったせいだ。

正確には走ったのは停車場の入口から列車までの至極短い距離、そこまでを奮闘してくれたのは人力車《くるま》であり、車夫である。

大正三年。弥生《やよい》もなかばを過ぎ、いよいよ春を待つばかり、とはいえこの夜、気温は氷点下近くまで下がっていた。宵闇《よいやみ》の中でふくらみはじめた桜の蕾《つぼみ》がまばらに浮かぶ。急ぎ呼んだ車夫は、日に焼けた体軀《たいく》の良い若者ふたり。飛ばしますぜと小さな白い歯を見せ、同じ顔で笑った。兄弟だという。

　彼らは主の帽子を飛ばすほどの勢いで、人力車の限界を超越してみせた。カンカン帽でごった返す停車場の入口際《ぎわ》に着けるや否《いな》や、二人分の荷物と主の首根っこを引っつかんでの疾走劇、発車のベルの鳴り終る瞬間に二人を押し込んでくれた。

　――おかげで間に合った。

　大きく深呼吸して、真汐は主を促した。

　通路部分《デッキ》は暗い。車両から漏れ出る洋灯《ランプ》の明かりしかない。遅れてやってきたボーイにチップを渡し案内を乞《こ》う。車両を跨《また》がなくてはならず、次の駅で一旦《いったん》乗降歩廊《プラットホーム》に出て、ようやく一等車両へと足を踏み入れることができた。

　両脇《わき》の車窓は夜を映して真っ暗だが、客車は広い。思った以上に明るかった。

　振動は常に足裏にあるが、それにもすぐに慣れた。主の脱いだ毛皮《ファー》のオーバーコートと途中で落としかけた山高帽子をボーイに渡す。自分のマントは丸めて荷物の上に置いた。長身には足を折りたたむようにして窮屈に座る苦労も、さすがは一等、腰掛にはゆとりがあり、足元の空間を広く設けてある。これなら長時間座り続けても苦にはならないかもしれない。

「いや、大変な目に遭いました。走ったことなんて何年ぶりでしょう」

　手渡した水筒を傾けていた主が銀縁の眼鏡の奥でようやく笑みを見せた。短衣《ジャケツ》は身に着けていない。暖かなフランネル襯衣《シャツ》に天鵞絨《ビロード》の焦《こ》げ茶のベスト姿、髭《ひげ》もないせいか顔だけ見れば若く見え、笑むと更に幼くすらある。もっともその上背を見て、彼を年少者呼ばわりする者はいないのだが。

その時、不意に主の腹から大きな音が鳴り響いた。真汐は思わず吹きだした。主の名は南辺《みなべ》田廣章《だこうしょう》、これでも当年とって三十一歳である。

「お夕飯は召し上がりましたか」

「昼過ぎに火腿《ハム》のサンドイッチを、食べました……かね。一口目を齧《かじ》ったのは憶《おぼ》えているんですが」

廣章は考え込んでいる。この分では夕食はもちろん、昼でさえ怪しいものだ。健啖家《けんたんか》のわりに、何かに没頭すると平気で食事を抜く。考え事をしている時など珈琲《コーヒー》だけで一日を過ごすことも珍しくなかった。出発時刻が迫っていることに気付かなかったのもそのせいか。

廣章は自分の腹を押さえて首を傾《かし》げた。

「確かにお腹《なか》は空《す》いていますが、まあ我慢できないほどではありません。食堂車も売店ももう閉まっていましょうし」

真汐は大急ぎで腰に巻きつけていた打飼袋《うちがいぶくろ》の紐《ひも》を解《ほど》いた。

「こういうこともあろうかと、伊与《いよ》婆《ばあ》が持たせてくれました」

伊与婆とは本郷にある南辺田本邸の使用人である。年齢不詳の老婆《ろうば》で、給仕全般を取り仕切っている。外国生活者も多い一族に合わせるかのように異国の料理研究に余念がない。

もちろん日本料理も得意だ。麺食布顚《ペーストリィプッディング》から、ざくざくの食感が楽しい乾蒸餅《ビスケット》まで、南辺田本邸で供される主の好物はすべて伊与婆謹製である。

昼間、真汐は本邸に呼び出されていた。その帰り際、裏口で待ち構えていた伊与婆に竹皮の包みを持たされたのだ。

中には小豆のお強《こわ》の握り飯と卵焼き、蕗《ふき》と蓮根《れんこん》の煮〆《にしめ》に奈良漬《ならづけ》、別の包みには蒸《ふ》かした大きな饅頭《まんじゅう》が四つも入っていた。

「なんと、伊与婆が」

廣章は子どものように破顔した。

実は革の旅行鞄《かばん》の奥を探れば、乾蒸餅とキャラメル、生姜糖《しょうがとう》に羊羹《ようかん》も入っているのだが、旅仕度を整えてくれた本邸の家令からは、必要以上に甘い物を出さぬよう言い含められている。主に伝えるのは止《や》めておこう。

「しかし、この饅頭は皮がずいぶん厚いようですが……おやきですか」

「違うそうです。近所の支那《しな》料理屋の奶奶《おばあさん》が作っている饅頭で、中に豚肉の餡《あん》が入っています。前に、試しに作ったものを食べさせてくれたことがあるのですが」

あれは美味《おい》しかった。齧った端から熱々の肉汁が溢《あふ》れてくるのだ。思い出していると、ぬっとその大きな饅頭を目の前に差し出された。

「では一緒に食べましょうか」

「あ、いえ僕は。夕餉《ゆうげ》はいただいてきましたし」

とたんに今度は真汐の腹が鳴る。廣章が声をあげて笑う。

「ひとりよりふたりで食べた方が美味しいのです。伊与婆もそのつもりで用意してくれたんでしょうから」

確かに二人分と言ってもおかしくない量が入っていた。十八にもなってまだ真汐の手足には肉がつかないと嘆く伊与婆を思い出す。

食べていないわけではないが、背だとて主に及ばない。手足に至っては自分でも棒切れかと思わなくもない。

「御相伴に与《あずか》ります」

真夜中だがありがたく呼ばれることにした。

※　※　※

上野発青森行急行列車。上野駅を夜中に出て、青森駅に着くのは翌日の午後六時、実に二十時間近くを要する旅程である。それでいてそこが目的地でもない。

夜食後、どの段階で寝入ったのかは憶えていない。寒さに震えて真汐は目を覚ました。半身を起こせば備え付けの毛布《ブランケット》が落ちている。列車は見知らぬ駅に停まっていた。電灯はもう消えていて、時刻を見れば七時過ぎ、すっかり陽が昇ってしまっている。

身体《からだ》が痛い。これは窮屈な学生服で寝たせいだ。本当はいつもの袴《はかま》を穿《は》いてくるつもりだったが、廣章に止められた。今回はかなり寒い思いをするかもしれないから隙間《すきま》の少ない洋服の方がいいでしょうと。しかし洋服など持ってはいない。結局、行李《こうり》に仕舞っていた学生服を引っ張り出すことにした。この三月に卒業した中学のものである。もう袖《そで》を通すこともないと思っていたので、何となく妙な心持ちがする。姿見の前で学生帽を被《かぶ》り、目に入った徽章《きしょう》を外した。

勉強は得意でなかった。それでも廣章の教え方が良かったのか高等学校へ上がれるだけの成績は修めていた。だが進学はしないと決めた。周りはこぞってそれを諫《いさ》めたが、主はその気になればいつでも手続きはできますし、と言っただけだった。

学びたければ廣章の下で学ぶ。そのための書生だと真汐は思っている。おかげでこうして彼について行くことだってできるではないか。――決して受験勉強から逃れたかったわけではない。

その主はと周囲を見回せば、窓辺で朝陽に本を広げている姿が見つかった。ピクリとも動かない。寝ているかと思いきや、視線だけはしっかり字面《じづら》を追っている。

「お休みにならなかったのですか」

近寄って声を掛けると、廣章が顔を上げた。目の下には隈《くま》ができている。これほど根をつめているのに、表情は底抜けに明るい。

「ちょっと読まねばならない資料が多くて。愉《たの》しいのですけどね。さて、食堂車はそろそろ開いている頃でしょうか」

夜中に結構な量を入れた割には、もう空腹だという。見た目通り、身体も若いのかもしれない。真汐は脇に積まれた難しそうな本に目を遣《や》った。

「今回もとてもたくさんの御本をお読みになっていらっしゃいますが」

彼は帝大の臨時講師の職に在る。趣味は奇譚《きたん》蒐集《しゅうしゅう》——変わった話を全国各地から蒐《あつ》めている。とりわけある鬼に関するものについての熱意はもはや執着と評して過言ではない。

「これはあくまでも下準備です」

廣章は本を軽く叩《たた》く。

「婚礼に関してもいろいろ訊《たず》ね歩きましたが、目ぼしいものはない。地方にはまだ知られていない儀礼があるかもしれませんけど、どこにも載っていない。本当はそういうものを網羅したような文献があればいいのですが、残念ながら日本にはまだ存在しないのです。習俗や風習も研究に値する立派な対象物でしょう。時とともに移ろうからこそ見聞きして、記録して残さねばならないはず。学問にすべきです。御一新から四十七年、なかんずくここ数年の目覚ましい発展で、これだけ人々の生活が様変わりし、古い風習があっという間に消えていったのですから、これは喫緊の課題でしょう」

「風習もですか。その辺の人々の暮らしのような？」

そのようなものが学問に成り得るだろうか。だが廣章は力強く頷く。

「欧州——なかでも独逸《ドイツ》は早くから『民俗学《フォルクスクンデ》』として注目しているのです。そういえばあちらにいる時に、ある日本人の論文を読みましたよ。『ネイチャー』誌に掲載されたもので、当時倫敦《ロンドン》にいたというミナカタ何某《なにがし》でしたか、蕈《きのこ》や指紋に関する見事な論文を書いておられた」

「蕈？　指紋？」

「そうです。そういうものひとつとっても充分に世界を唸《うな》らせる論文が書ける。些末《さまつ》に思えるものをいかにして学問にするかは、どう分類《レーベル》するかにかかっている。つまりは建前、言い訳が揃《そろ》っているかが重要なのです」

　真汐は首を傾げる。

「お題目さえ整えれば、それらはおそらく学問として認めてもらえるのですよ。取るに足らないような習俗、風習よと思われがちですが、誰が『取るに足らない』と断言できるでしょうか。未来に有益でないと証明できるでしょうか。そもそも過去に学ばずして、どうやって自身の、また民族や文化の成り立ちを知れるのです。この世界に無駄な学びなどありはしない、ただ大義名分がないだけです。今はね」

　なんとなくわかる気はするが、真汐は再度、反対側に首を傾げる。

「まあ、これはそのうちにわかってもらえるでしょう」

　真汐は首を元に戻した。

「そうなると根神《ニガミ》さまはよくご存知でいらしたものですね」

　教えてくれたのは、以前南の島で出会った神職の女性である。女性ながら各国を旅し、たしかに博覧強記ではあったが、さすがにこれは噂話《うわさばなし》の域をでないだろう。それなのに

『北の方で人鬼《ひとおに》にまつわる婚礼を行っていると聞いたことがある』——その言葉だけを頼りにこうして出かけている廣章は、やはり酔狂としか評しようがない。

「見聞が広くていらっしゃる方ですから」

「本当に『人鬼』に関係しているのでしょうか」

声を落として訊《き》いた。

人鬼——平生は常人と変わらぬ見た目だが、人には持ちえぬ力を持つ存在。

絵空事のような話だが、真汐はたしかにその人鬼を目《ま》の当たりにした。昨年のことだ。

——真汐兄《マースニーニー》さん。

胸が痛むその声は、まだ鮮やかに思い出せる。

あの後、廣章は少女の遺体を見、静かな声で、ご苦労でしたと声を掛けてくれた。だが本当にあの判断で良かったのだろうか。何が正しかったのか。

その答えは得られないまま、今も胸の中で燻《くすぶ》り続けている。

「結論を急いではなりません。すべては彼《か》の地に行ってみてからのことですよ」

主の声に我に返った。

「でも僕までこんなに立派な車両に乗せていただいているのに、もし何もなかったらと」

笑い声が上がった。

「なんの心配をしているのかと思えば。良いのですよ、そもそも私の道楽でしょう。付き合ってくれるだけで充分です。真汐とて行くのは初めてですよね、北海道」

もちろんである。東京を出たのも、昨年南に伴《とも》をしたときが初めてだったくらいだ。

　おっとりと主は眼鏡を外して、その場で伸びをした。

「『求めよ、さらば与えられん』、基督《キリスト》教の聖書に書いてある言葉です。探し求めていれば情報は入るものです。谷津《やつ》先生の言葉が私にとってそうであったように」

　谷津先生とは同じ教室の七歳上の先輩助教授なのだそうだ。英語が堪能《たんのう》で、若くして亜米利加《アメリカ》に留学、そこで博士号を取得した俊英だという。

「彼の英語習得の契機は北海道だったそうで。それを思い出しましてね」

　人鬼という言葉は出さず、『北の方にあるという鬼にまつわる婚礼』を知らないか、と訊いてみたそうだ。

「まあもちろんご存知なかったばかりか、何のご興味もないようでしたが」

　飄々《ひょうひょう》としながらも、その先輩教授は大いなる示唆《しさ》を与えてくれる。

『その風習は日本でのお話かね、南辺田くん。あちらには日本語とは異なる言葉を母言語とする人々もいるのだが、彼らの風習にあるとは考えられないだろうか』

　思い出したのか、主は目を輝かせた。

「興奮しました。可能性は大いにあるでしょう！　誰に何を訊いても行き当たらないのも道理です」

　北海道には、日本語ではない言葉を話す人々――アイヌと呼ばれる民族が暮らしているのだという。

「もちろん彼らが人鬼《そう》だということではありません。しかしそれに因《ちな》んだ何かを、手がかりを知っている可能性は考えられる。とはいえ我々には伝手《つて》がない。なのでお戻りになったばかりの盈正《えいしょう》兄様にも骨を折ってもらいました」

「盈正さま、日本にいらっしゃるんですか」

　南辺田家の次男である。事業家ばかりの兄弟の中でも屈指のやり手、確か亜米利加で仕事をしていたはずだ。

「先月一時的に戻ってきましたよ。今は横浜に。あちらで双子の女の子が生まれたそうで、日本に戻るなり髭を剃《そ》ったのは、お嬢さんたちに評判がいいからだそうです」

「あの立派なお髭を？」

　真汐は目を剝《む》いた。盈正も南辺田の男らしく、長身で体格も良い。若い頃は柔道家としても名を馳《は》せた彼は、くるりと先に尾を巻いたそれは見事な口髭《ムスタッシュ》がトレードマークだった。愉快そうに笑いながら廣章は頷く。

「部下のみなさんが日に何度も顔を見に来るそうです。あるべきものがないというのはそれほど落ち着かないものなのでしょうかね。私などはお若いころの兄様に戻ったようで逆に懐《なつ》かしいくらいなのですが」

　真汐が六年前に南辺田家に世話になり始めた頃、盈正は五十手前だっただろうか。既にその時から立派な髭を蓄えていたのだから想像もつかないけれど。

「盈正兄様が紹介してくださったのが北海道の牧師さんです。亜米利加の方ですが今は岩《いわ》内《ない》というところで、アイヌの方々にも宣教されているとのことでした。しかしそこへたどり着くまでの土地勘がない。なので今度は學昭《がくしょう》兄様の伝手で案内役を頼んだわけです」

廣章は南辺田家の末の四男坊、長兄である學昭とは実に三十二歳も離れている。弟というより息子だという言葉を真汐も何度も聞いているし、当世珍しくもないが、學昭の長子の方が廣章よりも年が上である。

両親兄姉、先代家令、果ては甥《おい》からまでも溺愛《できあい》された末の男子は、墺太利《オーストリア》留学を経て立派な生物学者・教育者へと成長した。その一方で趣味を高じさせるあまり、職を休むほどの変人ぶりを発揮中である。

「案内役――それが待ち合わせの方ですか」

「ええ。ご生家は松前で大きな乾物商を営んでおいでとか。今は府内でのお仕事が大半のようですが、ちょうど東北にいらっしゃるとのことなので青森駅で待ち合わせをしています」

「松前……ご出身なら心強いですね」

土地勘がないところでは、すべて案内者頼みになる。詳しければなおありがたい。

「本当に。ところで真汐、荷の中にあった乾蒸餅《ビスケット》と羊羹はもうなくなってしまったので、どこかで補給しましょう。憶えておいてくださいね」

何気なくそう言われて思わず主の周囲を見れば、足元には食べこぼしたと思《おぼ》しき細かい粉が無数に落ちていた。

「廣章さま、まさかあれを全部」

「まあ大した量はなかったですからね」

澄ました顔で言いはするが、乾蒸餅はもちろんかなりの量、羊羹も大きなものが二棹《さお》は入っていたはずである。

「廣章さま、いくらなんでもそんなに一時《いちどき》に」

「おや、真汐は羊羹はそれほど好きではなかったでしょう」

そういう問題ではない。

「途中で何か買い足しましょう。大丈夫ですよ、お土産の葡萄酒《ワイン》には手はつけていませんから。おや真汐、どうしました噎《む》せたりして」

当たり前です、と叫びかけた言葉を飲み込んだせいだとは言えるはずもない。

隙を見て、残りの甘いものを見つからぬように隠さねば。動き出した列車の中で、真汐は固く決意する。

■チㇱ

顔に汗が流れてきた。鉢巻《チェパヌㇷ゚》が緩んできているのかもしれない。チㇱは曲げていた腰を伸ばした。汗で張り付いている髪の毛をかき上げて、鉢巻を額の上に当て直す。きつく締めれば、それだけで気持ちも締まったような気がした。

ようやく雪も消えた春とはいえ、川の水は刺すように冷たい。覚悟してその中を踝《くるぶし》の上まで浸《つ》かりながら進んだ。さきほどまで汗ばんでいたのに一瞬で冷えていく。

　ふくらはぎの中ほどまでの深さに入って、ようやくそれを沈めた。良く揉《も》んで広げてから引き上げる。

　水をくぐって帯布は薄い青に透けた。光を通すその色。日本でいう藍《あい》のようにくっきりと濃いものではない。藍を薄めた浅葱《あさぎ》のようでもない。例えるなら水の色。春の明るい小川を映しとった色だ。

　不思議なものだ。花は鮮やかな黄金、茎や葉は瑞々《みずみず》しい黄緑にもかかわらず、蝦夷大青《セタアタネ》の葉は潰《つぶ》して染めればこれほど透明度の高い青色を顕《あらわ》す。

　藍も確かに美しいが、チㇱはこの色が好きだ。大青《アタネ》の染色はチㇱの村の十八番である。ムラもなく染めあがった出来栄《できば》えに大きく頷いた。

　ふと笑いがこみあげる。「十八番」なんて、よくもするりと出たものだ。歌舞伎《かぶき》だの狂言だの、見たこともないくせに。ずいぶん日本式の物言いに慣らされてきている。

　町に行けば嫌でも言葉を覚えざるを得なかった。これまでだって和人との取引は浅いものではないと聞く。チㇱらは元々もの覚えも早い。一度聞いたことは忘れないし、語彙《ごい》を集めることも得意だ。意味を理解して正確に使うことだってできる。

　日常的に耳にもするし、違和感もない。けれども生活に根差していない単語は、時々こうして妙な気持ちにさせる。借り物の姉の針を、いつのまにか自分のものと錯覚していたのに、ふとした拍子に指を刺して、その長さを摑《つか》めていなかったと気づく時に似ている。どれほど似ていても、自分のものではないのだと思い知らされるようだ。

ふと目を落とす。足元では小さな魚が流れに逆らって奮闘していた。春を実感するのはこんな時だ。銀色の鱗《うろこ》が強い陽射《ひざ》しに光る。鋭いその光から何気なく目を上げた時だった。

動けなくなった。

流れるように動く赤茶色の塊を目が追ってしまった。息がつまる。

――熊《キムンカムイ》。

そう大きなものではないが、子《こ》熊《ぐま》でもない。まだ若い。四歳くらいだろうか。川向こうの藪《やぶ》を歩いている。

この程度の細い川を挟んだくらいで安堵《あんど》できるほど、熊について無知なわけではない。あいつが走り出したら、自分はまず助からないだろう。本気の熊の速度に敵うものなどいない。必ず捕まってしまう。

せめてゆっくり後退したいのに、どうしたのか足が動かない。

動揺が震えになる。川底の砂が巻きあがる。おかしい――なぜ気づかなかった。なぜここで居合わせる。必死で気配を殺そうとするのに、震えが止まらない。

これまでも熊に遭遇することがなかったわけではない。けれどその前には予感があった。外れたことなど一度もなかったのに。

不意に獣が動きを止めた。後肢《あとあし》で立ちあがって空を嗅《か》ぐ仕草をする。鼻面がこちらを向きそうになる。汗が蟀谷《こめかみ》を伝う。

——こちらを向くな。気づくな。目を動かすな。

その時だった。遠くで空を走る鋭い弓音がした。熊も驚いてそちらに顔を向けたようだった。

「チㇱ！」

聞き覚えのある声に呼ばれた瞬間、身体の強張《こわば》りが解けた。

だがここで振り返ったりはできない。幼い頃から声だけで、一度しか呼ばれていない時は返事をするものではないと教えられている。

「チㇱ、チㇱ！　俺だ！」

三回呼んでくれた、と思う間もなく手を取られた。もう熊は見えない。川から引き上げられる。

「ポソミ！」

「さ、走って！」

有無を言わせぬ全力疾走で川岸から充分な距離を稼ぎ、すぐに近くの坂を登った。地面にへたり込み、振り返る。熊は山の奥に消えたようだった。川岸は見えないが、ここからうかがえる範囲に気配はない。

「大丈夫、もう大丈夫だよ」

整わぬ息の中、頷くだけで精一杯だった。彼は背中を撫《な》でてくれている。

「なんでここに」

「たまたま通りかかっただけさ。チㇱが突っ立っているのが見えたからどうしたかと思って。驚いた。こんな遠くまでどうして」

幼なじみの顔はよく陽に灼《や》けている。歳《とし》はチㇱより三つほど上だが、こうして笑うと年下のようにも見える。それでも背中を撫でる手は大きく、背は頭ひとつも高く、肩幅もがっしりとしていた。昔はあんなに細かったのに。

急に胸が苦しくなる。

「ありがとう、ポソミ」

「良かったよ。あいつ、今日は毛が濡《ぬ》れるのが嫌だったのかな」

動物は本来水を嫌う。濡れた毛が体温を奪えば、死に直結するからだ。ただし、熊は違う。泳ぎも得意だ。川に入って鮭《さけ》を取る姿はほうぼうで目撃される。

「あれ、国の化け物《モシリシンナイサム》じゃない、よね」

モシリシンナイサムは魔だ。それはどんな獣にも化けることができる。しかしそれに気づいた瞬間、掻《か》き消える。これに遭遇した時は魔に狙《ねら》われたとされ、必ず集落で身を清めてもらうのがきまりだ。

熊と遭遇することを予知できなかったのが怖かった。だが普通の獣ではないとすれば、それも仕方ないと言える。

だって魔には勝てないから――。

ポソミは一瞬きょとんとした顔をしてから、声を立てて笑った。

「『村の化け物《イコンヌㇷ゚》』が言うの、それを？」

わざと「化け物」の意で返されてむっとした。

「だって、なんの予感もできなかったのよ。こんなことなかったのに」

不安で仕方ない。背中のポソミの手に力が入った。

「たまたまだって。俺だって集中してる時は耳も目も、膚《はだ》の感覚だってお留守になる。チㇱ、さっき何かに集中してたんじゃない？」

「たしかに染めた布を洗うのに夢中になってた、けど」

ほらね、とポソミは得意げだ。

「それが原因だって。心配ないよ。だってチㇱは村の大事な『神に聴く者《イコンヌㇷ゚》』だもの」

「——化け物って言った口が、よく言うわ」

睨《にら》み返して、同じ拍子で吹きだした。ポソミとはこうやって軽口を叩けるから楽しい。

彼は矢筒《イカヨㇷ゚》を下ろして、矢を点検し始めた。先ほどの弓音の正体はこれで間違いないだろう。命拾いをした。これがほかの誰かと一緒のときだったら、と考えてぞっとした。

役立たず、という批難だけはごめんだ。

「それより、荷物を取りに行かないと」

川原に置いた荷物。確かにそのままにしてきた。

「戻らないといけない？」

「あたりまえ」

　ポソミは大きく背中を叩く。

「怖がってないで、ほら立って。俺も一緒に行くから。せっかく染めた布だって失《な》くすには惜しいよ。綺麗《きれい》に出来たんだろ」

　そうだけど、と濁した時だった。

「おばさんたちの仕事まで肩代わりしてきたんだからちゃんと持って帰らないと。だろ？」

　驚いてポソミを見上げた。

「なんでそれ知って……」

「考えればわかるさ。いつもならポロウパシの狩りに付き合っているか、村で仕事をしているチシが、たったひとりでこんな山奥に入り込んでる。布を洗うためだっていうし。だったら膝《ひざ》の痛いおばさんたちの仕事を代わったとしか思えないじゃないか」

「た、たまたまよ」

　言い当てられたことに動揺した。ポロウパシは村一番の狩り名人だ。中年の女性ながら獲物に命中させる弓の腕は誰よりも秀《ひい》で、毒《スルク》の調合は歴代名人に比肩《ひけん》すると称賛されている。

「そんなわけないさ」

　ポソミは断言する。

「片道一時間近くも歩く場所にかい？　おおかたついでに行くとか言ったんだろ。相変わらず人が好《い》いんだから」

　そんなんじゃない、と首を振った。わざわざここへ来たのは、澄んだ流水なら色を美しく留めたまま定着させることができると言われているからだ。

「おばさんたちは膝が痛いし、長い時間は歩けないの知ってるし。それに私ならひとりでも大丈夫だもの」

　今は単独で山に入ることは禁止されている。チㇱを連れて行くか、チㇱがいなければ大人が二人以上で行くことと決められている。

「大丈夫だと？　この状態で？」

　そう言われるとぐうの音も出ない。

「水汲《みずく》みもチㇱが何往復もしてるって知ってるぞ。無理はすんなよ。それこそ大事なイコンヌㇷ゚殿に何かあったらどうするんだ」

　チㇱは『神に聴く者《イコンヌㇷ゚》』と呼ばれている。予知できるのは専《もっぱ》ら良いことではなく、悪いことばかりだから危険予知とする方が正確なのだが、あくまでもぼんやりとした感覚でしかない。だから「予感」というのが正しいと思う。

　実際に何かの「声」を聴くわけではない。気配を感じる、嫌な予感がする。その感覚が他の人より数倍鋭いだけだ。

　ただそこには自負もあった。的中させてきたのは何度という回数じゃない。一目置いてもらえるのも、それだけの実績があるからだ。国の神《モシリカムイ》がもたらす恩恵だとも言われてきた。

だからさっきの熊に気づけなかったことは衝撃でもあったのだ。

「ポソミこそ、またひとりで出て来たのね」

「俺は男だもん」

胸を張る姿に呆《あき》れた。

「むしろ、男だからこそ駄目なんじゃないの。あんたに何かあったら村が終わるのよ」

「大袈裟《おおげさ》な。いいんだよ、俺は」

その根拠のない自信はどこから来るのか。

「本来は、男は女を守るものなんだろ」

「ウチの村は違います」

「わかってるけど！」

わかってないよ、とチㇱは苦笑した。

村に若い男は、もうポソミだけしかいないのだ。彼こそ一人で出歩くべきではない最たる人間なのに。

だが彼は人の目を偸《ぬす》んで頻々と自由を満喫している。どれほど止めても何度村長《コタンコロクル》から説教されても従いやしない。そういう性分なのだろう。

閉じ込めておける籠《かご》の鳥ではないのだ。

「でもさ、さっきの話。チㇱが気づかなかったというんなら、本当に魔だったのかもしれないよな。なあ？」

　ポソミが前言を撤回する。慰めてくれようとしているのだとわかる。なんだかんだ言いながら、結局いつも優しいのだ。

　チㇱは瞼《まぶた》を閉じて、大きく息を吸い込んだ。

漂う周囲の空気は穏やかで、膚に障《さわ》るものは何もない。目を開けた。

「行こう。大丈夫そう」

　そうこなくちゃ、とポソミが立ち上がる。

「頼りにしてんだよ俺ら。チㇱがいると安心感が違うもん」

「調子のいいことばっかり」

「そんなこと……まあ、ないとは言わないけど」

　胸を反らして威張り、すぐに破顔する。

　妙に眩《まぶ》しく思えて、チㇱは目を細めた。

　家《チセ》の近くまで戻ってくると、戸外に人の姿が見えた。

「お姉ちゃ……」

「ポソミ！　チㇱ！」

　姉は杖《つえ》をついて歩いてくる。彼女は生まれつき足が弱い。日によって程度はあるが今日は特に悪いようだ。危なっかしい足取りに、ポソミが勢いよく飛び出していく。

「チニタ！」

躓《つまず》いて杖を取り落とした彼女を、素早くポソミが支えた。

「危ないじゃないか……無理はよせ、チニタ」

ありがとう、と羞恥《しゅうち》を見せるチニタに、ポソミは優しく目《め》尻《じり》を下げる。

「チㇱの帰りが遅かったから心配していたの」

「大丈夫だよ。なんてったって『神に聴く者《イコンヌㇷ゚》』だもん。な？」

ポソミがチㇱを見る。口元には笑みを浮かべているが、目が笑っていない。徒《いたずら》に心配させることを言うなと牽制《けんせい》しているようだった。

――いつもこう。

気分が沈んでいく。

揄《からか》ったり、気遣ってくれたり、笑い合ったり。楽しいのは二人きりでいる時だけ。村に戻れば、ポソミはこうして体と心の繊細な、もうひとりの幼なじみを第一に気遣う。

――チㇱの危険も不安も恐れも、それが姉《チニタ》の心の平安を脅《おびや》かすのならなかったことにしてしまえ。

ポソミから、冷たさを感じるのはこういうときだ。チニタが絡《から》んだとき。彼女の傍にいるとき。彼女の話題になったとき。自分との温度差。チニタへの――熱の込め方。

夢《チニタ》の名の通り、大切にしたいものだと言わんばかりに。

「私、婆《ばば》さまに会ってくる。ご飯はいらないわ。お姉ちゃんはポソミと食べて」

ポソミよろしくね、と言い捨てて踵《きびす》を返した。

「チㇱ？」

怪訝《けげん》そうなチニタの声が背中から聞こえたが、それだけだ。走ってしまえば、彼女は決して自分に追いつくことはできない。

どうせ今頃、ポソミが適当なことを言って姉を慰めているのだろうし。

疲労が急に押し寄せてきて、足が重くなった。

ひきずるようにして前に進んだ。

婆というのはチㇱら姉妹の大叔母である。夫とはチㇱらが生まれる前に死別し、今は集落の外れにひとりで暮らしている。

「婆さま」

「……その声はチㇱかい？」

戸を開けると、暗い家の内から声が聞こえた。

「婆さま、起きてるの」

「ああ、おあがり。窓を開けておくれ」

チㇱは声をあげた。

「まあ婆さま、東窓《カムイプヤル》も開けもしないで」

東窓は神々の出入りする窓だ。夕方には間があるのにきっちりと閉じられている。

「今日は寒くてね」

「火も入っていないじゃない。これじゃあ凍えてしまう」

チㇱは慌《あわ》てて火を起こし、東窓、南窓《イトムンプヤル》を開けた。

振り返ると明るくなった室内で、青白い顔の老婆がゆっくり起き上がるところだった。

「まさか朝から何も食べていないんじゃないの？」

ぞっとして問うと、婆は眩しそうに目を瞬《しばた》いた。

「年を取ると、よく寝るようになるんだよ。そしてそれほど腹も空かないんだ」

彼女の年齢は正確にはわからないが、七十は超えているはずである。

「お腹が空かないなんてことないでしょう。私なら倒れちゃう」

「十六歳の小娘とは違うんだよ」

「すぐに支度をするわ。鮭を下ろして……魚汁《チェクニプルㇽ》でいい？」

見上げれば梁《はり》の上にまだたくさん鮭の燻製《くんせい》がある。家を出た婆の娘たちはこの家にも丁寧に、たくさんの保存食を作ってくれている。乾燥させた山菜も薬草もオオウバユリ《トゥレㇷ゚》の団子も充分だ。網袋《サラニㇷ゚》には木の実もまだあったはず。この家で世話する者に不自由がないようにしてくれている。

「お待ち、チㇱ」

鋭い声が飛ぶ。

「——何かあったね」

婆は皺《しわ》に埋もれた目を薄く開けている。

「何もないわよ」

「そんなはずはない。おまえの憑神《カシカムイ》が騒いでおる」

入り込んだ光が当たって目が金色に見えた。この世ならざるものを見るときの目だ。

憑神とはその人の持つ守り神のことだ。どんな神かによって運の強弱さえ決まるとされている。

「大人しく婆に白状おし。何があった」

この家に通うようになったのは、『神に聴く者《イコンヌㇷ゚》』と呼ばれ始める前からだ。チㇱの力の発現は早く、一族の中で似た力を持っているのが、唯一《ゆいいつ》彼女だった。

チㇱにとっては師匠筋であり、祖母代わりでもある。隠し事はできなかった。

「実は」

熊の出現がわからなかったことを説明した。ポソミと姉のことは敢《あ》えて話さなかった。自分でも醜いと自覚している感情を、婆に知られるのは嫌だったからだ。

一通り聞いて、婆は顔をしかめた。

「国の化け物《モシリシンナイサム》ではなかろうな。目の前で掻き消えたのなら、むしろそうだと言ってやれるのだけれど、ただの獣だろう」

魔に狙われるというのは非常に恐ろしいことだ。魔に行き遭った人は、清めなければやがて取り込まれて死んでしまう。それほどの脅威だが、そちらのほうがまだマシだったと婆は言う。チㇱもそうだと思う。

事はチㇱの「力」の問題になってくるからだ。

「今おまえの力を失うのは手痛いね。『流れ歩く村《ヤイケシテコタン》』の存続のためには、力が必要不可欠だから」

村には特異な力を持つ者が多い。力の強い者、足の速い者、遠くを視《み》る者、人の声をよく聴く者、鼻の利《き》く者――そういう者たちをはじめ、婆のような先視《さきみ》の者――チㇱのように危険予知の力を持つ者までさまざまだ。

「言わずもがなだが、私たちはアイヌではない。アイヌを擬態《まね》させてもらっている者だ」

チㇱは頷《うなず》く。集落の者はアイヌの言葉をしゃべり、アイヌと同じ厚司《アットウシ》を着る。同じ文化をなぞり、同じ死生観を持ち、考え方を持つ。

だがアイヌではない。

和人から見ればアイヌにしか見えないだろうと言われる程度、その差違は僅少《きんしょう》にして最近ではアイヌにさえ気づかれない場合も多い。

「心根も習慣も枉《ま》げて、いつか和人にさえ紛れなければならなくなるかもしれないけれど、それもこの村の処世だよ」

婆の昔語りは、いつもあの話に結びつく。

「鬼に狙われたがゆえに起こった惨劇。私たちはこれを二度と繰り返さぬよう、流れ歩くことで村を守ってきた民なのだから」

チㇱは頷く。

——大昔、鬼の襲撃があった。

人が襲われ、攫《さら》われた。だが十数年後、女だけが数人戻ってくることができたという。鬼たちは特に若い男を好んだらしい。肉の質が良かったのか、最初に食べたのが男だったからかはわからない。女たちは責め苦の後、どこかへ売り飛ばされる途中で逃げ出すことができたのだそうだ。

それが端緒だ。鬼から身を守るために、村は定住せず、流れ歩くことを選択した。力を使い、何度も危機を乗り越えてきた。

幼いころから繰り返し聞かされてきたお伽噺《とぎばなし》だ。ほとんどの若い者が信じてはいなかったが、チㇱはそれが作り話ではないことを知っている。婆が自分にだけ教えてくれた。

——内地こそ鬼たちの住処《すみか》なのだ、と。

実際に攫われた者たちがいる。いずれも凄惨《せいさん》な末路を辿《たど》ったという点では、鬼に喰《く》われたに等しいのだと。

「この村にはおまえのような予知の力を持つ者が頻繁に生まれていたものだ。なのに今は私の他にはおまえしかいない。弱まったり、なくなったのだとすれば大問題だ。ポソミのように楽観視できる状況だとは思えない。後で村長《コタンコロクル》を呼んでおいで。私が話をしておこう。明日からの狩りには、おまえを帯同するように」

予感でこそなかったが、まるっきり想像通りの回答だった。

かつてチㇱの危険予知の力を試すために、狩りに同行させられた。まだ四つか五つの子どもの頃だ。大人に危険を伝え、敢えてそちらへ向かえば百発百中で熊に行き当たった。雪で見えにくい崖《がけ》なども、面白いように回避できた。遭難者が出れば、必ずチㇱが呼ばれた。不幸にして熊に襲われた者の遺体、人を襲った熊の行方。そういうものも悉《ことごと》く当ててきた。

――四年前の両親の遺体さえも。

この力は少なくとも世代毎《ごと》に現れる。だからこそ、村はここまで生き永らえてこられたのだと幼い頃から言われ続けた。

責任はわかっているつもりだ。だからこそ。

「力がなくなっていたらどうしよう……」

恐ろしい想像に震える。

「その時は、次の『神に聴く者《イコンヌプ》』が生まれるのを待つだけさ。私に踏ん張れる時間があるならなんとかなるだろう。力を合わせて過ごすしかない。『遺す者《ホッパピト》』の役目を私たちが持っている間はまだいいからね」

「『遺す者《ホッパピト》』？」

婆は頷く。

「由来を知る者、そして後世に残す者。一族の危機には『遺す者《ホッパピト》』が現れるという。『遺す者《ホッパピト》』が一族の者ならばいい。だが一族外の者ならば私たちは私たちを守るために判断をせねばならないこともある。おまえはここからの役目、そして次の『遺す者《ホッパピト》』を選定する立場さえも担《にな》わねばならんのだね」

　婆の言うことはよくわからなかった。

「いずれにせよ、今はおまえの力の回復が先決だね。ポソミも連れておいき。あの子も狩りの腕が上がっているらしいじゃないかい」

　細身の刀《ポソミ》とはよく言ったものだと婆は言う。そうなの、とチㇱは勢い込んで顔を上げる。

「今日もそれで助けられたのよ」

　あの時来てくれなかったらどうなっていたかわからない。婆は満足そうに頷いた。

「ポソミはいずれ狩りの名人《イソンクㇽ》になれるだろう。ポロウパㇱも太鼓判を押していた。もう小刀《メノコマキリ》も渡したというし、あれは良い夫になる……チニタは幸せ者だね」

「え？」

　思わず動きを止めた。

「お姉ちゃんが、なに？」

「おや、聞いてないのかい」

　婆は珍しく焦《あせ》った顔をした。

「てっきりチㇱには最初に伝えているものだと思っていたんだが。今のは聞かなかったことにおし」

「婆さま！」

お腹《なか》が空《す》いたねえ、とわざとらしく婆は笑う。こうなってはもう教えてはくれないだろう。

「支度するわ」

「頼むよ」

外に出て手を握りしめた。震えているのを自覚する。

わかっていた。ちゃんと知っていた。――ポソミが、姉《チニタ》を好きなことくらい。

ずるずると戸を背にしゃがみこむ。目の前の膝に顔を押し付けた。

胸が痛い。しめつけられる。

婆が先に知っていたことに異を唱える気などない。両親のいない姉妹にとって、婆は大きな後ろ盾だった。敬うべき相手に先に報告するのは、決して間違った順序じゃない。心情的には、一番近しい家族が先だろうと思いはするが、最近、チニタとの仲は昔ほど良くはなかった。

いや、チㇱが避けているというのが正しい。

彼女は何度かチㇱに話があると言った。理由をつけて拒んでいたのはチㇱだ。だが単に気分だけで断っていたものでもない。

『神に聴く者《イコンヌㇷ》』という立場もある。村長から呼び出されることも多かった。

チㇱのいない間、ポソミとその母がよくチニタの世話をしていることも知っていた。チㇱよりも、その距離が気安いこともわかっている。こうなるのは時間の問題だったとも思う。それでも胸の苦しさが取れるわけではない。

息がつまって顔を上げる。

目を遣《や》った遠くの灰白の雲には、染めムラのような濃淡の、鮮やかな橙《だいだい》が滲《にじ》んでいる。

いや滲むのは自分のせいかもしれない。震える唇を強く結んだ。

婆の余命もそれほど長くはない。死期までは当てられないけれど、なんとなくこのひと月は心が重かった。そう感じてからほどなくして、人は死んでいくものだと経験則から学んでいる。

――もうじき好きな人も、親とも慕う師もいなくなる。

それなのに、たった一つの寄り処《どころ》である大切な力まで喪《うしな》ってしまうのか。

衣どころか、皮を剝《は》がれ、肉も骨までも奪われるような心細さ。それが両腕で身体《からだ》を抱きしめさせた。

なにもかもなくして、残るのは魂だけ。それでどうやって生きていけというのか。

胸が苦しい。すべてが嫌になる。

チニタも、ポソミも、自分を置いていく婆も。

そんな自分から力を取り上げようとする、理不尽なこの世界も。

嫌な言葉ばかりを囁《ささや》いてくる『神《カムイ》』も。

滲んでいく鮮やかな落日を睨みながら、チㇱは呟《つぶや》く。

「大嫌いだ、みんな」

■真汐

　青森駅に着いたのは十八時過ぎである。

　到着まで真汐は停車のたびに乗降歩廊《プラットホーム》に詰めかける物売りから、ゆで卵や握り飯、鶏団《とりだん》子《ご》などを買って忙《せわ》しなく過ごした。まさか列車内で食べ物に不自由するとは思わなかった。実は朝の食堂車が思ったより美味《おい》しくなかったのである。それで廣章が再び書物に耽溺《たんでき》し始めた。牛肉はゴムを噛《か》んでいるようだったし、麵包《パン》は歯を痛めそうなほど固く、味がない。土地ならではの特産品を食べる方がよほど滋味に溢《あふ》れていた。廣章も珍しがって、窓から買い込んだものは喜んで平らげてくれた。

　列車はほぼ定刻通りの到着だった。一歩外に踏み出せば、そこには思ったよりも近代的に整備された港が広がっている。目を転じれば遽《あわただ》しく荷をまとめて船に向かう者、海を眺める者がいる。近くの屋台には長蛇の列ができていた。夜を前に、今のうちに腹ごしらえをしようという心づもりだろうか。人で溢れ返っている。

　切れるような風が頬に痛い。

「ずいぶんと寒いですね」

　府内の気温も決して高くはなかった。特に今年は春が遅いと言われている。それでも桜は蕾《つぼみ》をつけていたし、陽ざしもそれなりに暖かったと思うのだが。

「日中は三十八°F《三℃》近くまで上がったんだそうですよ。汽車の中で誰かがそう話していました」

「本当ですか？」

　思わず訊《き》きかえした。上がってその気温なのか。低い低いと言いながらも東京は五十°F《十℃》近くもあったのに。

「真汐、マントもですが、襟巻も巻いておいた方がいいでしょう。これからまだ冷えますから」

　廣章が手ずからぐるぐると襟巻を巻いてくれた。すっかり首が隠れてしまった。

『首と名のつくところは暖かくおし。風邪はそこから忍び込むものだ』

　懐かしい声を思い出す。亡《な》くなった師匠がよくそう言っていた。

　しかし当の本人はオーバーコートを肩に掛けたまま襟巻を出そうともせず、目を輝かせて蒸饅頭《むしまんじゅう》屋に見入っている。厳重に隠したはずの残りの菓子類は降りる際に確認したところ、ひとつも見当たらなかった。来年こそは菓子博覧会に行くと意気込む主《あるじ》に展示品が食べ尽くされねば良いがと思う。心配は大袈裟ではない。

「失礼ですが、南辺田さまでございましょうか」

　小柄な男が駆け寄ってきたと思ったら、いきなりそう訊《たず》ねられた。

「そうですけど」

「ああ良かった。お二人でいらっしゃる……ええと、南辺田廣章さま、山内真汐さま。あっしはあちらの船の者にございます」

帽子を取って深くお辞儀をする。

「ご乗船いただくよう那賀坊《なかぼう》さまに言いつかっております。どうぞこちらへ」

停泊しているそれは非常に大きく、薄暮に明瞭《はっきり》とは見えないものの、形状から客船ではないことがわかる。

主な積荷は建築資材のようだった。乗組員が忙しく立ち働いている様子が見えた。

「那賀坊さまというのが、例の、ご案内くださるという方ですか」

「そうです。定期船より早く出る船舶があるというので、手配をお願いしたのです。あちらから見つけてくださって良かったですね」

すぐに人が飛んできたところをみると、きちんと連絡が行き届いていたのだろう。

「廣章さまは、那賀坊さまのお顔をご存知なのですか」

「ええ、先月府内で会いましたから。……そのように気を張らずとも大丈夫ですよ」

主は呑気《のんき》に笑顔を向けてくるが、真汐はとてもそうは思えない。

府下でさえひったくりやかっぱらいが横行するご時世、まして主の身なりの良さ。その大きさにひるみはしても、盗人にとっては決して悪いカモではないだろう。何せ、すぐに旅行中だと知れる鞄持《かばんも》ちまで一緒にいるのだ。ここで働かねば護衛失格である。案内役が素人《しろうと》だとしても、廣章に目を配れる人数は多いに越したことはない。

改めて気合いを入れ直す。周囲を見回す視界の端で、海上から残照が消えようとしていた。

「おう、廣章先生！」

　甲板でウロウロと落ち着きなく動いていた人物が、こちらを認めるなり駆け寄ってきた。毛皮の帽子を被《かぶ》っている。恰幅《かっぷく》のいい男だった。眉《まゆ》が濃く、目が糸のように垂れている。七福神に似たような顔があったなと真汐は首を傾《かし》げた。大黒なのか恵比寿《えびす》なのか区別はつかないけれど。

「遠いところをようお越しやした。寒うおましたやろ。早《は》よ中へ中へ。挨拶《あいさつ》はそれからで」

　男に手を取られるようにして廣章が中へ入る。ふと気配を感じて振り返ると、明らかに乗組員ではなさそうな男がひとり、控えるように立っていた。

　乗組員ではなさそうだと思った理由は服装である。上は着物のようだが、下穿《したば》きは洋袴《ズボン》、脛当《すねあ》てをして、毛皮を纏《まと》っている。これで銃を持ち犬でも連れていれば話に聞く狩人《マタギ》のそれだ。

　身の丈は真汐より大きい。だが廣章ほどではない。眉が太く、彫りが深い。精悍《せいかん》な顔立ちである。一見して年齢不詳だった。

　じっと見ていたことに気付いて、軽く頭を下げる。会釈《えしゃく》を返してくれた。だがにこりともしない。一体どういう人物だろう。

顔を戻せば主の姿はなかった。慌てて真汐は船内へと急いだ。

船内はとても暖かい。エンジン音は大きかったが、慣れてしまえばそこまで不快ではない。細く狭い通路は光源に乏しく、壁を手探りで移動した。

通されたのは船長の自室である。どういう繋《つな》がりかはわからないが、那賀坊はこの船に顔が利《き》くらしい。船長は後で挨拶に来るという。

勝手知ったる風で那賀坊は椅子《いす》を勧める。調度品は動かないよう固定されていた。

「先月はお屋敷にお邪魔させてもろてありがとうございました。あない立派な邸宅は初めてでしてん。驚きましたわ、さすがはお華族様ですなァ」

関西弁と相俟《あいま》って、揉み手せんばかりの追従《ついしょう》である。

「今回はお世話になります。時に那賀坊さん、お互い初めてお目にかかる方もいらっしゃるようですので、まずは紹介を」

那賀坊の背後には、いつ入ってきたものか、さきほどの狩人男が立っている。

「おお、そうでした。わては那賀坊治平《じへい》と申します。戊寅《つちのえとら》の生まれですねん。今年三《み》回《まわ》りの年男ですわ」

帽子の下は禿頭《とくとう》だった。そのせいか一見して年齢不詳である。

「名前のとおり、坊さんの成り損ない……ではのうて、実家は松前で乾物を商《あきの》うております。先祖代々の商人ですわ。頭はこれ、若いころ疥癬《かいせん》にやられましてね。それからずっと剃《そ》っとんのです。冬場は寒うてかなんのですけどもう癖でね。那賀坊、言うて、次にこの頭を見られると、必ず寺坊主《ぼうず》と間違えられるんでっけどちゃいまっせ。読経《どきょう》やら曼荼羅《まんだら》やらは聞くだけで眠たなりますし。あ、松前に来る前は大坂《おおざか》で店構えとった家ですねん。で、一族全員、未《いま》だに訛《なまり》が抜けんのでこのあいだもそれで誤解を……」

放っておくとずっと喋《しゃべ》っていそうである。彼の言葉を要約すると家業の手伝いの傍ら、流行の品や珍しい商品を仕入れるために全国を飛び回っているのだそうだ。

「当家が十数年前、御府内、畏《おそ》れ多くも貴族院様に出入りを許されまして。それで父が南辺田様にお声を掛けて戴《いただ》きましたのがご縁でして」

ここで言う南辺田様とは學昭のことだろう。那賀坊家は官界を退く以前の學昭の贔屓《ひいき》の乾物屋であったという。もちろん当主が自ら買い付けをするわけではない。家令に那賀坊の父親を会わせたのだろう。

「おっと、この後ろのデカブツですけど、江井《えねい》大悟《たいご》て言います。東北出身の、はぐれの杣《そま》夫《ふ》ですわ。腕に覚えがあって、半ばマタギのようなこともできるんで、護衛として連れてきましてん」

ほう、と廣章が目を瞠《みは》っている。杣夫とは山林で伐採・木挽《こび》きなどの作業に従事する者をいうらしい。真汐の印象は、当たらずとも遠からずか。

那賀坊は少し胸を反らした。

「今回の件で万一のことあらば、ウチのちんけな店なんて南辺田さんとこに吹き飛ばされまっしゃろ。大悟は流行《はや》りの保険言うやつですわ。廣章先生に何かあっちゃなりません。そのために雇った護衛です。途中の道案内も兼ねてますよって。なァ？」

　江井は無言で頭を下げた。最前と同じく、やはりにこりともしない。

「南辺田廣章です。今回は那賀坊さんにお骨折り戴いて、北の地に伝わる『鬼にまつわる婚礼』というのを調べに来た次第です。江井さんにもお世話になりますね」

　江井が怪訝そうに廣章を見る。その反応は当然だろう。お伽噺のような単語が飛び出したのだから。

「鬼とは、私が蒐集《しゅうしゅう》しております奇譚録《きたんろく》の中心課題《テーマ》なのですよ」

　廣章は機嫌よくそう言うが、江井は興味なさげに小さく頭を下げただけだった。無理もない、と真汐は彼に同情する。すんなり理解できるほうがどうかしている。とはいえ、主もここで鬼について一から説明をする気はないようだ。

　その時、急に船が揺れた。弾みで立てかけておいた洋杖《ステッキ》が倒れていく。真汐はとっさに手を伸ばしたが届かない。

　座っていた那賀坊はひえ、と声をあげ、立ち上がって逃げた。江井が両手でそれを受け止めている。

「あっぷ……大事なもんでっしゃろ。船は揺れますから寝かせた方がよろしわ。失礼を」

　那賀坊は江井から杖を受け取り、丁寧な手つきでそれを横たえた。真汐は廣章がじっとそれを見ているのに気付いたが、無表情は単に喉《のど》が渇いていただけかもしれなかった。

「そうそう那賀坊さん。岩内に向かう手配ですが」

「あんじょう、済んでおります。沙流川《さるがわ》河口から遡上《そじょう》した岩内地区、リーボックさん言う牧師はんの教会でっしゃろ。室蘭《むろらん》から乗り換えの船を頼んでまっさかい、明日の昼には出航できます。アイヌの集落へのつなぎはリーボックさんがしてくだはんのでしょ？」

アイヌ、と真汐は知らず復唱していた。どんな人たちなのだろう。

那賀坊は真汐の顔から疑問を読んだようだ。

「アイヌに会うのは初めてでっか。まあ昔ほどではないでしょうけど、一目でわかりまっせ。日本人とは違う民族ですわ」

「民族」

外国人のようなものだろうか。南辺田家には諸外国の客人も多い。

「欧米人とはちゃいます。まあ土人ですわ土人」

こともなげに那賀坊が言う。

「昔は対立しとった時分もありますんで、日本人——あっちからすれば和人とは、そう仲が良いもんでもないですけどな」

何も知らない真汐に気をよくしたのか、那賀坊が得意げに話し始める。

「日《ひ》ノ本《もと》、唐子《からこ》、渡党《わたりとう》。コシャマイン、シャクシャイン、クナシリ・メナシ。いつの時代かて争いはつきものや。アイヌの報復もひどいが、日本のやり方もひどい。とにかく昔は血なまぐさい戦《いくさ》の話ばっかりやしな。生活は苦しゅうなるし、和人が持ち込んだ伝染病で人口は激減する。まあ思えば土人もロクな目に遭ってへんなァ」

那賀坊は大仰にため息をついた。

「挙句が前《さき》の四年の戸籍法や。平民になったかて、結局は旧土人の記載はあるって不満もっとるらしい。『旧土人保護法』やな」

「旧土人保護法？」

「ああ、アイヌの保護の法律、つまり土人を守る保護法や。たしか三十二年やったかな……あの火事の多かった年や。教育、社会保障を謳《うた》っとる法律でな。まあ土人とはいえ生きてはんのやから大事にしたりというお上のお慈悲ですわ。アイヌ・和人双方に不快なもんや。片や土人て言われんのが業腹《ごうはら》、片やなんで和人と同じ教育したらなあかんのやって。なァ？」

「アイヌにお詳しくていらっしゃるのですね」

廣章の言葉に、那賀坊は豪快に笑った。

「いやいや、北海道におりましたらこのくらいは。本州におったらなかなか異民族とは会う機会もないでっしゃろ？」

優越感を前面に出した那賀坊に、私も数年欧州に居《お》りましたので、と廣章が苦笑する。

「欧州、特に維納《ウィーン》は多民族でしたよ。スラブ、ゲルマン、マジャール、ボヘミア、イタリー。ダルマチア人がいたと思えばガリツィア人がいる。しかし街は彼らを締め出すことはなかった。誰もが往来で憚《はばか》ることなく己の民族衣装を着、民族の言葉を話していました。

文化は雑多で離合集散を繰り返すもの。言葉や文化を影響しあって融合するならまだしも、力ずくで教化されることなどあってはならないと、少なくとも彼らは理解していたのでしょう。実に自由に混在していた。もちろん多少の軋轢《あつれき》はありましたけれど。そういう世界を目《ま》の当たりにできたことは得難い経験でしたね」

欧州時代のことは断片的に聞くばかりだったから、真汐にもこれは新鮮だった。お株を奪われたせいか、むっとした顔で那賀坊が口をつぐんでいる。

「言葉が違う、文化が違う。土地を同じくして他の民族が存在するというのは、諸外国では自然なことでした。ですが日本とて似たようなもの。正月支度ひとつ雑煮ひとつ、墓や弔いひとつとっても、山を越えればまるで違うではないですか。優劣の問題ではなく、そういうものなのだ、という感覚だったと思います」

「まぁ他所《よそ》の藩とも仲良くしいやということでんな……それの世界版と？」

その通りですよ、と廣章は嬉《うれ》しそうに頷いた。

「少し前は欧米人を毛唐等と呼称していました。黒船以降は掌《てのひら》を返して敬い始める。それは自分たちを脅《おびや》かしかねない軍事力を懼《おそ》れたためでしょう。こちらが屈服させ得る程度の脅威ならば排除、あるいは討伐して傘下《さんか》に組み込む。しかし祟《たた》りを為《な》す、不利益を生じるのであれば、敬い供え、祀《まつ》り上げる。まるで神や怨霊《おんりょう》、化け物と同じ扱いです。そういう物差しをしか持っていなかったのでしょう。もっと簡単に相手を見ることができれば良かったのです。——彼らは私たちと同じ、ただの隣人なのだと」

「隣人？」

真汐の疑問に廣章は頷く。

「そうです。自分たちが世の中心であると驕《おご》り、それ以外を見下す根拠のない優越感は、小児の抱く万能感に似ています。異民族とほとんど接触してこなかったこの国の『人見知り』のようではないですか。そもそも彼《か》の人々の窮状を憂《うれ》うなら、他に方法もあったはず。自己の利をしか考えていない。どこまでも相手を人として見ていない。それが旧土人保護法に見え隠れする日本の態度に思われてならないのです」

廣章はため息をつく。

「命を奪うことだけが残忍なのではありません。土地や名、風習文化を奪い、別の民族に教化させるというのは恐ろしい暴力です。将来に向かう緩やかな死を想像し得たら、この法律はなかったはず。卑近な例を挙げるなら、澄ましの雑煮で育った者が、二度と濁羹《ポタージュ》以外を飲むなと命令されるようなもの。食事ひとつ言語ひとつ、己はそれを極度に嫌がるくせに相手には強要する。その甚だしい怯懦《きょうだ》と残忍さもまたこの民族の特徴のひとつだとも言えるのでしょうけれど」

優しい物言いだが、内容は辛辣《しんらつ》である。

「人間ですから対立はあります。ですがそれは本来、民族故《ゆえ》のものではなく、個人の問題であるべきでしょう。それを法の下に教化し、あまつさえ身分の上下や優劣を助長させる名称を載せて恥じぬとはいかにも偏狭、旧時代への逆行であるかのようです。そういう理由で彼の法律は、私も不快なのです。那賀坊さんのおっしゃる『双方に不快』とはまさに正鵠《せいこく》を射ているかと」

「そ、そうでんな。わてもそう思いますし、まあ廣章先生のおっしゃることはもっともやと思いますね」

気圧《けお》されるように黙っていた那賀坊が、目を泳がせながら、声を押し出した。

正確には那賀坊と廣章の「双方に不快」は意味が違う。だが那賀坊は反駁《はんばく》する気はないようだった。

「さきほど那賀坊さんがおっしゃったように和人、いわゆる日本人と蝦夷《えみし》のかかわりは非常に古いのです。琉球《りゅうきゅう》とのそれよりも格段に古いでしょう。日本書紀にはもうその名を見ることができますからね」

斉明紀でしたでしょうか、と廣章は思い出すように目を細めた。

「七世紀に阿倍比羅夫《あべのひらふ》という人物が、渡嶋《わたりのしま》の蝦夷らと共闘して粛慎《みしはせ》という敵を討ったという記述が残されています」

「みしはせ?」

「漢字は『粛慎』ですが、表記からはどちらかと言えば『あしはせ』と読んだ方が良いようです。元は中国の少数民族を指す語のようですが、日本書紀との関連はわかっていません。おそらく違うものかと」

那賀坊がうんざりした顔をしているが、真汐には初めて聞く話で興味深い。気づけば江井も身を乗り出して聞き入っているようだ。この手の話が好きなのだろうか。

「この場合、渡嶋の蝦夷らはアイヌ語を話す民族であると考えられます。粛慎とはその敵、つまりアイヌの敵を、日本と共同で討ったという記事です。少なくとも日本との関わりは大昔からあった、実に古い隣人なのですよ」

「廣章先生はやはり先生でいらっしゃいますなあ」

講釈に長《た》けておられる、とやや嫌味のように言い、那賀坊は首を傾げて真汐を視る。

「それはそうと、そちらのお若い方のご紹介をしてはもらえまへんやろか。廣章先生？」

これは失礼を、と廣章は肩を竦《すく》めた。長くなった講釈の自覚があったかどうかは不明である。

「これは書生で山内真汐と申す者。私の護衛も兼ねております」

那賀坊が妙にじろじろと眺めてくるのが気になったが、視線を避けるようにして真汐は頭を下げた。

「護衛を連れておいでになるとは聞いてましてんけど、これほどお若い方だとは」

おいくつでっかと訊ねられた。

「十八になりました」

それは将来が楽しみですなあと那賀坊が目を細める。

「……おや、霜焼ですか」

真汐はとっさに指を隠した。無意識に擦《さす》っていたのを見とがめられたようで、少々バツが悪い。ここに来て急になったわけではなく、元からのものだ。春先になると決まって痒《かゆ》くなる。

「そないに恥ずかしがらんでも。霜焼といえば血の巡りを良うするんがイチバンの特効薬や。道中寒かったやろし、室蘭に着いたら廣章先生と湯にでも行ってきはったらよろしいわ」

「湯屋があるのですか」

廣章も反応する。

「ありますな。港からそう遠くないとこでっせ」

那賀坊がそう請け合った時だった。

先ほどの小男を従えて、髭《ひげ》の偉《い》丈夫《じょうふ》が入ってきた。この船の船長だと言う。

「お待たせしたが、これより出航致します。客船ではなく、大した款待《もてなし》もできませんが、どうぞごゆるりと」

※　※　※

「廣章さま」

甲板に出た途端、吹きつけてくる風。思わず目を瞑《つぶ》ったらしい主が、その笑顔のままで固まっている。

「さ、寒いです、ね」

朝靄《あさもや》に煙る海上に何隻《せき》もの船影が見える。

馬蹄《ばてい》形の半島に囲まれているのは室蘭港。天然の良港として整備され、青森、函館《はこだて》、札幌を繋ぐ北の主要湾である。何本もの煙突、規模の大小を問わず、洋館が目につく。欧州の海辺の町に似ています、と廣章が呟いていた。

「この港は別名を白鳥澗《はくちょうのま》と言いましてね。よく白鳥が飛来しておりましたところなのです」

青森で最初に声を掛けてくれた小男がちょこんと頭を下げてきた。

船長をはじめ、他の乗組員もとても良くしてくれた。青森までの一等車両にも劣らぬ待遇だったと思う。

船長は那賀坊への阿諛《あゆ》ではなく、廣章そのものを気に入ってくれたようだった。小男が後で謝っていたが、扉の前で那賀坊との会話を聞いていたのだそうだ。船長のかつての部下にはアイヌの兵士も大勢おり、おしなべて有能、かつ気の良い人たちだったそうだ。

昨夜は〆《しめ》たての八角《はっかく》という魚と、船長秘蔵の東北の日本酒が供された。真汐も熱々の牛乳珈琲《ミルクコーヒー》を飲ませてもらった。廣章の嬉しがりようはひときわで、そのまま始まった酒宴はかなり盛り上がったらしい。真汐は先に眠ってしまったが、主は昨晩も一睡もしていないのではないだろうか。

しかしこの寒さにはさすがに眠気も覚めたようだ。酒精《アルコオル》も入っていないのに早々に沈没した真汐も、目を擦りながら甲板に出た瞬間のこの寒波で一気に目覚めた。寒さの質が違う。薄い刃《やいば》で細かく膚《はだ》の表面を切られているかのようだ。

「気温は二十六°F《マイナス三℃》、しかし風がありますから、身体で感じる温度はおそらくもう少し低いでしょう」

宣告された数字だけで震えが倍になる。真汐はマントの両端を確《しっか》と合わせた。今すぐにでも船室に戻りたかったがそうもいかない。

「ここは朝晩関係なく荷揚げ、荷卸しの船が行き来しとります。せやから朝湯も早いんですわ。しかし寒うてかなわんな。大悟、わてらもお供しよ。次の船にはまだ間ァあるしな」

船長や小男に礼を告げ、四人で湯屋へと移動した。昼には乗り換えの船が出る。それまでの束《つか》の間《ま》の休息である。

※　※　※

寒い日に浸《つ》かる湯ほど何ものにも勝るありがたさはない。張っていた肩が落ちる。吐く息さえ震えるほど凍えた身体の芯《しん》に、じんわりと温かさが透《とお》っていく。筋肉がゆっくりと強張《こわば》りを解いていくのを感じるのは気持ちが良かった。むず痒かった指先にまで血が行き渡り、手足が伸びるような心地さえする。

客はまばらだったが、おかげでその広い湯船の中を存分に堪能《たんのう》できた。

主は二日寝ていないのが祟ってか、手拭《てぬぐい》を目の上に置いて仰向《あおむ》いたままピクリとも動かない。約三十分そのままの姿勢が崩れず、周囲の客がそろそろ奇異の視線を送り始めたので遠慮がちに揺さぶってみたら、雷が落ちたかのような顔でいきなり起きた。この人はたまに発条《ぜんまい》だか電気だか、何かの機械でできているのではないかと思うことがある。湯の後は、蕎麦屋《そばや》で腹ごしらえをした。

昼の船にはまだ間があるという。散策をしたいという廣章に、渋々ながら那賀坊たちが付き合ってくれている。芯から温まったとはいえ、やはり外の寒さは痛いほどで、積もった雪に早くも靴の先が色を変えた。雪解けの水が靴に滲《し》みて真汐は顔をしかめる。指先を針で刺されているようだ。

陽の射《さ》し始めた目抜き通りを、男四人でそぞろ歩いていた時だった。足を止めた。三町《約三百メートル》ほど先だろうか、数人が固まっているのが見えた。何か喚《わめ》いている声が聞こえる。何の騒ぎだろう。

「真汐、様子が見えますか」

廣章に言われて目を凝らした。真汐は抜群に視力が良い。人垣の先に、濃い色の毛皮が見えた。

「獣のようです。大きい……あれは何でしょう」

丸い鼻づら。あんな動物を見るのは初めてだ。そう思う間もなく、その獣がなんと後肢《あとあし》で立ち上がったのが見えた。

悲鳴があがる。

行ってみましょうと言うなり、廣章が足早に歩き出した。真汐は慌《あわ》ててついていく。

「赤熊《ひぐま》やないかい！」

那賀坊が声をあげた。

一斉に人が逃げていく。熊の前肢が上がった。鍬《くわ》を構えたひとりを、軽く薙《な》ぎ払ったように見えた。だがその一撃で鍬もろとも人が吹っ飛んだ。

再び悲鳴があがる。返す手でさらにひとりをひっかける。ひっかけられた男の腕が倍くらいに伸びて見え――いや、違う。実際に伸びている。文字通り、皮一枚でまだ繋がっていたのだ。肉を削《こそ》ぐようにして爪《つめ》を滑らせたのだろう。

その威力に戦慄《せんりつ》する。なんという力か。軽く前肢を振り回したようにしか見えなかったのに。転がったその男に、熊が向かっていくのが見えた。

「なりません、廣章さま！」

駆け寄ろうとする廣章の前に真汐が進み出る。主を背に庇《かば》い、その歩みを止めさせた。

悲鳴と怒号が溢れる。腕を捥《も》がれた人が伸《の》し掛かられている。涎《よだれ》を垂らした獣が顔を上げ、口を動かしているのが見えた。

その時だ。

ひとりの男が人垣の中から飛び出した。あの獣が本気を出した状態に敵《かな》うものではないとわかっているだろうに、構わず何度も鍬を打ち下ろしている。体を斬《き》りつけられた痛みからか、熊はようやく腕を捥がれた男から口を離した。

咆哮《ほうこう》。今度は目標をその男に定めたらしい。大きく振りかぶるその前肢を、男がすんでに躱《かわ》している。その度に近づくに近づけない者たちの輪が狭まったり広がったりしている。

獣は顔を上げた。眼が見えたとたん、ぞっとした。

薄い朽葉《くちば》色《いろ》の瞳《ひとみ》には殺意は見えない。ただ無機質な光だけがある。動かしている口からはみ出ているものを見て膚が粟立《あわだ》った。

立ち上がった獣は人よりも大きい。また先ほどの爪と掌の威力も尋常ではないようだ。腹に響くほどの咆哮に、周囲《まわり》が動けなくなっている。

鍬を持つ男は素早い。だがその武器では倒せないだろう。そう思う端から鍬の穂先が折れた。

悲鳴をあげて逃げ惑う人がいる。大怪《おおけ》我《が》で地面にのたうつ人がいて、庇うように鍬の男が果敢に立ち向かっている。

その男が何かを指示した。倒れた人を数人がかりで運び出している。

「真汐」

廣章は目視できる距離に来てようやく事情を把握したのだろう、険しい顔で真汐を呼んだ。

「斃《たお》せますか」

洋杖《ステッキ》が差し出されていた。真汐は目を瞠る。

杖頭《じょうとう》には格別の装飾はない。上質な黒檀《こくたん》が鈍い輝きを放つだけの、その大きな——黒杖《こくじょう》。

「あかんて廣章先生！　巻き込まれる前に避難せな！」

那賀坊の声も上ずっている。

「人の味を覚えた熊なんて、爆弾の側《そば》に寄るようなもんやで。真汐はんも何が優先かわかってんやろ！　本末を転倒したらあかん！」

「やれますか、山内」

廣章は那賀坊の言葉が聞こえていないかのようだった。

『ひとたび下命あらば、我らは粛々と剣を揮《ふる》う。其《そ》が為《ため》の生《しょう》なり』

かつての教えが甦《よみがえ》る。

「——やります」

恭《うやうや》しく受け取った。鞘《さや》を払う。鋭利な仕込の刃先が露《あら》わになった。

「ちょ、真汐はん!?」

「離れていてください。廣章さまを頼みます、那賀坊さん、江井さん」

江井が頷《うなず》いているのが見えた。那賀坊が地団太を踏んでいる。

「ええいもゥ！　気ィつけや！」

■比佐乃

「上手く行ったわね」

知らず声が弾んだ。振り返った比佐乃《ひさの》に、背の高い彼は困ったように笑う。

「上手く行きすぎのような気もしますよ。怖いくらいです」

男の名は甲斐澤暁男《かいさわあけお》。比佐乃の家——函館の廻船問屋『大傀屋《おおがいや》』の奉公人だ。いや、だった、が正しいか。

「一世一代の駆け落ちなんだもの、上手く行かなきゃ困るじゃないの」

店を抜け出したのは二日前の未明、徒歩と馬で北の森港まで向かい、追っ手がいないことを確認して船に乗った。

室蘭に着いたのは最前のことだ。暁男はまだ警戒しているが、比佐乃は上々の首尾に満足している。あの一筋縄ではいかない番頭を前に、必死にかき口説いた甲斐《かい》があったというものだ。

「瀧次郎《たきじろう》さんのことだ、室蘭に行くのを見越して先回りしていないとも限りませんよ」

暁男も瀧次郎の下で働いていた。その手回しの良さは身に染《し》みているのだろう。

「その時はその時よ。飛んででも逃げきりましょ」

暁男の眉が下がった。呑気で世間知らずなお嬢さんだと思っているに違いない。

——事前に私がどんな戦略を立てたかも知らないで。

不安げな暁男を従え、顎《あご》を反らして先に歩くのは少し愉快ではあった。しかし内幕を知らないのだから心配するのも当然だと思い直す。

「ねえ暁男、あなたは耳が良いのだから心配することはないわ。声が聞こえたら先んじて手を打てるじゃないの」

「向こうが黙っていたらわからないでしょう」

励まそうとしたのに即座に言い返されてしまう。面白くない。膨らんだ頬を見て、暁男が笑う気配がした。

その時だ。通りの先のざわめきに気づいた。遠くに人影が見える。

「あら、何事かしら」

「……熊です」

暁男は断言した。

「熊？　そんな、こんな街中で？」

険しい表情に、それが嘘《うそ》でないと知る。背伸びをする比佐乃を暁男が抱き上げた。六尺近い暁男の頭ひとつ越えて、広い通りが見渡せる。たくさんの人が騒いでいた。だが熊は見えなかった。

「本当に熊なの」

地面に下ろされて尋ねると彼は頷いた。

「息遣いと唸《うな》り声が聞こえます。かなり怒っているようだ。間違いありません。なんでこんなところに」

比佐乃の耳には何も聞こえない。引かれるように数歩進む。

「待ってください、危険です！」

「本当かどうか、確かめるだけよ」

慌てたように暁男がついてきた。

だがしばらく歩いたところで暁男は比佐乃を呼び止めると、再び抱えてくれた。

「っ！」

声にならない悲鳴が喉元からせりあがってくる。

獣がいた。

通りの真ん中で、人に覆《おお》いかぶさっていた。赤茶けた毛の色に、鼻面《はなづら》の長い顔。それがこちらを向いた瞬間、比佐乃は声をあげ、もがく。慌てて暁男がその場に下ろした。

「大丈夫ですか」

本当に熊だった。わかってはいたが、なんという聴覚だろう。

喘《あえ》ぐようにして息を吸い込みながら、比佐乃は頷く。

「人を、食べてる……！」

動かした口が赤く濡《ぬ》れていた。感情のない目を見た瞬間、全身に震えが走った。暁男はそれを聞いたとたん、比佐乃を抱きかかえ、米穀屋と書かれた看板のそば――庇《ひさし》の下へと彼女を移動させ、座らせた。

「お嬢さんはここに居てください。絶対に近づかないで」

暁男は背中に括《くく》りつけた荷を外し始めている。

「どこに行くの」

「このままにはできません。俺が行ってきます」

「どうして！　止《よ》して、危ないじゃないの！」

暁男はしゃがんで、比佐乃の顔を覗《のぞ》き込んだ。その顔はひどく真剣だった。

「生きながら食われるなんて……あっちゃいけないことだ。そんなのは絶対に許さない」

厳しく言い放って、すぐに目元を和らげた。

「必ず戻ってきますから。ここに居てください」

頭を撫《な》でる大きな手。それがすぐさま離れ、大きな背が人混みの中へと消えた。あっという間だった。

「暁男……」

——日頃は気弱なくらい優しいのに。

強い正義感に目が眩《くら》む。

『あんな小さいお嬢さんをひとりで逝《い》かせちゃいけません。絶対にいけません』

瞑目《めいもく》してから、比佐乃は立ち上がる。

傍に盥《たらい》のようなものが積んである。踏み台にして、比佐乃は人垣の上から暁男を探した。

熊を中心に、人が丸く円を描いていた。食われている人をなんとか助けたいのだろう、何かを投げつける人たちがいて、それがちょうど体に当たったらしい。熊は牙《きば》をむいて威《い》嚇《かく》したが、獲物《えもの》である男性を体の下から離そうとはしなかった。

そこへ素早い動きで切り込むように入って行く者がいる。暁男だ。手に鍬を持っている。応戦できずにいた周囲の人に借りたのだろうか。

怯《ひる》むことなく、鍬をその背に打ちおろした。何度目かの斬撃《ざんげき》でようやく身に届いたらしい。

熊は暁男を認識した。怒りを込めた咆哮をあげ、獲物をそのままに後肢で立ち上がると、暁男に向かって大きく前肢を振りかぶった。

止《や》めて、と小さな懇願はしかし誰の耳にも届かない。見ている間に、鍬の先がへし折られた。比佐乃はこらえきれず叫ぶ。逃げ惑う人の中、暁男が折れた柄を構えて、誰かに指示を飛ばしている。逃げずに留まった数人の男たちが、獲物にされていた男を運びだそうとしていた。

熊がそちらを見る。そうはさせじと暁男は柄を繰りだす。熊の攻撃に柄は短くなっていく。比佐乃は恐ろしさに全身が震えた。

「誰か……誰か！」

絞るような声に応答するかのように、突然、誰かがまっすぐに走ってきた。長身の少年だ。暁男とほぼ同じくらいの背丈、手に何かを持っている。鋭利な輝きが太陽に反射して、それが刃だとわかった。

普通の形の刀ではない。突き出したその刃は、熊の手首を深く抉《えぐ》ったらしい。猛々《たけだけ》しい咆哮が轟《とどろ》いた。

いつの間にか、熊はずいぶんこちらに近づいている。彼らは比佐乃を左にして並んだ。幼さの残る少年の横顔には緊張、暁男と何かを話している。擢《ぬき》んでて耳の良い暁男とは違い、比佐乃にはその声は聞き取れない。だが何となく、揉《も》めているような不穏さが漂ってきた。何を言い争っているのだろう、この非常時に。

やきもきする比佐乃をよそに、二人は示し合わせたのか、決裂したのか、急に動きを止める。

突進してきた熊をギリギリまでひきつけて、次の瞬間、彼らは左右に別れる。獣は案の定、暁男の方へ向かう。刃を持つ少年はその背後から近づいて、閃《ひらめ》く速度で右後肢の腱《けん》を断ち切った。

雄叫《おたけ》びが上がる。振り向いた熊に刃を構えた少年の顔には、返り血が付いている。

「馬鹿野郎《ばかやろう》、心臓を突けと言っただろう！」

「首を落とします！」

この頑固者！　と声が届く。暁男が罵倒《ばとう》するところなんて初めて聞いた。驚きで思わず会話に集中する。

少年は熊と相対している。熊の背後で暁男が叫んでいるが、熊は怒りで彼へと標的を変えたようだった。涎を流しながら唸っている。

「おい、心臓だ！　心臓を狙《ねら》え！」

暁男の声が聞こえる。少年は聞こえているだろうに、応じもせず、顔に飛んだ血糊《ちのり》を拭いもしない。整ったその面は静、腰を落として構える動きは年齢に似つかわしくないほどの落ち着きがある。

突如、横から獣の目が潰《つぶ》された。暁男が鍬の柄を突きだしたのだ。熊は再び咆哮をあげ暁男を振り返る。それが契機になった。

熊が暁男へ前肢を伸ばし、その大きな爪を薙いだ瞬間、少年は比佐乃の側の庇の上へ飛んだ。身体《からだ》を捻《ひね》って刃に勢いを乗せ、熊の丸い肩へ向かって、自重を掛けて一気に刃を打ち下ろした。

薄く見えた刃の厚みを認識したのは一瞬、鋭利なその刀身が熊の毛皮に吸い込まれるように消えた。閃かせた刃の光とも相俟ってまるで稲妻のようだ。刃物は恐ろしいけれど、彼が持つそれはなぜか美しく見えた。

首が落ちた。同時に少年は下へ飛び降りる。首から、血飛沫《ちしぶき》が一瞬、噴水のように上がって静まった。

熊の身体がよろめいている。こちらへ向かって数歩踏み出している。まだ歩けるのかと驚いた時、ようやくそれがすぐ間近であることに気が付いた。

「そこのこいさん！　早《は》よ逃げ！　危ないで！」

誰かの声が聞こえたが、比佐乃は盥に乗ったまま目を上げることが精いっぱいだ。縫いとめられたかのように動けない。見上げた先で、その大きな影が自分を覆う。お嬢さんッ！　と鋭く暁男の声がしたが、ゆっくりと獣の胴が近づいてくるのを見つめるばかりだ。

しかし次の瞬間、いきなり身体を突き飛ばされていた。

地面に投げ出されて、したたかに肩を打ち、ごろごろとその場を転がった。痛みが全身を貫く。すぐには呼吸すらできない。

「お嬢さん！　お嬢さん！」

しっかりなさって、と暁男の声が聞こえた。

「……暁」

暁男の腕が自分を抱え起こすのがわかって目を開ける。

熊の胴はさきほど比佐乃が立っていたところ——庇の下にあった。弾《はじ》かれた盥がガラガラと音を立てて縦に回っている。それが熊の身体に当たってカランと地面に伏せた。

比佐乃はその獣を見下ろして——直後、息を飲む。

熊の身体の下からは、細い手だけがこちらへ向かって伸びていた。

二章　過程

■チㇱ

　チㇱ、と声を掛けられた。目を上げると、手を振る人影が見える。

「エプイケ」

　肉付きの良い身体《からだ》を揺らしながら、彼女は近づいてくる。チㇱと同年、幼い頃から体格が良く、大きな頬と髪の艶《つや》やかさは豊かさを象徴しているようだ。実際に内証の良い家の娘だ。エプイケとは、木に咲く花という意味だ。けだし大輪の花である。

「チニタはどう？　気は変わったって？」

　チㇱは首を振った。

「変わらないって」

　呆《あき》れた、とエプイケは眉《まゆ》をつりあげ、腰に手を当てた。耳環《ニンカリ》が音を立て、つるりとした赤色の硝子《ガラス》珠《だま》が透けて光る。町で仕入れてきたものを彼女が自分で加工したのだ。その白い肌によく似合っていた。

「いい加減になさいとお言い！　チニタはただでさえ貧相な身体をしているのよ。ヤイカラの刺青《ヌイェ》はまだしも、『ウフイカ』なんて耐えられるはずないじゃない！」

　憤慨するエプイケを慌《あわ》てて宥《なだ》める。

「言ったの、言ったよ何度も。でも姉さんはああ見えて頑固だから」

「頑固なのは知ってるわよ。体力もないくせに」

「ポソミも説得してたんだけどね」

　ダメダメ、とエプイケは手を振った。

「男からの説得は逆効果だわよ」

　チㇱは苦笑した。わからなくもない。

　この村の結婚の儀式は恐ろしく女性に不利にできている。こればかりは他のどこの村にも存在しないし、話したところで理解してももらえまい。

　しかもこの二十年ばかりは口外すら禁じられている。

　これはこの村に固有のもの——アイヌに擬態した一族の、唯一《ゆいいつ》の独自習俗だと言えた。

「だってどうしてもって、本人が譲らないんだもの」

「後でおおごとになっても知らないからね」

　ありがとう、とチㇱは礼を言う。なんだかんだと言いながら、親身になって心配してくれているのは彼女だけだ。

　ヤイカラの刺青《ヌイェ》は美しい。憧《あこが》れている者も多い。この集落では口の刺青《パキサラ》の風習もないから余計にだ。だが、『ウフイカ』は別だった。それでも若い者の中で表立って反対しているのはチㇱとエプイケだけである。

　百年間、連綿と続く婚礼儀式。由来はわかるが今、鬼はいない。その気配もない。だのに足の悪い姉が、更にその足を悪くするかもしれない儀式を、なぜしなくてはならない。

　チㇱは繰り返し説得した。だが姉の決意も固い。だんだんと疲れてきてもいる。

「刺青《ヌイェ》は私も彫らせてもらうの。ウフイカは一応ギリギリまで反対はしてみるけど、姉さんの気持ち次第でもあるから」

「気持ちって……そりゃそうだけど」

　エプイケは寂しそうに口を曲げて、チㇱを見る。

「偉いわね、ほんと」

「我慢強い人だしね」

「そうじゃないわよ」

　焦《じ》れたようにエプイケがチㇱの腕を叩《たた》く。

「あんたのことよ、チㇱ」

　驚いてエプイケを見つめた。

「姉妹ってこともあるんだろうけど……いや、私だったら無理。今だってだいぶ複雑だもの。シㇷ゚シㇷ゚なんて、まだ納得してないわよ」

　シㇷ゚シㇷ゚はチㇱたちより一つ上、集落で一番の美貌《びぼう》を持つと言われる娘だった。まっすぐな長い黒髪の、シㇷ゚シㇷ゚——木賊《とくさ》のようなその美しさからの名である。

「村で唯一のポソミを奪われて、私たちが何とも思っていないわけがない。……あんたならそれがわかるはずよね」

　集落に妙齢の女は五人いる。チニタ・チㇱ姉妹、ホマンレラ・シㇷ゚シㇷ゚姉妹、そしてエプイケ。いずれも独身である。

　対して若い男はこの集落にはポソミしかいない。幼なじみといえば全員が幼なじみだ。年嵩《としかさ》のホマンレラでさえ、ポソミには期待するところがあったことは知れ渡っている。誰も彼もが彼を構い、彼に群がり、彼の伴侶《はんりょ》になることを夢見ていた。

　この村で婚礼ができるというのは、本当に特別なことなのだ。

「——チㇱを選ぶと思ったのよね、私」

　その呟《つぶや》きに、どきりとした。

「ポソミ、チㇱと話している時が一番楽しそうじゃなかった？　丁々発止のやりとり、聞いているこっちまでワクワクしたわ。相手のことなんて全部聞かなくてもわかっている感じだったし、頭の回転も速い者同士。悔しいけど、お似合いだと思っていたのよ、私」

　エプイケのその言葉に、チㇱは不意に泣きたい衝動に駆られた。

「でもさ、それでもあんたはチニタの面倒を見て、ちゃんと祝福しているんだもの。偉いわよね。私だったら悔しさでしばらくチニタの顔なんて見たくないと思うわ」

　憤慨するエプイケに、チㇱは苦笑するふりをして俯《うつむ》いた。

胸が苦しい。

――そうできたら、どんなに良かったか。

「こう言うのもなんだけど、あんたは『神に聴く者《イコンヌプ》』、村の自慢なのよ。頭もいい、抜きんでた力もある、気立てもいい。そりゃあ？　美貌だけはシㇷ゚シㇷ゚と私に劣るけど？」

その物言いに、本当に苦笑しながら顔を上げた。

「それでもひどい器量というわけじゃない。可愛《かわい》いわよ、痩《や》せっぽちの貧相でも」

「頭のお鉢の大きなエプイケ姉さんに言われるのは悪い気はしないわね」

言い返すと彼女は膨れて、しかしすぐににやりとする。

「それそれ、そういうとこ。でもチニタはそうじゃない」

エプイケは肩を竦《すく》めた。

「いや、チニタだって素直よ。心根も優しい。でも彼女の取柄はこう言っちゃなんだけど歌《ウポポ》だけだわ。叙情歌《シノッチャ》の上手《うま》さは認める。でもすべてにおいて妹であるチㇱに及ばない。あ、足が悪いことは勘定外よ。私だって神の手の跡《カムイテクコッ》を腐す気なんてないから」

生まれつきどこかが悪かったとしても、そのようにお作りになった神《カムイ》の手の跡であり、すべては吉兆であるとされる。チㇱは首を振った。

「ありがとうエプイケ。でもポソミが姉さんを選ぶ気持ちもわからなくはないのよ」

足だけでなく、彼女は幼い頃から身体も弱かった。よく病気にもなった。看病をする中で、その儚《はかな》さに心細い思いをしたことも、ハラハラしたことも一度や二度じゃない。隣の家だからか、ポソミもよく看病に来てくれた。

自惚《うぬぼ》れかもしれないが、最初、ポソミはチㇱのことを好いてくれていたと思う。眼差《まなざ》しには温度がある。熱がある。それは向けられている当人なら、必ず気づくものだ。

だがいつのころからだろう、ポソミの熱はチニタの方へ傾いた。

病床で見上げるチニタの目に、ポソミの視線に。彼らの眼差しが次第に熱を帯びていくのを傍《そば》で見ていた。対する自分への眼差しからは、それが消えていった。

——もうずいぶん前の話だ。

「ひ弱だった姉さんの身体が少しずつ丈夫になっていくのは、見ている方だって嬉《うれ》しかったんだもの。危ない夜を何度も越えて、たぶん、ポソミはその嬉しさをもっと感じたくなったのじゃないかしら。私より近い場所でね」

血を分けた肉親である、チㇱよりももっと近くで——。庇護《ひご》欲か愛情かはわからないが、ポソミが誰よりも心を砕いているのがチニタであることはわかっていたし、ここ数年はポソミもチㇱの前でそれを隠さなくなっていた。

ふうん、とエプイケが鼻を鳴らす。

「男ってのは、そういうのに弱いのよね。何かを守るっていう。この村じゃ違うっていうのにさ」

まるで大年増《おおどしま》の台詞《せりふ》だ。思わず笑った。

「でも、これでいよいよ後がなくなったわよ、チㇱ」

首を傾《かし》げると、呆れたようにエプイケが睨《にら》んでくる。

「なに惚《とぼ》けてるの。この村の現状を、あんたはちゃんと理解しているでしょう、『神に聴く者《イコンヌフ》』」

集落全戸十一世帯。うち、独身の子を抱える、または独身のみで構成される世帯が六。十に満たない女児を抱える家がそのなかに二戸ある。

両親がそろっているのはエプイケだけだ。ポソミは母親のみ。シㇷ゚シㇷ゚らとチㇱらは両親とも既にない。

今、集落には男がほとんどいない。五年前、雪崩《なだれ》に巻き込まれた事故で大幅にその数を減らしたことが直接の原因ではある。だがそれ以前から、村には女児ばかりが生まれるようになっていたのだ。

男児が生まれてこない——それを言い当てたのはチㇱの師である婆《ばば》であり、今から二十年ほど前の話だという。

「お婆の先視《さきみ》は正しかったわけだけれどね。結果として同年代に男はポソミしか生まれなかったわけだから」

そもそもこの集落は、大本である一族から分離し、独立して漂流していた者たちの末裔《まつえい》だ。一人が十人前後産むのが珍しくなかったのは独立する前の話である。

だがここ十数年は異様だった。一組の夫婦が産む子どもの数は極端に減り、さらには女児ばかりが生まれている。

それがこの先どういう意味を持つのか——集落に生まれ育ったものならば誰もが容易に想像できることだった。

「ポソミとチニタの間に生まれる子どもが男の子、それも二人以上だったとしたら、この村には希望があるわ。ノチューや、シソヤのところの姉妹がいるから」

どちらも結婚して十年を算《かぞ》えるが、それぞれ二人ずつ娘を産んで以来、子宝には恵まれていない。

「もちろん、二人がこれから男の子を産んでくれればとは思うけど」

「ノチューはもう産めないと思うわ。本人がそう言ってたもの」

三十歳に近くなったノチューは、前の出産で身体を壊した。おそらくもう子どもは望めない。シソヤは若いが夫が病がちだ。

「うちも子どもは私ひとりしか残っていないし、圧倒的に男の数が少ないわ」

エプイケは眉を寄せる。エプイケの妹たちも五年前の雪崩で亡《な》くなっている。

「ねえ、チㇱは怖くないの？　私たちどうなっちゃうわけ？」

彼女の言葉は、おそらくこの村の娘たち全員の不安だ。

「このままじゃ、私たちには子どもはできない。うちの叔母みたいに、たとえ終生刺青《ヌイェ》がなくてもまだ姪《めい》の私がいるじゃない。でも私たちには魂を送ってくれる子どもはいないままなのよ。どうしたらいいの。私たちも村を出るべきなの？」

この村でヤイカラの刺青《ヌイェ》は特別だ。既婚女性であることの証《あかし》であり、昔はそれがないことを恥じて村を出たとも言われている。

　今はそうも言っていられない。集落を維持できる人数ではなくなってしまう。ただでさえ窮地なのだ。

　大丈夫、とチㇱはエプイケの丸い肩を撫《な》でた。衣の下で不安に震える彼女を落ち着かせるように。

「私はまだ大丈夫だと思っているのよ。それでは答えにならないかしら」

　力を失《な》くしたと恐怖した日があった。熊《くま》の出現を予知できず、ポソミに助けられたあの日だ。

　そのことは婆からきつく口外禁止を言い渡された。数度の狩りに同行し、チㇱの力は失くなってはいないことが判明した。その安堵《あんど》は、自分に自信を取り戻させてくれた。

　だから堂々と言える。

「この結婚に凶兆はないわ。きっといい方向に変わる」

　エプイケは心底ほっとしたような表情を見せた。

「心配しないで」

　未来を語るのはチㇱの役目だ。エプイケは頷《うなず》いた。

「どこかで別れ別れになった一族と出会えればいいんだけど……そしたら私だって今すぐにでもヤイカラの刺青《ヌイェ》ができるかもしれないものね」

　チㇱは笑った。笑顔はぎこちなかったかもしれない。

エプイケの気持ちは痛いほどわかる。チㇱだって、いつか誰かと出会い、寄り添い、家庭を築く未来を夢見ていた。

――この集落が別れた一族と出会うことはない。

それは亡くなる前の婆の宣告だ。先視としての最後の言葉だ。

かつての一族は大陸や内地に渡り、さらに数を減らしている。特に内地にはまだ鬼もいるという。身を隠しながら細々と生き永らえている者たちに出会うことはなかろうと。

エプイケにそれを伝えるつもりはないけれど。

「この集落だって、希望がなくはないわよ」

「さすがに、これから生まれる赤子と結婚するのは難しいかも」

エプイケが肩を竦める。一緒になって笑いながら、おそらく今後も刺青のない者同士の共感に安堵する一方で、重くのしかかる重責に打ちのめされる。

――『神に聴く者《イコンヌㇷ゚》』と祀《まつ》り上げられておきながら。

どうして自分は幸せな未来を伝えてやることができないのだろう、と。

村にとっても十年振りの婚礼になる。浮足立った空気がそれを物語る。

チㇱは複雑な気分でもあった。準備してきたこのひと月の間は。ずっと。

それでも婆が亡くなってから一年を過ぎ、ようやく待ちに待った婚礼なのだ。

家に帰る途中から歌声が聴こえていた。声量を抑えてはいても、澄んだ声は聞き間違いようがない。これほど伸びやかな鈴を震わせるような歌い方はチㇱにはできない。喉《のど》の奥を深く開ける技巧。集落中、いや近隣を見回しても敵《かな》う者はいないだろう。

楽しげに地上を跳ねて遊ぶ小鳥が、にわかに自分の持つ翼に気付いて、大空へと飛翔《ひしょう》する。強い逆風にも羽ばたきは打ち勝ち、その眼は遥《はる》か彼方《かなた》までを見通して、豊饒《ほうじょう》の調べは未来を禧《さきわ》う。そのようにして愛する者の元へと、私も飛んでいくのだ。

――恋慕歌《ヤイカテカラ》。

家の前で足を止めて、その旋律に聞き惚れる。決して乱れることのない、美しい歌の区切りを待って、チㇱは中に入った。

「お姉ちゃん、まだ痛い？」

部屋の隅にいる人影に近づく。

「平気よ」

風通しの良い場所で、火照《ほて》った顔のチニタがこちらを向いた。

見れば腕はまだ腫《は》れている。枯れ木のようだったものが、今は二倍以上に膨らんでいる。見るからに痛そうだった。

「平気じゃないわよ。やっぱり薬草を」

「本当に大丈夫よ。見た目ほどでもないもの」

ほとんど日焼けをしていない白い膚《はだ》は赤く腫れあがり、そこに沈み込むように薄い汚れが付着している。

近づけばそれが細かい傷だとわかる。腕をぐるりと辿《たど》っていくと、それは肘《ひじ》付近まで到達する。焦点を結んだ視線の先で浮かび上がってくるのは見事な螺旋《らせん》。手の甲から前腕に掛けて、稠密《ちゅうみつ》する羽が太く線を描いている。単色でしかないのに、極彩色の見事な羽の色が目の前に広がるようだ。

羽の細さ、その幅の均等さと正確な刻み方は、名人と言われた血筋のポソミの母の技術によるところが大きい。

「本当に好きね、チㇱ。彫る間もさんざん見ておいて」

「だってこんなに綺麗《きれい》な刺青、飽きるはずがないわ」

それはこれまで誰の腕にも見たことのないものだった。婆が死ぬ前に残した文様だ。かつてはこの村の男性にのみ許された刺青は、元々は戦いと一族を表した旗の図案だったそうだが、婆の文様はまったく違う。細かな羽で線を象《かたど》った、繊細で美しく、だからこそ難しいものだった。

残された図案を思いかえしながら、ポソミの母とチㇱの二人で婚礼に間に合わせた。名人に筋がいいと、何度も褒められたのはチㇱも嬉しかった。

自分の腕に彫られることはないが、自分が彫った作品で、しかも会心の出来だ。何度も見たい。何度見ても飽きない。

「ありがとう、チㇱ。あなたは何をさせても器用なんだもの。本当に自慢の妹だわ」

チㇱは思わず首を振った。

「そんなことないわよ。やっぱりポソミのおばさんの腕が凄《すご》いのよ」

そりゃそうだけど、とチニタはゆっくりと腕を伸ばす。両手を広げて、甲のあたりから肘の下まで、躍動するような羽の螺旋を目で追った。

「なんだろう、すごく自信がついた感じ。見るたびに泣きそうになるの」

チニタの大きな目は、もう潤《うる》んでいる。

「私がこれを彫ってもらえるなんて、思ってもみなかったから」

微《かす》かな声に、チㇱは穏やかに頷いた。

気持ちの中に燻《くすぶ》ったものがまったくないといえば嘘《うそ》になる。だがこの刺青を彫っている間に少しずつ、ほんとうに少しずつだが、それが浄化されていくような気がしていた。

無心で彫り進めていったあの時間は、姉との間の蟠《わだかま》ったものを解きほぐすために必要なひとときだったのだろう。

「ごめんね、チㇱ」

「なぜ謝るの、お姉ちゃん。私は嬉しいわよ」

両手を取る。まだ指先まで火照っている。それでももう血は滲《にじ》んでいない。

「ポソミがお兄ちゃんになること。おばさんが母さんになること。すべてに神《カムイ》の意思が働いているのよ」

自分の白い腕にも、この刺青があればとも思う。だがそれは望んでも詮無《せんな》いことだ。ようやくこの一年で、その想《おも》いが薄い瘡蓋《かさぶた》で覆《おお》えるまでになっている。

「確かにお姉ちゃんのことが羨《うらや》ましいと思ったこともあるわ。村の女たちはみんなお姉ちゃんになりたいと思っているもの。でもそれは無理なこと。だってチニタはひとりしかいないんだもの」

何度も目が刺青を往復する。たくさんの首飾《タマサイ》りや耳環《ニンカリ》よりきらびやかで、終生消えることのない祝婚の装飾を。

「この刺青《ヌイエ》は、ポソミのためのもの。ポソミを守るのはこれからお姉ちゃんの役目なのよ。そしてそれは間違っていない。ポソミが選んだ妻は、チニタで間違いないの。それで良かったのよ」

意図せずチㇱは微笑《ほほえ》んで、その瞬間になぜだか涙が落ちた。チニタもまたそれを見て顔を歪《ゆが》める。

「チㇱ……！」

抱き着いてくる姉を受け止めた。

「ありがとう、ごめん、ありがとう、ごめんなさい」

「なんで謝るの、なんで泣くのよ」

チㇱも泣きながら姉の髪を撫でる。

「チㇱはどうして優しいの。私はこんなに弱いのに……！」

優しいはずがない、と心の中で否定する。本当に優しかったら、この結婚を受け入れるまでの時間がこれほど長いはずもなかった。

もし婆の喪がなければ、時間がもっと短ければ、今日のように祝福してやれたかどうかはわからない。

「私だって弱いわ。同じよ」

背中を撫でる。肉が落ちて骨が指に当たる。準備に奔走したとはいえ、痛々しいほどだ。身体を離してその顔を覗《のぞ》き込む。

長い睫《まつげ》。大きく潤んだ眸《ひとみ》は光の加減か、虹彩《こうさい》に紫を刷《は》く。わずかに垂れた目尻《めじり》。ここだけがチシとは対照的だとよく言われた。柔らかな曲線を描く眉は濃く、まっすぐな鼻梁《びりょう》、唇は厚くはないが艶やかだ。少しだけ削《そ》げた頬はそれでも肌理《きめ》が細かく、光沢すら見える。痩せてなお華やかに見えるのは婚礼が間近なせいか。

「でもやっぱり『ウフイカ』は止《や》めておいたら？」

「大丈夫よ、やれるわ」

だってヤイカラだもの、とチニタは垂れた目を細める。

「もちろん、大事な儀式だってことはわかってるのよ。でもお姉ちゃんのその足じゃ」

「受け継がれてきた儀式だもの。加護を得るためには必要でしょう」

「でも」

チシ、と優しい声がする。

「当事者が私でなかったとしても、『ウフイカ』を止めないと思うわ。たとえ、それがチシでも、エプイケでも」

姉はチㇱの目を覗き込む。

「立場が変われば、きっとチㇱだってやる。私には、その義務があると思うの」

「お姉ちゃん」

姉はわかっているのだ。祝福の裏に、娘たちの妬《ねた》みや羨望が潜んでいることを。

――ポソミの隣に立つということがどういう意味を持つのか。

「大丈夫だよ、チㇱ」

声に振り向いた。いつのまにかポソミが立っていた。

「相手を誰だと思っているんだよ。俺だぜ？　俺だってチニタに辛《つら》い思いはさせたくない。加減くらい心得てるよ」

「でも」

チㇱ、とチニタが首を振る。

「本当に大丈夫。私はむしろ誇らしいの。それでポソミの妻になれるんだとしたら望むところなんだもの」

「頼もしい奥さんだ。まあ、チㇱの心配もわかるけど」

腫れた腕を見て、痛々しそうに眉を寄せ、ポソミがチニタに寄り添う。

「夫婦《ウムレク》になるために必要なものなら、俺たちは頑張れるよ。な？」

チニタは大きく頷いている。チㇱはこれみよがしの大きなため息をついてみせた。

「わかったわ。夫婦になる前からもう当てられちゃうなんて。存分に仲良くしてて」

チㇱったら、とチニタが恥ずかしそうに声をあげる。笑いながらチㇱは家を出た。

外に出て、戸を背にしたまま思わず天を仰ぐ。まるであの日のようだ。

姉には祝福を贈れるようになったのに。

――どうしてだろう。

ポソミの顔を、今はあまり見ていたくなかった。

■真汐

にわか雨の降った夕方だった。遠くへ去った鈍色《にびいろ》の雲の下にはまだ篠《しの》つく雨煙が見える。だが目を転じれば頭上には茜《あかね》の空から陽が射《さ》し始めている。

「すっかり濡《ぬ》れておいでだな」

縁側に立った義父の言葉で、軒下に誰かがいるのが知れた。真汐《ましお》は道着のまま、彼の身体の脇《わき》から顔を覗かせた。

「勝手ながら庇《ひさし》をお借りしておりました」

恥ずかしそうに応《こた》える声がした。落ち着いた低い声だ。

「中にお入りなさい。拭《ふ》かないと風邪を引き込みましょう」

「いえ、もう雨も止みましたから」

固辞しているのが聞こえたが、義父も一度言い出したら聞く人ではない。自分に手拭《てぬぐい》を持って行くように言いつけた。慌てて入口に回ると、そこには髪から雫《しずく》を滴《したた》らせた、ずいぶん背の高い男が立っていた。仕立ての良い洋服、見慣れない銀縁、薄い硝子の丸眼鏡。この辺りでもほとんど見かけない、良家の子息だ。

　眼鏡の反射で目元は見えなかった。ただ口元が優しく笑んでいて、差し出した手拭に深く腰を折って「ありがとうございます」と同じ目線で丁寧な礼が返ってきた。眼鏡越しに榛色《はしばみいろ》の目が細められていた。

　それが南辺田廣章《みなべだこうしょう》だった。

　彼はすぐに座敷に通された。当時その座敷には義父の妻の位牌《いはい》が置かれていた。火鉢を勧めて遽《あわただ》しく出て行った義父を見送った後で、廣章はその位牌の前に座り、手を合わせて深々と頭を垂れた。こっそり陰から覗いていた真汐には気づいていない様子だった。ずいぶんと長い間拝んで、それからようやく火鉢に向かった。濡れそぼった大きな男が背を丸め、手先を温めている様子はまるで水に落ちた大きな犬のようでなぜか見飽きない光景だった。

　家内には女手がなく、下働きにお糸という下女を雇っていたが、その娘がお茶を供した後で、なんてお美しい方でしょうとお盆を抱きしめて顔を赤らめていたのも可笑《おか》しかった。美しい、の概念が十二歳の真汐にはよくわからなかったけれど。

　そんな偶発的な出会いの割に、廣章は初手から義父と話が合ったらしい。一時間もすれば談笑が聞こえはじめ、そのまま酒宴になったようだ。朝起きた時にはもう客人はいなかったから、いつ帰ったのかはわからなかった。

　後日、見知らぬ中年の男が道場を訪ねてきた。廣章の家の者だという。置いて行った菓子折りは老舗《しにせ》菓子舗の豆大福、それも大量にだ。道場の門弟から両隣、お糸までもに行き渡った。たっぷりと吹いた打粉に透けて覗く赤えんどう豆。宝物のように輝いて見えた。子どもながらに大事に大事に食べた。口の中が一気に甘さで満たされて幸せな心持ちになる。

「真汐、よく見ておくんだぞ」

　隣に立つ義父が、口の周りを粉だらけにしている真汐の頭に手を乗せた。

「中《うち》に誠《まこと》あれば外に形《あらわ》る」

　よくわからない、と首を傾げる。

「人間の本質というのは必ず言動に現れるということだ。指先ひとつ、視線ひとつ、言葉ひとつに注視すべきだ。本質を見誤ってはならぬと心得よ」

　難しいことをおっしゃる、と手に持った大福をまた一口食べようとしてそれがいつの間にかなくなっていることに気がついた。

　慌てて探す間に周囲がどんどん昏《くら》くなっていく。義父の姿もどこにもない。

「師匠？　廣章さま！」

　声をあげる端から口から粉が溢《あふ》れて、ものが言えなくなっていく。

　叫びたいのに叫べない。ひどく息苦しくなってもがいた。

※　※　※

唐突に目が覚めた。思わず咳《せ》きこんだが、口からは何も出なかった。

懐《なつ》かしい夢を見ていた。廣章と初めて出会った日の夢だ。反芻《はんすう》しようとしたとたん、急に覚醒《かくせい》した。

自分が寝かされていることを自覚する。

布団《ふとん》の温かさ。不思議に明るい部屋。煤《すす》っぽく、しんとした空気。どこかにひんやりと冷たい雪の匂《にお》いが残っている。

慌てて起き上がろうとすると、頭が痛んだ。思わず呻《うめ》く。

「失礼しま、あれあれまあ、気がつかれましたですか！」

誰かが入って来たのはわかったが、痛みがひどくてそれどころではない。

「無理はいけません、お休みくださいまし。誰か、お医者を、これ、お医者をこれへ呼んで。あと奥の間の方々にもお知らせして」

騒がしい足音が聞こえて、身体を倒される。額に氷嚢《ひょうのう》が載せられた。ズクズクと脈を訴える頭が冷やされて気持ちがいい。足先の温かさは湯たんぽだろうか。

「倒れた時に地面に頭を打ちなすったんですよ。しかもすぐにあの巨体がのしかかってきたわけで。首を入れて六十貫《二百二十キロ》を超えていたというんですから。よくもまあ内臓などが潰《つぶ》れなかったものです。丈夫でいらしてなによりだ」

六十貫、巨体。何のことだったろうと瞼《まぶた》を下ろしかけて、再び目を見開いた。

「廣章さま……！」

「いけませんってば急に！」

起き上がろうとした真汐を、男が押さえつけた。こざっぱりした絣《かすり》の着物、ふくよかな頬に丸い目、見知らぬ中年男性だ。

「まったく。少しはご自分が怪我人《けがにん》って自覚をお持ちなさいまし」

「真汐はん目ェ覚めたんやて！」

騒がしい音を立てて入ってきた者がいる。確認せずともわかる。

「那賀坊《なかぼう》さん……？」

「あァ良かった、このまま起きなんだらどないしようかと。な、暁男《あけお》はん」

真汐は目を動かす。枕辺《まくらべ》に座った那賀坊の後ろに男が立っている。江井《えねぃ》ではない。どこかで見た顔だった。細面に切れ長の目、意志の強そうな長い眉。誰だったろう。

「お医者を呼んでおりますので、じきに診てもらえますよ」

「ご主人、ほんまおおきに。ご主人はじめ皆さんのご厚意のおかげやで」

何をおっしゃる、と主人と呼ばれた糸目が笑った。

「この町の者を助けてくださった恩人ではないですか。御礼を申し上げるのはこちらの方ですよ。では私は下におりますので」

主人というからにはこの家の主《あるじ》なのだろうか。疑問を読んでか、那賀坊が説明してくれた。

「真汐はんが下敷きになったすぐ側《そば》のお店、米穀問屋『中村屋』のご主人や。店を壊されもせずに済んで、町の人間を救ってくれたのは大きな恩やいうて、真汐はんを運び入れて、お医者を呼んでくれたんやで。わてらの逗留《とうりゅう》も許してもらってな」

那賀坊は出ていく主人の背を拝んだ。

「逗留？」

「そやで、あんさん、丸二日も眠り続けておましたから」

「二日？」

「今日は大正三年三月二十三日や」

室蘭に降り立ったのは三月二十一日の早朝である。

「そんな……」

衝撃のせいか記憶も一気に戻ってきた。

確かにあの時、庇の陰に盥《たらい》に乗った娘がいることに気がついた。首を落とした熊の胴がその上に倒れ込みそうになったために、とっさに彼女を突き飛ばすのが精いっぱいだった。間抜けにもそこで頭を打ち、さらには熊の下敷きになり、昏睡《こんすい》していたということか。

「あそこにいた人たちは、みなさんご無事だったんでしょうか」

那賀坊は頷いた。

「襲われとった男は酷《ひど》い大怪我をしたらしいけど、一命は取り留めたて聞いたで」

良かった、と真汐は胸をなでおろした。役に立ったのなら良かった。

ふと気づく。主の姿が見えない。

「廣章さまはどちらに。今、お出かけですか」

ふたりは顔を見合わせたようだった。言いづらそうに那賀坊が口を開く。

「ええと、廣章先生は先にご出立や。昨日の午前《ひる》までは待ってらしたんやけどな」

「……出立？」

——置いて行かれた？

愕然《がくぜん》とする真汐に、那賀坊は慌てて言い添えた。

「そないな捨てられた子犬のような顔しなさんな。大悟《たいご》も一緒やから、心配あらへんし」

「どういうことですか」

「俺が話します」

立っていた男がそう言い、枕辺に座った。

「俺の名は甲斐澤《かいさわ》暁男、助けてもらったのは俺の許嫁《いいなずけ》で小板《こいた》比佐乃《ひさの》という。まずはお嬢さ……比佐乃を助けてくれたことに感謝する。おかげで大した怪我もなく済んだ」

軽く頭を下げる。が、その顔は固い。

「だがおまえが俺の言うとおり心臓を刺していれば、こんなことにはならなかったとも思っている」

ようやく思い出した。ひとりであの獣に立ち向かっていた、あの鍬《くわ》の男か。

「まァまァ、そない喧嘩《けんか》腰《ごし》にならんと。比佐乃はんがえらく真汐はんのことを気にしてはってな。命助けてもらっとんのやから当たり前かもしれんが。廣章先生も比佐乃はんも梃《て》子《こ》でもここを動かん姿勢やったんやで。けど」

「けど？」

那賀坊は暁男を見る。暁男は頷いて、話を引き取った。

「追手が来たんだ」

「追手？」

あかん、と那賀坊が額に手を当てる。

「暁男はん、言葉が足りてへん。二人はな、実は駆け落ちなんやて。函館の大きなお店《たな》の嬢《いと》はんと使用人なんや。愛の逃避行の最中、あの熊に出くわした」

二人は暁男の故郷に逃げのびる手はずだったらしい。

「一昨日の夕方、ここの手代はんが道で人相書きを見せられたそうや。暁男はんの。比佐乃はんの方は写真や。手代はんはとっさに機転利《き》かして知らんと首を振ったらしいんやけど……まあ突き止められるのも時間の問題やろな」

事情を聞いた二人の顔からは血の気が引いていたという。

「比佐乃はんは可哀想《かわいそう》なくらい動揺してはってな。そんで二人が駆け落ち組やって話を聞かされたんや。そしたら廣章先生が興味を示しはって、追手を撒《ま》くのに協力するとかなんとか」

想像に難くない。元々好奇心の塊のような人なのだ。真汐は頭を抱えた。那賀坊も眉を下げている。

「一応、反対はしたんやで？　先様《さきさま》は廣章先生のお兄様のご紹介、わてにも責任のあるこっちゃ。軽々に行き先なんか変えたらあきまへんやろ。そやけどな」

真汐は首を振った。説得しようとしてできるなら苦労しない。

「お察しします」

そういうこっちゃ、と那賀坊はため息をついた。

「しかしどうして暁男さんは比佐乃さんと一緒じゃないんですか」

暁男は渋面だ。那賀坊が苦笑する。

「暁男はんも一緒に行く予定やったんや。しかし比佐乃はんが反対してな。お店は自分を取り返したいだけなのだから、囮《おとり》になるのは私がいい、と。比佐乃はんが動けば、確かに追手はそちらを追いかけてくるやろ。あっちは集落の場所を知らんらしいから、道中でなんとか彼らを撒いて集落に逃げ込みさえすれば、こちらの勝ちだと。いろいろ小賢《こざか》しいこと考えはる娘はんや」

暁男が真汐を見る。

「どのみち、意識不明の恩人を置いたままでは行けんだろう」

責任を感じてくれていたのだろうか。

「では那賀坊さんは」

「わても一緒や。我が身を犠牲にして勇敢に闘った英雄を置きざりにして行けますかいな」

那賀坊は優しく笑いかけてくる。

「もうじき昼や。医者も来る。真汐はんさえ動けるようなら、様子見て出立しまひょ」

「すみません」

ふと暁男と視線が合った。すぐに逸《そ》らされる。表情にありありと不満が浮かんでいる。

とんでもない道行になったものだと、頭を掻いた。

※　※　※

結局、真汐は側頭部強打からの脳震盪《のうしんとう》、それに熊の加圧、衝撃が加わったことで昏倒に至ったものらしい。老医師は入念に真汐の身体《からだ》を見て、無理をしないこと、と一言で出立を許可した。

中村屋の心尽くしの昼食を済ませ、那賀坊が馬の手配をしてくる間、暁男と真汐はふたりで通りの端に突っ立っていた。お互いに無言である。居心地の悪いことこの上ない。

「おまえ」

突然、暁男が口を開いた。顔はまっすぐ通りの向こうを睨んでいる。

「あの時、どうして俺の言うことを聞かなかった？」

どうしてもこの話は避けて通れないらしい。

そもそも真汐が暁男のところへ駆けつけた時、最初は刃で熊の脳天を衝《つ》こうと考えていた。

だが暁男にそれを止められている。熊の頭蓋《ずがい》にそんな細い刃が通るわけがない。頭皮の下は分厚い鍋釜《なべかま》だと思え、と。

暁男が囮として熊を引きつけている間に、細い刃で心臓を貫く。確かに有効だろうとは真汐も思った。

「おまえは首を落とした。正直、それができるとは俺も思っていなかった。だが心臓を突いていればもっと楽に仕留められたはずだ。それを頑固に首に拘《こだわ》って、挙句人に迷惑をかけたのは誰だ？」

「迷惑をかけましたか？　比佐乃さんて人も大事なかったと聞きましたけど」

屁理屈《へりくつ》を、と暁男が不機嫌さを露《あら》わにする。

「おまえが意識を失った後も、誰にも迷惑をかけなかったと言うつもりか？」

厳しい口調に、真汐は目を逸らす。あの熊の下から自分を引きずり出すのは骨が折れただろう。更には昏倒までしている。その思いが彼の視線を避けさせた。

「おおかた自分の力を過信したんだろうが、相手による。命取りになるぞ。剣術と獣相手は訳が違う。一刻を争うあの場で自分の感情を優先させるなんてのは、子どものすることだ」

　この男の言うことには説得力があった。

　――心臓の位置を把握できてさえいれば、の話だが。

「なんで人の意見を聞き入れなかった？　俺が信用できなかったのか？」

　首を振った。

「そういうわけでは」

「ではなぜだ？　己の力をひけらかしたかったからか」

「違う！」

　さすがに反論した。人の命のかかったあの場で、そんなことを考える余裕などなかった。

暁男は真汐を睨んでいる。

「理由を言え」

　初めて見る獣だった。心臓の位置がよくわからなかった。突いた瞬間、ぶ厚い胸筋で刃を止められる可能性も捨てられなかった。心臓にまで刃が届かなければ意味がない。抜けなくなったりもたついたりでもしようものなら、あの威力の爪《つめ》が襲ってくるだろうことを懸念《けねん》した。

　正直にそう言えば良かったのかもしれない。

　だがそう年齢も変わらないだろう暁男に、自分の不明を正直に並べることがなぜだかできなかった。

「あなたに迷惑をかけたのなら謝ります。けれど結果として僕はあの獣を倒した。ならこの話はもういいでしょう」

「いや、待て」

打ち切ったつもりだったが、この男、思ったより執拗《しっこ》いらしい。

「ひょっとして、おまえは熊を見たことがなかったのか」

至近距離で覗き込まれて絶句する。なぜ気づかれたか。

「そ、それならばなんだと言うんです」

暁男はまじまじと真汐を眺めていたようだったが、小さく息を吐きだした。

「――面倒くさい奴《やつ》だな」

心外である。

「見たことがないなら、ないって言えばよかったのに」

何かを察したようなその表情に、感じたことのない苛立《いらだ》ちが沸き上がる。知ったような口を利かれるのは不快だった。

「言う必要がありましたか」

怒った口調になるのは仕方がないだろう。だが暁男からは苦笑が返ってきた。

「おまえ、いくつだ？」

「十八ですけど」

「そうか。俺は二十歳だ。あの熊の首を落とした腕は見事だった。おまえは大した奴なんだな」

一転して、切れ長の大きな目を和ませて彼は真汐の背を叩《たた》く。

渋々だが頭を下げた。南辺田家の家訓は「尚歯《しょうし》」——年長者は敬わねばならないと常々教えられている。

「それにしても、あの仕込杖《しこみづえ》。あれには驚いた」

暁男は真汐の昏倒後、杖を拾い上げたらしい。

「重さが尋常ではなかった。一体何でできているんだ!?」

「強い鉄を使っているのです」

なるほど、と暁男が感心したように頷いた。

「だから熊の首を落とせたのか。通常の刀でさえ怪しいものを、仕込刀の細さでは到底無理だろうと見ていたが。あれはよほどの出来物《できぶつ》だな」

柄《つか》、すなわち杖の頭の部分まで鉄芯《てっしん》を入れたと聞いている。今年の初めに廣章が、亡き師匠が懇意にしていたという刀匠に再度依頼し、打ち直し——仕立て直しを頼んだのだ。元から軽いものではなかったが、戻ってきたものは更に重量を増していた。なのに廣章は何食わぬ顔で振る舞っていたのだから始末が悪い。おかげで初めて持った瞬間の驚きようは暁男の比ではなかっただろう。してやったりの主《あるじ》の笑顔を恨めしく思い出す。

暁男は改めて真汐の恰好《かっこう》を眺めている。

「しかしなんというか……おまえが持つには不似合いだが」

学生帽、マントの下には学生服。見るからに上質の洋杖《ステッキ》を持つような風体ではないだろう。

「あれは主の杖なのです。僕はただの書生で、もう学校には行ってません。こちらには動きやすいようこの恰好をしてきたというわけで」

「なるほど。内地はこの季節はあんまり雪も降らないって本当か」

日本のことをこちらでは内地と呼ぶのだそうだ。積もるところもあるが、少なくとももうそれほど雪はなく、開花はまだ先だが桜には蕾《つぼみ》がついていた。そう答えると暁男は驚きながらも嬉《うれ》しそうな顔をした。

「すごいな。こちらではあとひと月以上先の話だ」

「暁男さんは内地に行ったことはないのですか」

「ない。むろん内地も見たいが、俺はもっと外の世界も見たいんだ」

暁男は目を輝かせる。

「確かに集落の外は広かった。だが広いと思う函館の、さらに外はもっと広いはずだ。いつか内地も大陸も、更には亜米利加《アメリカ》や欧州なんかにも行ってみたいんだ。船を降りた時、俺たちはどんな景色を目にするんだろう。日本だけでなく、もっと広い世界を見たい。それが俺の夢なんだ」

手を広げ、楽しそうに語る。真汐も昨年沖縄に行った。日本も広いのだとは知っている。だが暁男に言われて、改めて世界の広大さを想像した。

「船だって昔より更に速度が上がった。陸蒸気《おかじょうき》だってこれまで以上に早くどこまでも行けるようになった。これからいろんなことが速度を上げて進化する。そうしたら、外の世界にだってもっと気軽に、もっと早く行けるようになる。もっと世界が近くなる」

思わず身震いをした。

主が俯瞰《ふかん》で物を考えるのは、遊学中の経験が大きいという。国内にいては考え方の蓋《ふた》が取れないからと単身乗り込んだと聞いている。その経験はやはり彼を鍛えた。同じものを見ていても、主はそこから情報を読み取り推測する能力が卓越している。主を尊敬しているのはその部分が非常に大きい。

――その主と、同じようなことを考えている人がいる。

しかも自分と変わらないような年齢で。

「おまえは？　夢はなんだ」

突然訊《たず》ねられて面食らう。

「夢、ですか」

「あるんだろ？」

明確に夢と呼べるようなものはない。だが漠然と思っていることはある。

師匠が亡《な》くなり、廣章の書生という過分すぎるほどの待遇を与えられて六年が経《た》った。

昨年、廣章の供をし、奇《く》しくも家業を継ぐかのような事案に関わった。

主には、まだ見識が狭いと言われている。もっと世界を見てから己の道を決めても良いのだと。だが、それでもいつかは南辺田の家を出ることになるだろう。

「夢、ではありませんが、やらねばならぬことがあるとは思っています」

『ひとたび下命あらば、我らは粛々と剣を揮《ふる》う。其《そ》が為《ため》の生《しょう》なり』

自分にできることと言えば剣術だけだ。養子として育ててくれた師匠の恩に報いるためには、家業を継ぐことが己の使命なのではないか、と。

「やらねばならぬことがあるのは、いいな」

暁男は頷く。

「進むべき道を持っているのは強い。その道がどんなに嶮《けわ》しくともな。切り拓《ひら》いて進んでこその男子の一生だ」

俺もだ、と彼は胸を張る。

「だがまずは手始めに、お嬢さ……比佐乃を家族にどう紹介するかが難関なんだがな」

小さく笑った。

「とっさに出るお嬢さん呼びを直さない限り、すぐ馬脚《ぼろ》が出そうですけどね」

「……ほう、言うじゃないかこの野郎」

暁男は真汐の首を絞めてくる。慌てて逃げた。笑った暁男の顔は、年齢よりもはるかに幼く見える。

「何やっとんねんあんたら」

戻ってきた那賀坊の呆《あき》れた声が聞こえた。

■比佐乃

泊まることになった盾村《たてむら》は大きかった。ここには製糖工場もあり活気がある。村の中心部では昨年電話も開通したという。いくつかの村が統合したこともあって、人口は一万を超えているらしい。

とはいえ鉄道はなく、移動は今も専《もっぱ》ら馬によるところが大きい。どこまでも真《ま》っ直《す》ぐな広い通りの両端に、整然とした町並みがしばらく現れては途切れることを繰り返す。

宿を取ったのは旅館『黄金屋《おこんや》』である。屋号はこのあたりの昔の地名からつけたそうだ。部屋に落ち着き、比佐乃は廣章たちを待っていた。彼らは馬を預けるついでに、周囲の様子を探ってくると言っていた。膝《ひざ》を抱き、爪を嚙《か》む。

――話が違う。

村に着くまでは連絡をしないという約束だったはずだ。

昨日、米穀屋の若者が比佐乃の写真を見せられたという。確実に自分が追われていることを知り、自分でも驚くほど狼狽《ろうばい》した。

裏切られた衝撃は強かった。どこかでまだ、あの男を信じていたのかもしれない。今はもう怒りの方が強い。

比佐乃が大傀屋《おおがいや》に引き取られたのは四つの頃だ。実母と暮らしていた頃のことはあまり思い出せない。貧しい長屋住まいだったと聞いている。母は風邪をこじらせあっけなく亡くなった。身寄りのない人だった。近所のおばさんが、眉唾《まゆつば》かと疑いながらも父に連絡を取ってくれたらしい。酌婦をしていた数年前、お忍びで来た大店《おおだな》の若旦那《わかだんな》の胤《たね》を孕《はら》んだという妄言を、函館という地名だけを頼りに当たってくれたのだ。

運よく引き取られはしたものの、比佐乃は父と顔を合わせたことはほとんどない。ただ学のない母がつけてくれた片仮名のヒサノという字に「比佐乃」という漢字を当てたのは父だと後から聞いた。

彼の妻は既に亡く、父はほとんど奥には姿を現さなかった。近くに数人の妾《めかけ》がおり、専らそちらで夜を過ごしていたからだ。大傀屋を継ぐべく育てられた長姉の菊緒《きくを》は妾腹《しょうふく》の比佐乃を一顧だにせず、身体の弱い二番目の姉、十五歳のゆき緒《を》だけが妹として迎え入れてくれた。その姉が引きあわせてくれたのが、番頭の瀧次郎《たきじろう》である。

瀧次郎は姉らにとって母方の従兄《いとこ》に当たるという。今の暁男と年齢はほぼ同じくらい、既に父の右腕としてその頭角を現していた。黒縁の丸い眼鏡と、端正な顔に見惚《みと》れたのを憶《おぼ》えている。

ゆき緒にとっても三歳ほど年長であった瀧次郎は、彼女に「瀧兄さん」と呼ばれていた。呼んでご覧と姉に言われるがまま、比佐乃が瀧兄しゃんと抱き着くと、困ったように眼鏡を押し上げて固まっていた。子ども扱いには慣れていなかったのだろう。比佐乃が粗相をして瀧次郎に叱責《しっせき》されれば、それに対してゆき緒が猛然と反撃してくれた。かと思えば、泣きじゃくる比佐乃に、男性ながら白く長い指で涙を拭ってくれた。四つの比佐乃にとって、彼らは理想の父母であり、兄姉だった。

入り浸っていた姉の部屋には、たまに下りものの珍しい果物が届く。内緒で寄越していたのは瀧次郎だ。比佐乃と一緒に食べながら、不器用なのよねと姉は笑った。

ゆき緒と瀧次郎が恋仲であるのを知ったのは八つくらいの頃だっただろうか。少しだけ胸に靄《もや》がかかったが、気づかないふりをした。

引き取られて五年後、肺の病でゆき緒が亡くなった。まだ二十歳の若さだった。この時、瀧次郎は少しだけ荒れた。直後一年くらい、店にはいなかった。どこかに修業に出されていたのか、実家に帰されていたのかはわからない。戻ってきた時、彼は父の勧めを断って所帯は持たないと宣言した。複雑な想いが去来したが、これも知らないふりをした。

ゆき緒が死んで以来、比佐乃の心のよりどころは瀧次郎だけだったのだ。

――疱瘡《ほうそう》で、瀧次郎が比佐乃の命を見限るまでは。

「比佐乃さん、お待たせしました」

はっとして顔を上げる。廣章が戻って来ていた。すぐ後ろに江井がいる。

「ど、どうでしたか、追手は」

「目に見えるところにはいらっしゃらないようでしたが、きっとここも把握されているに違いないでしょうね」

柔らかい物腰で、さらりと恐ろしいことを言う。

南辺田廣章という人は変わった人だ。身なりも立ち居振る舞いからも育ちの良さが漂う。聞けば廣章は瀧次郎と同年、同じように眼鏡を掛けてはいるが、廣章の銀縁の薄い眼鏡は彼の顔を瀧次郎より若く見せている。上品で知的なこの紳士は帝大講師、何でも一風変わった婚礼を探しに来ているのだという。

駆け落ちを打ち明けた時、暁男の集落の話になった。廣章はそこで目を輝かせ、同行を申し出た。こうして知り合ったのも何かの縁、是非とも婚礼の様子を拝見しお祝いをしたい、と。

本人が言うとおりの酔狂だと思う。わざわざ内地から出てきておいて、しかも彼の書生が昏睡しているさなかに、いきなり行き先を変更するというのだから。

那賀坊という案内役はしきりと思いとどまるように進言していたが、廣章は意を枉《ま》げなかった。

比佐乃はそれを聞きながら考えた。命を救ってくれた廣章の書生――真汐というらしい――には悪いが、この御仁を利用すれば追手もおいそれと手出しはしてこないのではないか、と。

高を括《くく》っていたわけではない。瀧次郎に駆け落ちを提言したのは他ならぬ自分、追われることなどないよう、慎重に根回しをしてきたつもりだった。

だが彼らは追ってきた。最初から比佐乃が信じられていなかった証拠だ。

ならばこちらも策を講じる必要がある。

数年前に店中が疱瘡に罹《かか》り、新たに人手を掻き集めたことがあった。その際、急遽《きゅうきょ》雇い入れた使用人の素性については詳細に調べていない。彼らには暁男の集落についての情報がほとんどないはずである。

比佐乃は廣章、江井とともに先行する。途中で追手を撒く必要があるだろうが、それには考えがあると押し通した。後発の暁男たちが途中で追手に遭遇した際は、やりすごすか、力ずくで撃退するかになるだろう。

この提案に暁男は反対したが、命の恩人を置いて先へ進むことへの罪悪感を主張したら折れてくれた。この先、追手とはどこかで接触しなければならないだろう。その場に暁男がいることは避けたかった。ひとりで密《ひそ》かに済ませたかったからだ。

那賀坊という人は呆れていたが、最終的にはこちらも折れ、彼の護衛の江井も比佐乃に同行することになった。そういえば那賀坊を見ると、なぜか藍鼠色《あいねずいろ》が浮かぶのは不思議だった。那賀坊の服にその色は使われていないというのに。

——今頃、真汐は意識を取り戻しているだろうか。

回復を願いながらも、もう少し目覚めないでと、人でなしなことを思う。

時間が欲しい——暁男に黙って動ける時間が。

比佐乃は肩掛けを手に立ち上がった。

「私、御手水《おちょうず》へ行って参りますわね」

「気をつけて。もう暗くなり始めていますから」

ぎょっとして廣章を見つめる。

「……御手水は屋内にありますのよ」

そうでしたか、と廣章は柔らかく微笑んだ。江井はじっとこちらを見つめている。

気づかれているような気がして、落ち着かない。そそくさと襖《ふすま》を閉めた。

電話をかけようか、と思案したのは一瞬、だがやはりここは姿を見せるべきだと思い、比佐乃は思い切って外へ出た。夕陽が長く尾を引いて山の端へと消えていく。広い通りをしっかりと肩掛けを合わせて歩く。身を切るような寒風の中、歩く人間はまばらだ。

旅館が見張られているのなら、追手はすぐに自分に気づくはず。むしろそのためにそぞろ歩きをしている。

旅装束の男女が、談笑しながらやってくる。足早なのは早く宿に着きたいためだろうか。その時だった。

「比佐乃さま、隣の路地へ」

通り過ぎざま聞こえるように、女がそう言った。

振り返ると、彼らは旅館から一区画先の路地へと入っていくところ、比佐乃は周囲を見回して、踵《きびす》を返した。

路地に飛び込むと、二人が菅笠《すげがさ》を外して立っている。見知らぬ顔だった。

「大傀屋の者でございます」

彼らは慇懃《いんぎん》にお辞儀をする。

「あなたがたが、私の写真を見せて回ったのね」

怒りで声が上擦った。女が微笑んだ。

「比佐乃さま、三日に一度はお電話をなさってくださいと、瀧次郎さんに言われていたはずですが」

「それは瀧次郎が後から勝手に言ったことだわ。最初から村に着くまでは連絡しないという約束だったはずよ。私を信用していないのね」

女は嫌な笑い方をした。

「信用とはそれに足る働きを見せてから言うものですよ。今の何もできやしないあなたをどう信用をしろって言うんですか」

「言い過ぎだ。このお嬢さまには荷が重い。だから俺たちがやるんだろ」

比佐乃は二人を睨《にら》んだ。

昔からこうだ。所詮《しょせん》は妾腹の子と蔑《さげす》まれてきた。次姉・ゆき緒付きの使用人も、その死によってほとんどが店を追われた。今や長姉・菊緒派の人間が多数の家で、自分の手足になってくれるような者はいない。

　比佐乃は懇願する。

「手を引いてちょうだい。暁男の生まれた集落は、今はもうなくなっている。それがすべてなの」

「それは私どもが判断しますわ」

　女は妖艶《ようえん》に笑うと、菅笠をかぶり直して男と路地の奥へと消えて行った。

　比佐乃はたまらず息を吐《は》く。

　瀧次郎はやはり比佐乃を信用してはいなかったのだ。このままでは彼らが暁男に接触するのも時間の問題だろう。

　——それだけはどうしても避けたかったのに。

　肩を落として、路地を出た時だった。

「先ほどの男女が追手というわけですか」

　掛けられた声に驚く。店の陰で待っていたのはここにいるはずのない二人連れ——廣章と江井だった。

　廣章の息も白い。一体いつからいたのだろうか。驚きで声も出ない比佐乃に、彼らは目を見合わせたようだった。

「実はね、比佐乃さん。江井さんから、興味深い提案がありまして。ただ、少々厳しい試練になりそうなのです。あなたは本当に追手を撒きたいとお考えですか？」

廣章は微笑《ほほえ》んでいる。比佐乃は曖昧《あいまい》に頷《うなず》いた。

わかりました、と廣章は朗《ほが》らかだ。

「それでは早く帰って少しでも休みましょう。なにせ今夜から強行軍ですよ」

「強行軍？」

私も頑張りませんと、と足取りも軽やかに彼は歩き出す。訳がわからないまま江井を見ると相変わらずの無表情、だがどことなく楽しそうな気配が見えた気がした。

■チㇱ

「チㇱー！」

目を上げれば、家を出てきたと思《おぼ》しき小さな影がこちらへ向かって大きく手を振っている。

「アペプㇱ！」

こら、と側に立つポソミが幼子の頭に拳骨《げんこつ》をおとした。子どもが大声で抗議している。

「痛いよ！　父ちゃん！」

「ちゃんと叔母《ウナラペ》さんと呼びなさい。まったく」

笑いながら到着した時、ちょうど家からチニタも出て来た。チㇱを認めて微笑んだ。

「あらチㇱ。今日も悪いわね。この子をよろしくね」

「お姉ちゃんは？　やっぱり無理みたい？」

ええ、と彼女は眉を下げた。ここ数日、彼女は足が痛んで辛《つら》いのだと言う。杖を持っていた。杖を持つのは結婚以来だ。あれだけ言ったのに、ポソミはウフィカで加減を間違えたのだ。

足が焼ける臭《にお》い――思い出してチㇱは顔をしかめる。必死で声を出すまいと唇の端から血を流しながら、姉はそれに耐えた。チㇱとて悲鳴をあげるのを何度我慢しただろう。

――たった一人の家族なのに。

彼女はそれから長い間、歩けなくなってしまったのだ。悔しかった。

自分にもっと力があれば……。チㇱは唇を噛みしめた。もっと大人だったら。もっと発言力があったなら。

刺青《ヌイェ》とウフィカの何が違うと問われて、説明ができない自分がもどかしかった。どちらも痛い思いをする。どちらも伝統のある儀式。昔から連綿と続いているものを疎《おろそ》かにしてはいけないと、頭の固い大人は言う。意味があると言う。それを跳《の》ね除けることができなかった。

自分が結婚するのであれば、ウフィカなどしないと言ってやれたのに――。

痛いのが嫌だからじゃない。納得ができないからだ。鬼を食い止めるために、身を呈すというそのやり方が。たとえ呪《まじな》いだとしても。

ここにはもう――鬼なんかいないじゃないか。

「母ちゃん、もったいない。こんなにいい天気なのに」

アペプㇱが残念そうに言う声にはっと我に返った。確かに今日は気持ちよいほどにからりと晴れた空が広がっている。陽射《ひざ》しは強いが風は涼しい。夏も終わりに近い。外で気持ちよく過ごせる数少ない機会だ。寒くなるのもすぐだろう。

「私が一緒に行ってあげるわよ」

「いやいや、チㇱは絶対に行かなくちゃ意味ないだろうよ」

ポソミが豪快に笑う。髭《ひげ》を蓄え、すっかり一人前の父親ぶりだ。チニタと一緒になってもう五年、結婚の翌年に生まれたアペプㇱはその名の通り、跳ね炭のごとく跳ねまわっている。

「まさかの湧水《わきみず》だものね。神《カムイ》のご加護よ。きっと皆が楽になるわ」

かつていた土地でも、たまにそういう湧水に遭遇することがあったという。特に北の方の山などは湧水が出やすかった。そういう水を神の水《カムイワクカ》と呼び、人々は挙《こぞ》って感謝と木幣《イナウ》を捧《ささ》げ、大事にしたものだと話に聞いている。

今の集落から沢へは遠い。水を汲《く》むのは重労働で不便だった。けれどすぐ近くに新しい水場ができた。これが神《カムイ》の恵みでなくてなんだというのか。

今日はその祝いの日だ。儀式を行い、改めてその水を利用する。珍しく夏風邪を引いていたチㇱは、まだそこに行ったことはなかった。『神に聴く者《イコンヌプ》』として行くのも、その水を飲むのも初めてである。チㇱのお墨付きをもらって、初めてこの水は利用を許されることになっている。

——既に子どもだけでなく、大人も飲み始めているのはご愛嬌《あいきょう》ではあるのだが。

行ってらっしゃい、とチニタに見送られて歩き出した。帰りに何を狩ろうか、とポソミもアペプㇱも早くも狩りの話に夢中だ。アペプㇱは山を駆けまわるのが好きな子どもに育った。チㇱはその様を見つめて歩く。ポソミを見てもなんとも思わなくなっている心に安《あん》堵《ど》する。

やはり若かったのだ。今は姉たち家族を見ても心が波打つことはない。温かな優しい家庭は、目に楽しく、幸せに映る。自分の家に帰ると、時々寂しくなったりもするけれど、子を産んでさらに体調を崩しがちになった姉の代わりに、アペプㇱを預かることも多かった。忙しい毎日に、寂しいとばかりも言っていられない。

姉に次の子が生まれる気配がないのが心配ではあったが、それでもアペプㇱが生まれたことは奇跡だと天に感謝するばかりだ。

村も喜びに湧いた。ポソミ以来の、待望の男児だからだ。

この子は希望だった。この村の。一族の。

「あー！　僕のお守り《マンプㇼ》がない！」

目の前で急に慌てだしたアペプㇱに追いつく。

「どうしたの？」

「なんかお守りを忘れたって」

　ポソミもしゃがみこんで、アペㇷ゚ㇱの服を探っていた。困ったように首を傾《かし》げているところをみると、見当たらないのだろう。

「しようがないわね。いいわ、私が取ってくる」

「だめだチㇱ。チㇱがいなくちゃ始まるものも始まらないじゃないか」

慌てたポソミに、笑ってみせた。

「走ってくればすぐじゃない。大丈夫よ」

「俺が行くよ」

「ポソミはアペㇷ゚ㇱの気でも逸らしていなさいよ。お守りはお姉ちゃんに言ってすぐに探してもらうから」

　困るよ、とポソミが弱り切った顔をする。

「アペㇷ゚ㇱの忘れ物を取りに帰ったから『神に聴く者《イコンヌㇷ゚》』が来ない、なんて言ったら俺が叱《しか》られるじゃないか」

　チㇱは声をあげて笑った。

「あんたを叱る人間がこの集落にいるはずないでしょ、次期村長《コタンコㇿクㇽ》」

すぐに戻るわよ、と声を掛けてチㇱは来た道を引き返した。

※　※　※

二十歳を越えて走るのは久しぶりだ。ようやく集落に入って、息を整えながら歩き出した時だった。

「……シㇷ゚シㇷ゚？　ホマンレラ？」

かつて集落で一番の美人だと言われた姉妹だ。最近見かけないと思っていた。チㇱは首を傾げる。彼女たちは二人とも大きな荷物を背負っている。そのまま——どうしてチニタの家の中へ入っていくのだろう。

急いで家の前まで来たが、開いた窓から話し声が聞こえる。なぜだか、そっと窓の外へと身体を滑り込ませた。

「やはり……出ていくのね」

姉の声が聞こえる。不穏な言葉にチㇱは耳をそばだてる。

「私はともかく、シㇷ゚シㇷ゚はやっぱり嫁がせてやりたいの。もしかしたら、万に一つも子ができるかもしれないから」

「宛《あ》てはあるの？」

「父が昔お世話になった和人のお婆《ばあ》さんがいてね。相談に乗ってくれて、仕事を紹介してくれたの。私が愚図愚図と決めかねていたせいで、シㇷ゚シㇷ゚もこんな年齢にさせてしまったけど」

「姉さまのせいじゃないわ」

シㇷ゚シㇷ゚の声が聞こえる。たしかホマンレラは今年二十七の大年増《おおどしま》、シㇷ゚シㇷ゚はチㇱより一つ上の二十三になる。

「私がポソミを諦《あきら》めきれなかったからよ」

チニタの沈黙に、チㇱは胸が痛くなる。確かに彼らの婚礼以降、シㇷ゚シㇷ゚の姿はあまり見なくなった。

エプイケも当初は落ち込んでいたが、今はチㇱがアペㇷ゚ㇱを預かっていると必ずと言っていいほど面倒を見させろと家に押しかけてくる。皆それなりにいろんな形でポソミを諦めたのだと思っていたのだが。

「……どちらにせよ、シㇷ゚シㇷ゚のためにも、私たちは出ていくわ。ここにいても苦しいばかりだから」

残念だわ、とチニタの小さな声が聞こえた。

「みんなに見送ってもらうのも、チㇱに先を見てもらうことも……いろいろ考えたのだけど、このまま行くつもりよ。このことが凶と出るのだとしても」

チㇱは苦しくなる。密《ひそ》かに「予感」を試そうとして、やはり思いとどまった。

「わかった……来てくれてありがとう」

待って、とシㇷ゚シㇷ゚が声を出した。

「最後にひとつ、チニタにどうしても聞きたいことがあったの。聞いてもいい？」

いいわよ、となぜかチニタは硬い声で応じる。

「――十年くらい前だったかしら。ポソミが疱瘡に罹ったことがあったわね」

なぜか、その声に胸がひやりとした。

「心配で心配で、私は物狂いみたいになっていた。近づくなと言われていたけど我慢ができなくて、とうとうポソミの家まで行ってしまったの」

姉の声はしない。どうしてだろう、空気がぴんと緊張していた。

「嵐《あらし》だったわ。暗がりに稲妻《イメル》が光って。とても怖かった。雨と風で吹き飛ばされそうになりながら急にチニタが外へ出て行くのが見えたわ。山の方へ」

不思議だった、とシㇷ゚シㇷ゚は言う。

「何しに行ったのかしらって。でもしばらくしてチニタは帰って来て、そのままポソミの家に入って行ったわ。みんな止められているのに、なぜあなただけ入って行けるんだろうって。悔しかった。あとでポソミに聞いたの。あれはエプリクを届けに来てくれたんだって。嵐の中、苦労して探して来てくれたんだって。エプリクのお蔭《かげ》で、自分は助かったんだって」

ゆっくり噛みしめるように言う彼女の声には棘《とげ》がある。

「チニタのお蔭で、自分は助かったんだって。チニタを好きになったのはそれからだって」

チㇱは、自分の顔から血の気が引いていくのを感じていた。指先が冷たい。

——チニタのお蔭で。

「ねえチニタ。チㇱはあの日から高熱を出して一週間寝込んでいたわね」

確かにそうだ。自分はあの後熱を出した。風邪だと言われて、ずっと姉が看病してくれていた。その間の記憶はあまりない。起き上がれるようになったときは、ポソミの方が先に元気になっていて、逆に大丈夫かと気遣ってもらったことは憶えている。

「あなたのその足で、本当に山に入れたの？　嵐の中？　チㇱはどうして寝込んでいたの？　あんなに元気な子が」

「……ええ、山へ入ったわ」

チㇱは目を見開いた。

——今、姉は何と言った？

「私がエプリクを持って帰った。ポソミは全部知ってるわ。それがどうかして？」

「その不自由な足で山を歩いて、嵐の中を？」

シㇷ゚シㇷ゚の声は硬い。

「……それ、チㇱに聞いてもいいの」

「言いたければ言えばいいわ。何も構いやしない。何をどうしようと、私がポソミの妻であることは変わらないもの」

「チニタ、よくも……！」

やめなさい、とホマンレラが割って入った。

「今さら言うべきことじゃないわ」

「だけど、姉さま！」

「シプシプ。諦める時期というのは大切なのよ」

諭すようなホマンレラに、シプシプは黙ったようだった。

「会ってくれてありがとう。ごめんなさい、このことであなたの身体の加減を悪くしないといいんだけど」

最後にこんな話で悪かったわ、と立ち上がる気配がした。慌ててチシは物陰に隠れる。

「お世話になったわね、チニタ。ありがとう。心からお礼を言うわ」

戸口の前でホマンレラが頭を下げる。シプシプは唇を噛んでいる。目が赤いが、泣いているようには見えなかった。

見送りに出て来たチニタの頬が上気している。興奮しているようだったが、なんとかそれを鎮《しず》めようとしているのか、胸に手を当てている。

「元気でね、チニタ」

「あなたがたも健やかで」

シプシプはふと振り返った。

「チニタ……私は決して忘れないわ」

ホマンレラが窘《たしな》めている声が聞こえる。シプシプが先に歩いて行き、ホマンレラがなぜか再び振り返った。チニタに向かって彼女は深く頭を下げた。

チニタの顔を見て、チシはぞっとした。遠ざかる二人を見るその顔は険しく、頬が赤い。まるで忿怒《ふんぬ》の形相に見えた。そのまま足取りも荒く家の中へ入っていく。

とっさにその場に座り込んだチｼは、先ほどのやりとりを思い返した。

嵐の晩、雷に打たれて満身創痍《そうい》でエプリクを採ってきたのは自分だ。姉の力を借りて、それをポソミに届けることが叶《かな》った。その後、背中の怪我《けが》と雨に濡《ぬ》れたのが祟《たた》って熱を出して寝込んでしまったが。

確かにあれ以来、ポソミにエプリクの話はしていない。ポソミの母からもその話は聞いていない。チニタがその後、悪くない方の足を挫《くじ》いたり、『神に聴く者《イコンヌプ》』としての仕事が立て込んだりして遽《あわただ》しかった。その時のことは確かにほとんど話題に上って来なかった。

……思えば話を逸らされていたような気もする。

ポソミが治ったのがエプリクのお蔭だというなら、それは採ってきたチｼのお蔭だ。姉は――それを自分の手柄にしたのか。

そのせいで、ポソミはチニタを好きになり、結婚を決めたというのか。

姉には手厚く労《ねぎら》われた。よく頑張ったと何度も言われた。でもポソミの熱が下がったのは和人に分けてもらった薬のお蔭だとも聞いた気がする。あれは――チニタがそう言ったのではなかったか。

『――チｼを選ぶと思ったのよね』

エプイケに、昔言われた言葉が甦《よみがえ》って、胸が痛んだ。

チｼは目の前に腕を伸ばした。真っ白い、ただ白いだけの腕。

――もしかしたら、この腕に入っていたかもしれない刺青《ヌイェ》を思う。

何が合っていた？　何が間違っていた？　何をすれば良かった？　何をしなければ良かった？

考えることを放棄したはずの感情が、次々に溢《あふ》れてくる。

ポソミと歩いたかもしれない日々。アペプㇱを産んだのは、チㇱだったかもしれない未来。そのすべては今、姉のもの――。

『ありがとう、ごめん、ありがとう、ごめんなさい』

婚礼の時に、何度もそう謝っていたチニタの言葉が思い出される。

チㇱはゆっくりと立ち上がった。

走った後だからかもしれない。膝が笑っているのは。太ももが震えているのは。

――唇が、戦慄《わなな》いているのだって。

のろのろと足を進める。

衝撃の後に残ったのは、怒りではなく、大きな洞《うろ》――。

真っ暗に口を開けた風穴が、胸の真ん中で、びゅうびゅうと風を通す。

行かなくては。北の山へ。神の水場へ。

待っている人々の前に、『神に聴く者《イコンヌプ》』として立たねばならないのだから。

三章　集落

■真汐

真汐《ましお》たちが出立したのは午《ひる》過ぎだった。なのに空気はいつまでも冬の朝のようにキンと冷えたままだ。空は短い時の間にも曇ったり晴れたりを繰り返して落ち着かない。さらに地面が夕立の後のように水浸しになっていたり、寒さに固まったりと、歩きにくいことこの上ない。おまけに靴の隙間《すきま》から溶けた雪が滲《し》み込んでくるありさまだ。

「深靴やないからや」

戻ってきた那賀坊《なかぼう》は不躾《ぶしつけ》に真汐の足元を見ていた。一応ゴム革の靴を履いているのだが、と不安になる。

「短靴やんか。廣章《こうしょう》先生みたいな七つ剝《は》ぎ、でなけりゃわてのような深ゴムか、暁男《あけお》はんよろしく藁沓《わらぐつ》か。どこかで真汐はんの靴を調達してやらんとあきまへんな。早《はよ》う気づけばよかったが、まあこの先長《なご》う歩くわけやないから次の村までは持つでしょ」

馬で良かったなァ、と那賀坊は言う。

「確《しっか》り拭《ふ》いて。これ以上滲みんよう、藁でも詰めておくとええわ」

那賀坊に藁をわけてもらい、言われた通り靴の先に詰めた。たしかにこれだけでもずいぶん違う。

那賀坊が手配してきた馬は、府内で見ているものとは大分様子が違った。ずんぐりとしてはいるが、首や手足が太く体格の良い馬である。道産子《どさんこ》というらしい。波打つ毛艶《けづや》が光を放っているようだった。

その馬を走らせ辿《たど》りついたのは盾村というところ、そこで靴を調達した。とても大きな村だった。ここは東北からの移民が多いのだという。霜焼になりかかっていた両足の指は、雪解けの冷水が滲みこまなくなりずいぶん快適になった。多少痒《かゆ》さがつきまといはするけれども。

腹ごしらえに入れた鰊《にしん》そばは色が濃く、真汐には少し鹹《から》かった。だが旅人にはちょうどいい塩加減だと那賀坊は言う。鰊はしっかり炊《た》いてあり、骨まで柔らかい。

その晩は盾村で宿を取った。翌朝、再び驛《えき》で馬を借りる。

だが出発していくらもしないうちに暁男が動きを止めた。

「どうしました」

見れば顔も険しいまま、何かを探るような、耳を澄ますような仕草をする。

「――あいつら」

「あいつら？」

目を凝らす。確かにはるか後方に数人の男たちが見えた。三人だ。それぞれに馬に乗っている。

「追手だ」

「なぜそんなことがわかるんです」

「聞き覚えのある声だからだ」

真汐は首を傾《かし》げた。ここから男たちまでの距離は五町《約五百メートル》ほど、顔が見えるのは真汐の眼が図抜けて良いせいで、話し声が聞こえる距離では決してない。

「気のせいでは」

「いや、間違いない。比佐乃たちを追っていた者らが撒かれたらしいと話している」

那賀坊が吃驚《びっくり》した顔のまま、ほんまか、と訊《き》き返した。

「追手を撒《ま》いたんか！　しかしほんまにそんなこと言ってんのかいな」

暁男は頷《うなず》く。

「俺には聞こえますから」

「だとすると、追手は一組やなかったというわけか。こっちにも張り付いていたとは……駆け落ちごときで周到なこっちゃ。それよか、早《は》よ隠れるで！　あいつらをやり過ごして、別の方向から向かうんや。そしたら撒けるやろ」

那賀坊に言われて、慌《あわ》てて身を隠すことにした。道はちょうど緩やかに曲がる場所、追手は足を早めているようだ。あつらえ向きにすぐ先には農家らしき集落があった。馬房らしき小屋も見える。馬を走らせその一画にでも隠れられれば確かにやり過ごせるかもしれない。ともかくも目立つ馬を隠さないことには、どこに隠れても同じことである。

急ぎ飛び込んだ一軒、家人は留守のようだった。家の陰に隠すように馬を押し込み、そっと今来た道を窺《うかが》う。悶着《もんちゃく》を避け、穏便に追手を撒ければ良いが。

しばらくして、彼らが常人でも目視できる距離まで近づいてきた。曲がり角で急に消えた真汐たちに驚いているのだろう。案の定、足を止めて話し込んでいる。しかし集落をしらみつぶしに探されては意味がない。このまま行き過ぎてくれないものか。額から汗が流れた。その時だ。

「ちょっと、……出たらあかんて、暁男はん!?」

何を思ったか、突如として暁男が走り出た。慌てた那賀坊が止めるが、まっすぐ目指す先は追手の一味、彼らがぎょっとしたように暁男を視認し、動きを止めたのがわかった。どういうつもりだ、と思わず舌打ちをしてから、真汐も遅れて後を追った。

真汐はん！　と再び制止する那賀坊の声は聞こえなかったことにした。ひとりでも見つかってしまっては同じことだ。

「暁男！」

「貴様」

男たちの口から暁男の名前が出ている。知己なのは間違いないようだが、再会を喜ぶような間柄ではないらしい。男たちも一斉に緊張したのが見て取れる。真汐は暁男から少し離れて控えた。

「おまえたち、こんなところで何をしている」

「なんだって良いだろう」

「下種《げす》な真似《まね》は止《よ》せ。すぐにここから引き上げろ」

「お嬢さんを勾引《かどわか》した張本人がどの口で言うか！」

「俺たちが取り返しに来るのは当然だろうが！」

「待て」

三人の中で、一番年嵩の男が制した。

「久しぶりだな暁男」

歳《とし》は二十代半ばくらいだろうか。眉毛《まゆげ》の濃い、精悍《せいかん》な青年だ。身なりもこざっぱりしている。

「やっぱり境《さかい》さん、あんただったか」

「分別した方がいいぞ、暁男。アイヌのおまえと、お嬢さんとでは身分が釣り合わないのは誰が見ても明白だ。おまえにだってそれはわかっているだろう」

真汐は驚いていた。アイヌ――その言葉には聞き覚えがある。廣章が探していた人々ではなかったか。

なるほど、とようやく腑《ふ》に落ちた。廣章はアイヌと呼ばれる人々に話を聞くべくやってきたのだ。どの時点かで暁男がそうだと気付いたのだろう。強硬に同行を主張したのはそのせいか。

思わず暁男を見つめる。彼に真汐との差違は見受けられない。言葉は通じるし、外見も明確に何が違うと言えるところは何もない。

「最初からそれを承知でここにいる。アイヌは俺の誇りで、それは比佐乃《ひさの》も納得ずくだ。他人にとやかく言われることではない」

「夫面《おっとづら》で早くも呼び捨てか、この恩知らずが」

納得ずくのはずがないだろう、と背後の男が吐き捨てた。

「暁男、今なら瀧次郎《たきじろう》さんも目を瞑《つぶ》るとおっしゃっている。俺も口添えしてやろう。黙って俺たちをおまえの村まで案内してお嬢さんを引き渡せ。そうすれば沙汰《さた》も軽くて済む」

「境さん、あんただから俺はでてきた。話を聴いてくれると思ったからだ。俺の村には立ち入って欲しくない。比佐乃を渡す気もない。ここから引き返してくれ」

他の二人が色めき立つ。

「よくそんな口が利《き》けたなアイヌ風情《ふぜい》が！」

「土人の分際で！」

背の低いひとりが殴りかかってくる。暁男は振りかぶられた拳《こぶし》を躱《かわ》し、すぐさま鳩尾《みぞおち》を殴った。男が腹を押さえてよろめく。

「おい、止せ」

境と呼ばれた男が止める間もなく、もうひとりが背後から光るものを抜いた。匕首《あいくち》より長い。一尺五寸だろうか。さすがに真汐も眉を寄せる。

暁男は無言だ。腰を落として、迎え撃つ構えを見せる。

「やめてください」

真汐は慌てて声をあげた。彼らの間に割って入る。

「往来でそれはないでしょう。いい大人が何の言い争いです。いい加減に……」

「関係ないものが口を出すな」

「黙っていろ、真汐」

暁男はこちらを見もせずに言う。男に対峙《たいじ》し、じりじりと間を詰めている。

男たちの言い放つ「アイヌ」という言葉には軽侮の響きがあった。分不相応だという蔑《さげす》みも。

アイヌがどのような民族か、真汐は知らない。だがいい大人が声高に罵倒《ばとう》するその態度は不愉快だった。

「おめでたい男だよ。比佐乃さまがおまえなんぞに本気だとでも思っているのか」

暁男が不意に動きを止めた。

直後、影が動く。男が勢いよく刃《やいば》を突き出したのと、真汐が二人の間に飛び込んだのは同時だった。真汐が右足で蹴《け》り上げた一尺五寸はくるくると弧を描いて飛んでいく。手を押さえ後退した男にすぐさま足払いを掛け、倒れたところで手を背面に捩《ね》じりあげた。

「痛《いて》ェ！」

「真汐？」

倒れた男が悲鳴をあげる。口を開けてこちらを見る暁男を睨《にら》んだ。

「なにを悠長に呆《ほう》けているんですか！　怪我《けが》をするではないですか」

暁男は反応していなかった。熊《くま》に立ち向かった時の素早さはこんなものではなかったはずなのに。

「……悪い」

「離せ！」

暁男の小さな謝罪に、捩じりあげられている男の悲鳴が被《かぶ》る。

あなた方も、と突っ立っている男たちに顔を向ける。

「商家の方々とお見受けしますが、丸腰相手に刃物とは破落戸《ごろつき》のすることではないですか。これでは話し合いの申し入れどころか脅迫だ。善悪の判断はともかくとして、刃物を出すなら僕はこちらに助力するほかない。引いてください。それとも、皆さん全員を再起不能にしなければ聞き入れていただけませんか」

境が口を歪《ゆが》める。

「これは大した用心棒だ。こちらもそう腕が立つ者ばかりではないので、その脅しは有効だがな」

引け、と彼は手を挙げる。真汐は男の手を放した。這《ほ》う這《ほ》うの体で彼は真汐の下から逃げ出していく。

「今日のところは引こう。私たちも別に殺し合いがしたいわけではない。だが暁男、忠告はしておくぞ――おまえはもっと人を疑ったほうがいい」

三人は固まり、覚えてろ、と一人が忌々《いまいま》し気に捨て台詞《ぜりふ》を吐いて、馬に跨《またが》る。元来た道を引き返していった。

「彼ら、これで諦《あきら》めますかね」

「諦めてもらわなければ困る。俺は比佐乃を返す気などないのだからな」

暁男の顔には生気が戻ってきていた。

「はァ血の気が多いわな。これやから若い男らはかなんわ」

ぶつぶつ言いながら那賀坊が馬を連れて戻ってきた。ひとくくりにされるのは釈然としないが、結果としてはそうなのかもしれない。

那賀坊が呆《あき》れた顔で顎《あご》をしゃくった。

「ほな行きますで、ふたりとも」

※　※　※

見渡す限りの広い平野を馬は進んでいく。集落は不意に現れた。和人の村だったり、アイヌの村だったりが混在しているのだというが、差違はよくわからない。途中、灌木《かんぼく》の茂みがあったり、林があったりはするものの、坂や山、丘といった起伏には乏しい。どこまでもまっすぐに道が延び、左右は一面の原野で涯《はて》が見えない。

とはいえ、その山は水墨画のように遠くにあってなお強く気配を漂わせていた。途中からは憚《はばか》ることなくその威容を現す。巉巌《ざんがん》なる岩肌、鉛色の空の中に紛れるようにひときわ白い蒸気が上がっている。誰に教わらずとも、それが活火山であることはひと目で知れた。

遠目からはそれほど高くはないような気がした。黒い台形で、それがどんどん近づいてくる。真汐は感想を撤回した。それほど、などではない。かなり高い。

あれが雨支《うし》駒《こま》山や、と那賀坊が教えてくれた。

「ここはつい先年もおおきな噴火があったんやけど、その時に火山孔がようけ現れよったんやわ。あちこちから蒸気やら溶岩やらを噴いたんやて。その中の一部が隆起して新山たらいう小さな山までできよった。麓《ふもと》には温泉も湧《わ》いたらしいで」

「温泉がですか」

温泉には入ったことがない。憧《あこが》れから思わず声が出る。

「まあ、まだ湧いたばかりやから湯屋なんかはあらへんらしい。どっかで湧いてるとこでも見つけたら足でも浸《つ》けてみたらよろしいわ」

霜焼にもええのんちゃう？　と適当なことを言いながら那賀坊は巧みに馬を操っている。北海道では馬が主要な移動手段なのだそうで、乗れる人間は多いらしい。真汐はこれまで馬には乗ったことがなかった。体格のいいものを見繕ってもらい、那賀坊に相乗りさせてもらっている。彼の手綱さばきは大したものだった。振り落とされないよう、おっかなびっくり乗っている自分とは全く違う。

密《ひそ》かに真汐は感動していた。跨った太腿《ふともも》から馬の脈の力強さと温かさ、揺られる振動の大きさが直《じか》に膚《はだ》に伝わってくる。熊と対峙していた時に少しだけ感じていたものに似ている。

大きな獣に対する畏怖《いふ》と、抑えきれない好奇心。今は前者より後者のほうが大きい。

刺すような風の冷たさには閉口するが、新たな経験はとても刺激的だった。

刺激と言えば、と真汐は顔をしかめる。揺れが増すほどに痛みが強くなる。この数日で尻《しり》の皮が剝《む》けているのだ。温泉に入りたいと切実に思った。足の指の感覚もない。どちらも滲みるかもしれないが、早く治したい。

廣章は大丈夫だろうか。乗馬には長《た》けていたはずだ。遊学中も馬で遠乗りをしていたと聞いている。自分も帰りまでにひとりで乗れるようになっていたいものだが。

「さてと。省田《はぶた》に入ったけど暁男さん、ここからはあんたの案内やでェ」

那賀坊の大声に、わかってます、と暁男も大声で返事をする。さきほどから前に出ているのもそのためだ。

「集落はもっと山近くにあるんです。ついてきてください」

頼もしいのゥ、と那賀坊がひとりごちた。

「追手の気配はないか？」

真汐は振り向く。目視できるところに馬影はない。

「ありません」

上々や、と那賀坊は満足そうだ。

「そういえば、なァ真汐はん」

那賀坊が少し声を潜めて振り返る。

「あんたはなんで廣章先生の書生になったん？」

「お聞きになってなかったんですか」

驚いて逆に訊《たず》ねた。廣章には事前に会い、酒宴でも思ったより廣章の隣にいることが多かった那賀坊だ。知っているものだと思っていたが。

「本人のおらへんところで噂話《うわさばなし》なんかしますかいな」

信用ならない軽口かと思ったが、意外に誠実なのかもしれない。

「十二の時に師……義父が亡《な》くなって、友人だった廣章さまに引き取ってもらったんです。僕は元々養子で、産みの親の事も知らないので。身寄りもなかったですし」

「お義父《とう》さんは何をやってはった人？」

「剣術の師範でした」

「もしかして『山内剣武道場』かいな？　小石川の富坂の近くにあった？」

懐《なつ》かしい言葉に思わず反応した。

「そうです！　西岸寺の近くの。どうしてそれを」

やっぱりそうか、と那賀坊は眉を下げている。

「わては会《お》うたことないけどな、親父《おやじ》の古い知り合いや。山内真正《しんしょう》師匠やろ。剣術で山内言うから、まさかと思てんけど」

　胸が痛む。久しぶりに聞く師匠の——義父の名だ。

「てことは……引き取られたんは、あの事件の後かいな」

　さすがに道場のことを知っているだけはあるようだ。委細承知の風情に、少しだけ顔を俯《うつむ》ける。

　明治四十一年、今から六年前——何者かが山内剣武道場を襲撃した。二百十日《にひゃくとおか》、まさに嵐の晩だった。当時、屋敷にいた山内真正と下女が殺されている。犯人は今もって捕まっていない。少なくとも五人以上の手練《てだ》れだろうとみられており、現場には身元不明の死体が二体残されていた。真正が応戦したのだとすぐに知れたのは、死体の太刀筋からだ。

　怨恨《えんこん》からの犯行だと目されている。金目のものには手をつけられていなかった。

「真汐はんは無事やってんな」

「僕はその夜、たまたま廣章さまのところにいたのです」

　それまでにも何度か南辺田《みなべだ》家には使いとして出向いていたが、この時もそうだった。師匠からの手紙を届けに行ったのである。ただ、この日はあらかじめ嵐になりそうだとわかっていたため、泊まってきて良いと言われていた。廣章は算術や語学をはじめとする教授法にも長《た》けており、興が乗ると一晩中でも教えたがる。真汐が耐え切れずに寝入ったことも度々あった。南辺田家では急な客人が一人増えたところで負担になることもなく、大人たちはこの真汐の使い走りぶりを面白がっていた節もある。この時もそういう暗黙の了解の上でのことだった。

「しかし待てよ。当時、廣章先生ていくつや」

「二十五歳、だったでしょうか」

「真正師匠は当時五十半ばやったか。たしか廣章先生はその前年に維納《ウィーン》から帰国なさっとる。師匠と廣章先生はもともと古い友人やったん？」

「いえ、うちの庇《ひさし》で雨宿りされていたのが廣章さまで、そこからのお付き合いです。僕はその時のことを憶《おぼ》えていますから」

　にわか雨で高そうな洋服に雫《しずく》を滲みこませた眼鏡の青年。火鉢を借りて大きな背を丸めている姿を明瞭《はっきり》と憶えている。偏屈で気難しい師匠がなぜかこの青年を気に入って、談笑していた風景も。付き合いの時間こそ短いが、師匠の晩年になっての親友であったことは間違いない。廣章はよく家に泊まり、師匠とは頻繁に二人で散歩に出掛けていた。周囲には有名な寺社や大名屋敷が多く、散策にはもってこいだったらしい。

「忘年《ぼうねん》の友っちゅうやつやな。師匠とよほど馬が合《お》うたもんや」

　感慨深げに那賀坊は呟いた。真汐は思い出しながら頷く。

「師匠は確か天涯孤独やったお人やんな」

「そうです。奥さんはずいぶん若い時に亡くなっていましたから。僕が養子になったのはふたつの頃だと聞いてます。その時はもう独りで」

　独り身で大変おしたやろに、と那賀坊が気の毒そうに言う。

「真汐はんは、実の両親の事は何か聞いてはんの？」

なぜか那賀坊が探るように声を潜める。真汐は首を振った。

「いいえ、何も」

周囲からは養子であることを聞かされていたし、七歳になった正月に、師匠からも告げられている。そもそも山内道場は代々養子で成り立ってきた家だという。

ただし、実の両親については一切知らされていない。

「知りたくはないん？」

「知りたくないわけではないですが」

どんな人たちなのだろうと考えてみたことはある。だが情報がない。それに師匠が亡くなったり南辺田家に移ったりで遽《あわただ》しく過ごしてきた。落ち着いて考えることがめっきり減っていた。

そうか、と那賀坊は再び前を向いた。

「しかしたった半年くらいの友人関係で、ようまあ廣章先生はあんたを引き取りなすったなァ」

その通りだと真汐も思う。ただ山内家の家業のことまでをも話した他人は唯一《ゆいいつ》廣章だけだと、これは師匠から直接聞いた。師匠の死に、ひどく憔悴《しょうすい》していた廣章の日々も旁《かたわら》で見てきた。時間に拠《よ》らないその絆《きずな》の深さを想《おも》って胸を打たれた。

だからこそ師匠にするように、この人に仕えようと決めたのだ。

「なるほど、よほどご自身の護衛が欲しかったんやろな」

那賀坊の呟《つぶや》きに、真汐は顔を上げた。

「廣章先生はご自身の研究第一のお人や。今回のことを見てもわかるやろ。自分とこの護衛が使いもんにならんとわかった途端、大悟《たいご》っちゅう新しい護衛を連れて先に行きはった」

反論したいと思ったが、それが寝ていた間の事実ならば何も言えない。

「それにこういう遠出の際にいちいち護衛を雇っていくわけにもいかんやろ。そう考えたら真汐はんはうってつけやもんな。ええ拾いもんなすったわ」

唇を嚙《か》みしめる。そう言われれば、確かに自分は廣章にとって便利な存在なのかもしれないと思う。だが。

――護衛が欲しかった。

その言葉は喉《のど》につかえた魚の骨のように引っかかって離れない。

「こう言っちゃなんやけど、やっぱり少ゥし変わっていらっしゃる。お兄様の沙流川《さるがわ》への伝手《つて》を振り切ってまで、ゆきずりの娘の駆け落ちに付き合うとか」

「な、那賀坊さんには大変なご迷惑を」

そこやないわ、と那賀坊は手を振る。

「真汐はん――自分とこの書生が昏睡《こんすい》してんのにもかかわらず、ご自分の酔狂の方を優先なさる。ほんまなら真汐はんの回復を待つのが道理やろに。そういうところが、変わってるて言うんや。真汐はんのこと、あまりに蔑《ないがし》ろにしすぎなんちゃうん」

　驚いたことに那賀坊は、真汐のために憤慨してくれているようだった。

「廣章さまは確かに変わっておいでですが、でも決してそういうおつもりでは」

「せやろか」

　那賀坊は首を傾げる。

「真汐はん、ちょっと気を遣い過ぎなんちゃう？　引き取られたことを恩義に感じてんのはわかるけど。ちゃんと大事にされとるん？」

　真汐は苦笑する。

「もちろんですよ。何不自由ない生活をさせてもらってますし」

「しんどくない？」

　言われた意味を測りかねた。

「しんどい？」

「そや。『何不自由ない生活』いうけど、それは外側の話や。内側……真汐はんの気持ちの方はどないなん。心のどっかで申し訳ないとか思てんのちゃう？　南辺田家に迷惑をかけるばかりの自分がしんどいて思てない？」

　驚いた。見透かされたのかと思った。迷惑——心当たりがあるからだ。

　昨年の南の離島——。

人鬼《ひとおに》を捜索し始末すべしとの密命が下りた。

幕末まで機能していた人鬼の研究機関『禽獣操練所《きんじゅうそうれんしょ》』の不始末が原因であり発端だ。本来ならば『禽獣操練所』から末端の『山内剣武道場』に直接向かうはずの命《めい》、叶《かな》わなかったのは山内家が表向き絶えていたからに他ならない。

最終的にその密命が行き着いたのは南辺田家だ。つまり山内の者を勝手に身内に引き入れたことが知られた。その責任を問われたのではないか。

南辺田家は厄介を背負《しょ》いこんだ。迷惑を被《こうむ》っている。――真汐がそこにいるために。

「役に立たなあかん、恩義に報いなあかん。そやから多少雑に扱われたかて仕方ない。そう思てんやろ。でもそうやって気を遣《つこ》うて暮していくんはちぃとしんどいで。そもそも山内真正師匠が真汐はんに望んだ生活は、本当にそんなもんやったんやろか」

心臓が音を立てる。

「実は亡《の》うなった親父に聞いたことがあってん。詳しくはよう知らんけど、将軍さまの時代から、山内家はなんぞ大きなお役目を戴《いただ》いたお家《いえ》やったんやって？」

目を瞠《みは》る。那賀坊が知っているとは思わなかった。

「真正師匠が養子を迎えなさったのも、そのお家のお役目を絶やさぬため。今の暮らしぶりを、師匠はどうご覧になるやろか。なァ？」

那賀坊は真汐を振り返る。

「真正師匠の縁者を探してみたらどないでっか？　あんたももう十八、自分の将来を考えなあかん年頃や」

「将来」

「そや。『山内剣武道場』を再興するとかな？　廣章先生のところを出て、今度こそ真正師匠の跡を継ぐ。そしたら迷惑を掛けるとか役に立たなあかんとか、後ろめたく思うこともなくなるんとちゃいますか？　それこそが師匠の望む道やったんやないかなァ？」

　再興――真汐は思ってもみなかった言葉を噛みしめる。

　そんなこと考えたこともなかった。考える余裕もなかった。

「なら今からでも考えたらええ。いつまでも書生をしてられるわけでもないやろからな。わてでよければ力になりまっせ」

「那賀坊さん！　ここから登ります！」

　暁男が大声で進む方向を手で示している。わかった、と那賀坊も大声で応じた。

「真汐はん、今の話、廣章先生には内緒やで」

「なぜですか」

「そんな内々のことを聞いたて知れたら、馘首《クビ》になるかもしれへんやん。それに独り立ちの相談してたなんて言ったら、反対されるかもしれん」

　先生は護衛が欲しいねんから、と言われて、真汐は沈黙する。

　――護衛が欲しかった。

　本当にそうなのだろうか。

「それでのうても、今現在、案内の面目が一切立っておらんのや。わてのなけなしの面子《メンツ》ってことで、な？」

勝手に行き先を変えたのは廣章なのだから、那賀坊を責めることはないだろうが。

わかったと頷くと、おおきにと那賀坊は手を上げる。それから馬を旋回させた。

緩やかな勾配《こうばい》を、力強く駆けあがっていく――。

※　※　※

集落は山の麓の窪地《くぼち》にあった。坂道を登りだした時は、まさか馬で山を登るのかと案じたが、緩やかな坂の後は下りになり、少し歩いたところで眼下に拓《ひら》けた大きな集落が見えた。雪が残っている。このあたりはまだ春には遠いらしい。

場所が良いのか、住んでいる人間が規律を重んじているせいか、清潔で整然とした印象を受ける。近くには山から流れてくる清流もあり、建物こそ現代的ではないが、どこにでも見える田舎の村落だ。列車の車窓からさんざん見慣れてしまった、内地とおなじ風景だと言っていい。

馬を下りて歩く。暁男も戻るのは五年振りなのだというが、足取りはしっかりしている。

暁男は迷いなく中央にある一番大きな家へと向かっていく。

「暁男さん、ここは」

「大きな家《ポロチセ》と呼ばれている。村長が住んでいるところだ」

「そんな偉い人の家にいきなり行って失礼ではないのですか」

気にするなと彼は苦笑した。

「俺を育ててくれた家だから」


「暁男？」

声に振り向くと、家の横から人が出てきた。十六、七くらいだろうか。娘髷《まげ》の、大きな目の女性だ。

真汐は彼女を庇《かば》った一瞬に見た限《き》り、改めて見ると愛らしい顔立ちをしている。しかし着物は裾《すそ》がかなり汚れており、あちこちに傷もあるようだ。彼女は暁男を認めるなり駆け寄った。

「無事だったのね。私たちも朝方着いたのよ」

「え、今朝ですか？」

暁男が眉を寄せる。

「先に出ていたのに、何をなさっていたんです？」

「ちょっといろいろあってね」

彼女は苦笑してから、真汐を見た。

「真汐さんですね。比佐乃と申します。お元気になられて良かった」

この度はなんとお礼を申し上げて良いか、と彼女は深くお辞儀をする。真汐は慌てて手を振った。

「やめてください、元はと言えば僕があいつを」

「それでも助けてくださいましたでしょう」

比佐乃は微笑《ほほえ》む。

「勇敢でした、あなたも暁男も。お蔭で命拾いをしました」

礼など言われ慣れていない。真汐は首の後ろを擦《さす》った。

「まァまァ、そないなことは後回しや。なんでこないに時間《ひま》がかかったん」

「山を越えたからですよ」

比佐乃の後ろから現れたのは長身のふたり、真汐は目を瞠った。

「廣章さま……！」

「大悟も……え、山越え？　雨支駒山を？」

那賀坊は驚いたようだった。

「そうです、江井《えねい》さんのご発案で」

盾村において、彼らもまた追手と遭遇していたらしい。その時に江井が提案したのが、追って来られない経路を通れば良い、というものだったそうだ。

「マタギやサンカならまだしも、町育ちのひ弱なお店者《たなもん》にどれほどの健脚がおるかっちゅう話やけどな。確かに」

「二日ほど外輪を縦走しましたでしょうか。おかげで追手を撒けたようで」

嬉しそうに語る廣章もまた、高価なオーバーコートの毛皮《ファー》は抜け落ち、袖口《そでぐち》にはかぎ裂きと汚れが見える。晴れ晴れとした顔とは裏腹に、身なりの草臥《くたび》れ具合が甚《はなは》だしい。

「廣章先生も、ようまァこの靴で山歩きしはったなァ」

呆れとも感心ともつかない様子で、那賀坊がため息を吐《つ》いた。

「靴擦れはしましたが、痛みを忘れる程の驚きと、新鮮な学びがあったのですよ。江井さんの山案内は非常に頼もしかったですし」

江井は素知らぬ顔だ。その顔がふとこちらを向いて、真汐は慌てて目を逸《そ》らした。

立ち話もなんですから、と暁男が家の中へと促す。

真汐も廣章の後に続いた。まだ動揺の収まらない胸に燻《くすぶ》る煙は見ないようにして。

アイヌの村だと聞いていたが、家の造りは日本家屋そのものだった。多少違うのは衣服と装身具、男性の長髪くらいなものだろうか。

囲炉裏の前に男性が座っていた。豊かな黒い髭《ひげ》を蓄えた、貫禄《かんろく》のある姿だ。頭には刺繍《ししゅう》入りの鉢巻のようなものを巻いている。

この人がこの家の主《あるじ》、この集落の長だろう。たしかに相応《ふさわ》しい押し出しだった。

入口に近いところには女性が控えめに座っている。暁男の母だろうか。

先に到着していた廣章らは既に挨拶《あいさつ》を済ませていたため、後方に座している。暁男は真汐と那賀坊を紹介してくれた。事前に教えてもらっていたとはいえ、全く自信のないまま、アイヌ式の拝礼をぎこちなく行うと、長が鷹揚《おうよう》に豊かな髭をうなずかせた。

「畏《かしこ》まらずとも良いですよ。完璧《かんぺき》な挨拶は既に南辺田殿にしていただきましたから。とても素晴らしかったです」

ここでも随分と気に入られているらしい。

「この集落の村長《コタンコロクル》をしております、甲斐《かい》澤壽夫《さわとしお》と申します。アイヌの名はルイ、砥石《といし》という意味です」

彼の向こうで、女性が顔を上げた。その気配に村長が横を向く。

「これは妻のサメです」

彼女は頭を下げた。サメというのがアイヌ名なのか、和名なのかもわからない。僅《わず》かに赤味がかった長い髪、その上に巻かれた真っ黒な鉢巻には、男性のものに見られる見事な刺繍はなかった。年齢は三十をいくつか超えているだろうか。わずかに目尻の吊《つ》りあがった美しい形の眸《ひとみ》、通った鼻梁《びりょう》とやや薄めの唇。

美しい造作だとは思うが、にこりともしない。

村長が機嫌の良い笑顔であるのとは対照的だった。

「暁男が奉公に出て五年が経《た》ちました。これには兄も姉もおりますが、みんな寂しい思いをしていましたから、帰って来てくれてとても嬉しい」

慈愛に満ちた目が暁男を見る。嬉しそうに暁男が拝礼をした。その時だった。

「アンケシ」

ふと聞きなれない言葉が発された。村長の斜め後ろに控える女性――サメだ。

「母さん《ハポ》」

応《こた》えて声を出したのは暁男である。

「なぜ戻ってきた」

強い語調に、思わず真汐は息を飲んだ。

「勝手に家を出ておいて」

「母さんに、妻《カッケマッ》を見せたかったんだ」

サメは眉を寄せ、比佐乃を見る。彼女は深々と頭を下げた。

「――私は、反対です」

頭の上にのしかかったかのようなその言葉に、比佐乃の動きが止まる。

重い空気が、一気にその濃度を増した気がした。

立ちこめた沈黙には、村長も驚いているようだった。ややあって声を出した。

「止しなさいサメ。御客人の前で」

窘《たしな》める夫の言葉に、サメは口を引き結ぶ。

「なぜ、反対なんだ母さん」

「おまえにはわかっているはずでしょう、アンケㇱ」

親子は無言で火花を散らし合う。

「私にも、理由を聞かせていただけないでしょうか」

その張りつめた空気を割ったのは、比佐乃である。まっすぐに顔を上げて、彼女はサメを見ている。

「今朝こちらにお邪魔してから、お母さまにも親切に村のあれこれを教えていただきました。とてもお優しかった。……私が何か至りませんでしたでしょうか」

「比佐乃さん、あなたは悪い人ではないと思います」

サメは柔らかくそう言う。

「でも、あなたを暁男の嫁にはできません」

「どうしてでしょう」

比佐乃は食い下がる。思ったより、芯《しん》の強い娘である。

「私は暁男さんの奉公先、大傀屋《おおがいや》の娘でございます。実家の追手から逃れるため、暁男さんとは別行動を取りました。先に押しかけました非礼は幾重にもお詫《わ》び申し上げます」

視線は決してサメから逸らさない。

「それでも結婚をお許しいただきたくて、夫婦になりたくて、私たちはここまで必死の思いでたどり着いたのでございます。理由もわからず反対されて、おいそれと諦められるほど浅はかな覚悟で参ったわけではございません」

サメはその勢いにやや飲まれる風を見せた。

「大傀屋といえば函館でも大店《おおだな》中の大店と聞いています。そのお嬢様がどうして暁男となど……この子でなくてもよろしいでしょうに」

「お言葉を返すようですが、私には暁男さんしかおりません。暁男さんもそう言ってくださっています」

　サメは比佐乃をしげしげと検分する。やがて首を振った。

「やはり得心が行きません。あなたは本当に結婚をしたいのですか？」

「どういうことでしょう」

　気色ばんで比佐乃が言う。サメは目を細めた。

「妻《カッケマッ》は夫《ホク》を立てるもの——夫を差し置いて己の主張を始めるなど、その姿勢が既に物語ってはいませんか」

　比佐乃は見る間に顔色を失《な》くしていく。

「かつての使用人だと見下す心持ちがあなたにないと言い切れますか。それで暁男を夫として立てる事ができますか。大店の娘御だという矜持《きょうじ》はもうないと証明できるのですか？　なにより」

　サメはじっと彼女の顔を覗《のぞ》き込む。長く首を伸ばしたその姿に真汐はなぜか背筋が寒くなる。

　見つめられる先で、比佐乃が怖《お》じけたように肩を引く。

「あなたは何か嘘《うそ》をついていませんか。不穏と不安の気配がします。本当に暁男を好いてくださっているのでしょうか？」

「母さん！」

非難の声にもサメは引かない。

「何かから逃げるために、暁男を利用してはいませんか。例えば、あなたのご実家、あなたの家のどなたかから。もしかしたら、ご自分のために」

「ち、違います！　違いますからっ！」

大きな声で否定して、比佐乃は荒い息で立ち上がる。そのまま、ものも言わずに外に出てしまった。

「お嬢、ひ、比佐乃！」

暁男が慌《あわ》ててそれを追いかける。呆気にとられた一同の中で真っ先に我に返ったのはサメだった。いや、最初から冷静だったのかもしれない。廣章たちに向き直り、深々と頭を下げた。

「大変失礼をいたしました。比佐乃さんに妻の心得を説いておきながら、私の方が妻失格ですね」

真汐は首を振るのが精いっぱいだ。廣章が首を傾げる。

「しかしどうして比佐乃さんの心持ちが、おわかりになったのですか。サメさんはもしかして千里眼のようなお力をお持ちなのでしょうか」

さきほど漂った空気は異様だった。まるで戸を開け放したかのように、室内の温度が数度下がった気がした。冷たく尖《とが》った空気、それを作り出したのは紛れもなくこの女性だ。

サメは落ち着いた様子のまま否定した。

「千里眼《ウウェインカラ》ではありません。ですが少し考えたらわかりますよ。息子のところへ嫁ごうとする娘さんが本気かどうかなど」

彼女は目を細めた。

「街から出たこともない乳母日傘《おんばひがさ》のお嬢様が、使用人のところに嫁に来る。まして嫁ぎ先はアイヌです。最初は良くても、必ずご実家が恋しくなることでしょう。後悔もするでしょう。ならば今のうちに道を正し、それぞれに相応しい世界で生きていくのがいい。一時の恋情の対価はアイヌの一生、和人のお嬢様にはそれは高くつくでしょうから」

言葉には、思わせぶりな皮肉がある。村長が苦笑しながら後を引き継いだ。

「これの言うことはキツいかもしれませんが、間違ったことは申しません。旧土人――そのような言葉もまかりとおっておりますので、いろいろ肩身の狭い思いをするのは確かですからな」

村長は苦い顔だ。

「この地も一度は取り上げられました。私たちは痩《や》せた土地を宛《あて》がわれ、そこに住むようにと言われましたが、役人の手違いで他所《よそ》の集落とかちあってしまったのです。それで今、私たちは一時措置として、元のこの集落に住まうことを許されました。ただし、住居を日本風にして、日本人として生活することを条件に」

今はアイヌは、和人に倣《なら》った暮らしをするように言われていますから、と言葉は穏やかだが棘《とげ》が含まれている。

「とはいえ、幸い、仮の土地の作物の出来も悪くなく、役人も面倒なのでしょう、そう見回りには来ない場所なので、こうして一見如何《いか》にも昔のように暮らしていますけど。またいつ急に住む土地が変更になるかもしれない。この場に、この家に住むことが明日にもできなくなるかもしれないのが現状なのです」

　皆様は良い時にお見えになりました、と言ったこちらは紛れもない皮肉だろう。

「今は惚《ほ》れたのなんだのと一時の感情かもしれませんが、いずれ醒《さ》める日が来ます。そんな時に傷つくのは暁男であり、これから生まれる子どもでしょう。ならば今の内に諦めてもらうのがどちらにとっても幸せかと」

　サメの強い視線を、真汐は比佐乃のように受け止めることができなかった。

　アイヌ風情が、と侮蔑《ぶべつ》するような声が甦《よみがえ》る。暁男の追手——大傀屋の連中だ。

「ご心配はもっともですが」

　真汐の隣から、再び廣章が声をあげた。

「サメさん、必ずしも比佐乃さんが、覚悟もなしに来たと決めつけるのは早計ではないでしょうか」

　真汐は思わず主を見る。先生立ち入りすぎでっせ、と那賀坊も小声で諫《いさ》めているが、廣章は聞く耳を持ってはいない。サメは廣章を睨《にら》む。

「母ならばそのくらいはわかります」

「比佐乃さんはあなたにとってまだ娘ではない。頭ごなしに反対だの別れろだのは、少々酷なように思えますが」

サメはさすがに表情を険しくする。

「あなたさまには関係のない他人事《ひとごと》でございましょう」

「もちろんです。ですが、私は比佐乃さんの——ひいてはお二人の後見人でもありますので」

全員が一斉に廣章を見つめる。もちろん寝耳に水である。

「出会ったのも、ここまで一緒に旅をしたのも大きなご縁。ここまで来ましたからには、お二人の婚礼を見ずして帰ることなどできません」

那賀坊が頭を掻《か》く。

「ま、まあ、わてらはお二人の護衛をしてきましたんでな。比佐乃はんかて暁男さんに惚れてはるからこそ、覚悟してアイヌの嫁になろうとしてはんのでっしゃろ。そこを無下になさるのは気の毒でっせ」

村長夫婦は顔を見合せた。

「こちらにたどりつくまで、そして到着してからの比佐乃さんのご様子はとても嬉しそうでした。後見人としてはせめてお二人のお話を聞いて頂くことをお願いしたいと存じます」

居住まいを正して座った廣章の言葉に、村長が息を吐いた。

「そうですな。それにあなたのような紳士《ニシパ》が後見人であるとは私たちも心強い。腹を割って暁男と比佐乃さんとは話をしなければと思います。……おまえもそれで良いな？」

サメは不承不承領《うなず》いたようだった。

「誰か、暁男を」

そう言いかけた時だった。

「父《ミチ》さん」

入口に姿を現したのは当の暁男だった。

「もう一度、話を聞いてください」

暁男に肩を抱かれて入って来たのは、比佐乃である。泣いたのだろうか、瞼《まぶた》が赤い。

「――入りなさい」

静かな声でサメが言う。

なにかを覚悟したような声音だと思ったのは、真汐の気のせいだろうか。

※　※　※

暁男が奉公に出たのは今から五年前のことだ。

働きに出ることは親から反対されていた。とりわけ母は集落外へ出すまいと強硬姿勢を貫き、少しも折れる気配がなかった。結局、家出という形で押し切った。

近くの和人の村にいた口入屋の紹介してくれた奉行先は、条件こそ良くなかったが気にならなかった。集落の外に出られることを優先した。

働き先は函館である。和人の町に出ることは珍しくはなかったが、これほど大きな都会は初めてで、胸元に大事に抱えた紹介状を何度も確かめたものだ。

だがそれから二年経って、見知らぬ口入屋が店を訪れた。誰でもいいから奉公先を変わってくれないかとせっぱつまった様子だった。

聞けば破格の好条件。アイヌであることを理由に虐《いじ》められていた暁男は、これ幸いと奉公先を移ることにした。それが同じ函館の廻船問屋『大傀屋』である。

実はこの時、大傀屋は危機的状況にあった。知らされたのは、奉公初日のことだ。

「はぁ、ご病気、ですか」

番頭の名は瀧次郎。頭を短く刈り込み、丸眼鏡を掛けた白皙《はくせき》の彼は、恐ろしいほどの威圧感だった。

「旦那《だんな》さまご一家が罹患《りかん》なさってな。商いもあるゆえ、人手が足りんのだ。詳しくは小西《こにし》に聞くといい」

瀧次郎はこの時、病名を隠していた。それが「疱瘡《ほうそう》」だと知ったのは、教育係として付けてもらった小西という先輩格からである。東北の出身だという彼は訛《なまり》の残る言葉で、いろいろなことを暁男に教えてくれた。

「俺も半月前にここに来だから、詳しくはわからんのだけどもな。お前《め》は下のお嬢さん付ぎだ。もともと奥の世話は女子衆がするんだけども、疱瘡怖さにみぃんな辞めちまってな。本当に手が足りんのだべ」

大傀屋には三人の娘がいたが、次女は数年前に死亡して今は二人だという。

「上のお嬢さんもよ、まんず器量よしだったんだべ。でもあれは痘痕《あばた》になるど言われでなあ。熱は下がったんだがまだ頭が上がらん」

俗に『麻疹《はしか》は命定め、疱瘡は器量定め』と言う。もちろん疱瘡で命を落とす者も少なくない。実際に文化二年の疱瘡の大流行では、函館周辺のアイヌの集落も人口を激減させている。

「瀧次郎さんは、亡くなったお内儀《かみ》さんのお姉さんのお子さんだと。ゆくゆくはのれん分けをする予定で、修業のかたわら、こっちの学校を出なすった頭の切れるお人でな。……ちょっと冷たい感じのする人だけんども悪い人ではねから」

小西は断言する。

「なにしろ高い俸給がありがてえ。今年は凶作だったしなぁ。俺は田舎育ちだし、体には自信もある。そうそう病気なんぞが移ることもあるめえで思ってる。お前もアイヌなら身体《からだ》は丈夫だろ？　こういうことでもなげりゃ、俺たちが雇われることもながったわげだし、言っちゃ悪いが、疱瘡さまさまだぁ」

豪快に笑う小西は呑気《のんき》だった。疱瘡の怖さを聞いてはいたらしいが、自分の村で発症していなかったために、気楽に考えている節があった。

「瀧次郎さんは八つでお店に来だんだとよ。その前……小んまい頃に疱瘡になったことがあるらしぐてな。まぁあの人も大丈夫だべ」

ここだけの話、と小西は声を潜めて囁《ささや》いてきた。

「旦那さんが亡ぐなったら次の旦那は瀧次郎さんだべな。のれん分けで分家になる必要もねぇ。……あれは狙《ねら》っておるだろう」

だとしたらお嬢さん方は邪魔っけだよなぁと言う小西の言葉が、妙に心に残った。

暁男はその日から末娘である比佐乃の世話を任された。

声を掛けて座敷に入る。赤い布団《ふとん》に寝かされているのが比佐乃だと言われた。赤いものは魔よけとなる。赤絵が流行《はや》ったのもその謂《い》いである。

寝かされている末の娘は十四だという。とてもそんな年齢に見えないほど幼く、手足はいまにも折れそうに細かった。苦しそうに息を吐き、畳の上を水腫《すいしゅ》のできた腕が這《は》っている。

「まだ山あげには遠い。序病《じょや》みが終わったばかりだから、ここからだ」

発熱の前を序病みと言う。その後、水膿《すいのう》、本膿、山あげと経て本復へと向かうのだそうだ。個人差はあるが、だいたい半月からひと月ほど床から頭が上がらぬ場合が多い。

膿からの感染で広まることはこの頃にはよく知られていた。が、不精する者や軽視する者が多く、ひとたび猛威に火がつけば、恐ろしい勢いで周囲に広まっていく。商家の全員が罹患することなど珍しくもなかった。

暁男は瀧次郎に言いつけられた通り、比佐乃の世話をした後は手が痛くなるほど石鹸《せっけん》で洗うことを心がけた。

比佐乃の世話をして五日目、小西が発症したと聞かされた。瀧次郎は確かに悪い人ではなかったらしく、寮の一部に罹患した使用人を隔離し、医者も呼んでくれた。だが病人ばかりで十分に世話ができようはずもない。暁男は寝る間も惜しんで比佐乃と彼らの看病に当たった。

お前、袋持ちだったべか、と小西は辛そうな顔で、荒い息を吐いた。袋持ちとは、疱瘡に罹《かか》らぬ者を指す言葉だ。

「最初から、疱瘡に罹った者だけを雇えばいいのにな」

経過が良くないと医者が嘆いていた通り、小西ら数人はそれから数日を待たずして亡くなった。とはいえ寮には、ようやく起き上がれるようになった者もいた。境という年上の男もその一人で、暁男に代わって寮の世話を引き受け、助けてくれた。

比佐乃の方も高熱が続き、顔や頭の中にまでできた水疱が割れ、あちこちに瘡蓋《かさぶた》が現われていた。水疱は足の裏にまで及び、膿は昼夜を問わずひっきりなしに流れ出ていた。

それは本膿期に入った頃だろうか。熱が少しだけ引いた。比佐乃は数日ぶりに目を開け、初めて声を掛けてきた。

「あなた、こんなに近くまで来て、氷を替えてくれたり、水を飲ませてくれたりするのだもの。きっと前に疱瘡もやったのでしょう。あとどのくらいで私が死ぬか、わかって？」

姉さまのところへ行けるのはいつかしら、と彼女は囁いた。

痩せ細り、熱い息の下、死を望む姿に暁男は胸を打たれた。

「いいえお嬢さん。俺にはわかりません。疱瘡には罹ったことがないのです」

　水疱で潰《つぶ》された瞼が少し持ち上がった。驚いたらしい。

「病が移ったらどうするの」

「だとしても今苦しんでるお嬢さんを放ってはおけません。死ぬなんて言っちゃ駄目です。きっと治りますから」

　暁男は微笑んだ。

「俺が育ててもらった集落の言い伝えでは、疱瘡神は頭の赤い鳥の姿で海を飛んでこの世界にくるんだそうです。アイヌはあまり人形《ひとがた》を作りませんが、ある集落では草人形を作って疱瘡神を依《よ》り付かせて流したり、笹《ささ》の手草《たくさ》を屋根に掲げたり……そうだ、エプリクという蕈《きのこ》が効くとも聞いています。俺の父もそれで助かったんです。探してきましょう」

　赤い鳥、と呟《つぶや》いて比佐乃は目を閉じた。

それは綺麗《きれい》なのでしょうね、と続けた。想像しているのかもしれない。

「育ててもらった集落じゃなく……もともと俺が生まれた集落は鳥とも縁があるんです。障《さわ》りなく、神の国《カムイモシリ》へ帰ってもらうために精一杯祀《まつ》りますから」

「あなたの村は鳥の村なの？　もっと聞かせて」

口腔《こうくう》にも水疱があり水を飲むことすら辛いだろうに、比佐乃は暁男にせがんだ。

一日毎《ごと》に痩せ衰えていく姿を目《ま》の当たりにしてきた暁男には、その頼みを断ることなどできなかった。

「もちろんです、俺でよければ」

それから数日、暁男は比佐乃の枕辺《まくらべ》で、幼い頃に聞かされた鳥の神の話や、集落の話を語って聞かせた。

だが比佐乃の容態はいよいよ重篤《じゅうとく》になるばかり、その日は話している途中で気を失うように寝てしまった。暁男が盥《たらい》の水を替えようと立ち上がった時である。

『先生、ありがとうございました』

瀧次郎の声が聞こえた。暁男は生まれつき耳が良い。集中すれば屋敷内外すべての声を拾えるし、意図的に耳を塞《ふさ》ぐこともできるが、奉公に出てからは勤めている身を弁《わきま》えて周辺の声しか聞かないように自分を慣らしてきた。

とはいえ、さすがに襖《ふすま》を隔てただけの廊下だ、いやが応にも聞こえてしまう。ちょうど医者が戻ってきたのだろう。足音と気配に、暁男は襖の手前で待機することにした。

『寮の方は落ち着いているようだが、朝見た様子だと下のお嬢さんね……たぶん今晩が峠だよ』

ぎょっとして暁男は身じろぎする。水の揺れる音が響いた。

『比佐乃ですか』

『そう。可《か》哀想《わいそう》だけど、あちこちに血が混じっておるからな。だから重いし、熱も高い。

何より体力が保《も》たんじゃろ。今晩か明日朝か、だのう』

　暁男はおそるおそる振り返る。比佐乃は寝ているようだ。

　お送りしろと瀧次郎の声がして、医者が廊下を通っていく音が聞こえた。

「瀧次郎さん！」

　襖を閉めて、彼を捕まえた。丸眼鏡の奥が驚いたように瞠られていた。

「今の、今の話、本当なんですか！」

　偸《ぬす》み聞きとは、と小さく批難されたが、それだけだった。

「聞いての通りだ。比佐乃はもう駄目だろう。おまえは今夜から旦那さまの方に回っておくれでないかい。本復なさりつつある。併せて雑事も頼みたい」

「待ってください、待って……待ってください」

　暁男は瀧次郎の着物に縋《すが》りついた手を、何度も強く握り込んだ。

　症状は確かに後から発症した小西に似ている気はする。ほんの数日で元々細かった腕も顔も筋が浮くほど痩せていって、掌《てのひら》さえ持ち上がらなくなった。

「瀧次郎さん、私に最後までお嬢さんのお世話をさせてください」

「だがおまえまで罹《うつ》ってしまったらいよいよ手が足りなくなる。もう助からない者よりは、助かる方を優先すべきだろう」

「それでも！」

　自分でも驚くほど大きな声が出た。

「お嬢さんをひとりにはできません。もし私が病になったら、捨て置いてくださって構いません。また誰かをお雇いになればいい。まだ十四歳ではないですか。あんな小さいお嬢さんをひとりで逝《い》かせちゃいけません。絶対にいけません」

可哀想だ、と絞り出した声には、こらえきれずに涙が混じった。瀧次郎の着物の裾を握ったまま、片手で顔を覆った。

しばらくして、頭上から静かな声が降ってきた。

「……おまえ、何か嫌な思い出でもあるのか」

問われて思わず動きを止めた。——言い当てられた気がした。

『早く死なせて』

小さな泣き声が、耳の奥から離れないことを。

「まあいい。詳しくは聞かんが、好きにしろ」

暁男の頭を軽く叩《たた》いて、彼は真《ま》っ直《す》ぐに廊下を歩いていく。暁男はそれを見送ってから、盥を持ち上げた。

——襖越しに比佐乃が目を開け、その会話を聞いていたことを知らないまま。

※　※　※

「最初は、変わった使用人が世話をしてくれている、としか思いませんでした」

その時のことを思い返しているのだろうか、比佐乃は目を伏せた。

「瀧兄さんがお金をうんと出して、暁男を雇ってくれたんだと思い、その時は兄さんに感謝すらしていました。でもいよいよ病状が悪くなってお医者が匙《さじ》を投げたんです」

襖の向こうで、自分が話題になっていることにはすぐに気づいたと言う。

「瀧兄さんも諦《あきら》めていた。私ですら、私の命はもうないのだと思いました。なのにこの人は違った」

不思議でした、と比佐乃は語る。

「たった数日前に雇われただけなのに、命がけでここまで看病してくれるその理由がわかりませんでした。ただ、私は嬉しかった。ひどい女だとお思いになっても構いません。この時はただ」

比佐乃の目から揺れていた涙がこぼれ落ちた。

「ひとりきりで逝かなくていいということが、心から嬉しかったんです」

比佐乃は涙を拭《ぬぐ》う。

「暁男さんに救ってもらいました。私を惜しんでくれたのは、暁男さんだけでした」

駆け落ちの話も比佐乃から言い出したと言う。

「嫁にもらって欲しいと、はしたなくも女の身で申し出たのは私の方でございます。私には信頼できる人が、もう暁男さんしかいなかった。暁男さんだけが、私をひとりの人間として扱ってくれたのです」

　サメはじっと比佐乃を見つめている。

「最初は断られましたが、私が押しきりました。ずっと懇願して、ようやく頷いてもらえたのです。この想いに嘘偽りなどございません」

　比佐乃は膝《ひざ》の前に手をついた。

「私は既に大傀屋を出奔した身、実家とはすべて縁を切っております。なんの後ろ盾もございません。このような身ひとつの娘ではございますが、暁男さんの妻《さい》になれますのなら、何に代えても惜しくはないと覚悟をして参りました」

　どうか、と再び頭を下げる。暁男はなぜか顔を俯《うつむ》けた。

「俺は前にも言いましたけど、たぶんお嬢さんの考えているような、そんな優しい人間ではないんです。ただ昔のことを思い出してしまった。それだけなんです」

　サメがはっとした顔をした。

「俺はこの村の生まれではない。本当はアイヌですらないんです」

「暁男！」

　慌てるサメに、暁男は小さく微笑んだ。

「聞いてもらおう母《ハポ》さん。俺がこの集落の生まれでないことはお嬢さんには話してある。ただすべては話していない。だからこの場で聞いてもらいたい。いいですよね、父《ミチ》さん」

　重々しく彼は頷いた。

「その方がいい。南辺田殿はおまえたちの後見人だと言ってくださっているし。お話しした方がいいだろう。他言無用に願いたいが」

　暁男も比佐乃もその言葉に驚いた顔をした。後見人とはもちろん初耳だったからだろう。廣章は彼らにも鷹揚に微笑んでいるだけだった。暁男は比佐乃の涙を袖で拭《ふ》いてやってから、姿勢を正した。

「俺と母さん《ハポ》がこの村に来たのは、今から十年前。俺が十歳、母さんは」

　暁男がサメを見る。サメは仕方ないという顔で補足した。

「二十七の時でした」

「母さん、と呼んでますし心からそう思っていますが、本当は実の母ではありません。彼女は叔母《おば》です」

「アンケㇱ……暁男は私の姉の子です。私たちの集落はもうありません」

「それはお住まいになっていた皆さんが離散されたということですか」

　廣章の問いに、サメは少し間を置いてから首を振った。

「私たち以外にはおりません、という意味です」

「どうして」

　真汐は続く言葉に息を飲んだ。

「全滅したのです」

　ヤイケㇱテコタン——流れ歩く村、という意味らしい。

「その意味通り、私たちは定住する者ではありませんでした。あちこち流れて集落をつくる。その土地のアイヌと少し交流し、また流れていく。大体三十から四十年毎に住みかを変えるのです」

雨支駒山の中腹に集落を構えたのは今から四十年ほど前だったという。

「事情があって、あそこに移動したと聞いています。その頃は私は生まれていませんでしたけど」

サメは淡々とそう言った。

「十年前には、集落は八戸。総勢二十人が暮らしていました」

狩場《イウオル》は土地のアイヌと争わぬよう、話し合いで事前に決めてきたという。長く土地に根づいたアイヌとは違いむしろ自由に動ける分、昔ながらの暮らしをしていた。役人の目を盗むのが上手《うま》かったのか、制約はそれほど厳しくはなかったとサメは言う。

「私たちの村は二十人のうち、男六人、女が十四人でした。これが何を意味するかおわかりでしょうか」

「女性の割合が非常に多いということですね」

廣章の言葉を彼女は肯定する。

「そうです。女人族と揶揄《やゆ》されることもありましたし、実態もほぼそのようなものだったと思います」

サメは思い返すようにゆっくりと指を折った。

「アンケㇱが生まれる五年ほど前に、雪崩《なだれ》の事故がありました。そこでかなりの人数を減らしたことも一因ではありましたが」

　サメの両親も、その事故の犠牲者だったと言う。

　那賀坊が渋面のまま首を傾《かし》げた。

「なあサメはん、腑《ふ》に落ちんのやけど。本当に女性しかおらん村ってわけやない。男がひとりおれば子どもは作れる。六十の爺《じい》さんかて子種は残せるやろ」

　サメは首を振る。

「流れ歩く《ヤイケㇱテ》村に妾《めかけ》を作る習わしはありませんでした。夫婦はどちらかが死ぬまで添い遂げ、後妻に入るのも、前妻が死んで数年は許されません」

　那賀坊が呆《あき》れたように口を開けた。

「もちろん六十歳でも七十歳でも男ならば子は作れましょう。ですが生まれる子どもの悉《ことごと》くが女であった場合、どうなると思います？」

「女」

「村ではある時期からなぜか女ばかりしか生まれなくなりました。暁男の両親――私の姉夫婦だけが、唯一《ゆいいつ》暁男という男児を授かることができたんです」

「待て待て待て！」

　那賀坊が手を振る。

「なあサメはん。村の男がおらんでも、村の外には男はおる。ぎょうさんおる！　子どもなんか作り放題やないか！」

「村の女は外の男とは結婚できないので」

那賀坊はめんどうくさそうな顔をした。

「なんや、また風習だの掟《おきて》だのかいな。そんなもん、全滅することに比べたら可愛《かわい》いもんやろに」

違います、と首を振った。

「村の女は、外の男と結婚しても子を孕《はら》むことができないのです」

那賀坊が動きを止めた。サメは隣の夫を見る。

「この人に嫁いで十年が経ちますが、私はアンラコロのまま。もちろん、これまで村の女の中には外の男と結婚した者がほかにもおりましたが、誰ひとりついぞ子は生《な》せなかったと聞いています」

アンラコロとはクロユリのことを指すそうだ。ひとつだけしか花をつけないために、石女《うまずめ》の意で使われるという。

つまり知られていたのです、とサメは言う。

「流れ歩く村の女は嫁にはできない、と」

「しかしサメさん。あなたの村ではいつからそのような男女の比率になったのでしょうか。昔からそうではなかったはずでしょう」

廣章が訊《たず》ねる。昔からそうなら、もっと早くに滅亡していなければおかしい。だがサメはよくわからないようだった。

「いつからでしょう……私が幼い頃にはもう女ばかりだなと思っていました。昔はこれほどではなかったようですが、男が少ないという特徴は以前からあったようです」

　女人族という揶揄もずいぶん昔からあったと聞きますから、とサメは答えた。

「男性は他所の村の女性と婚姻することはできたのでしょうか」

　サメは頷いた。

「できます」

「その場合は、子どもは」

「——生まれると、聞いてます」

　那賀坊が腕を組む。目を閉じ、何かを考えているような恰好《かっこう》で黙り込んだ。

「ですが、村の存亡がかかっている時に、よその村どころの話ではありません。姉夫婦には早急に男子を、それも何人も産んでもらうことが求められました。ですから結婚一年目でこの子が生まれた時、村は希望に湧《わ》いたのです」

　第二子、それも男子を早く孕むこと——それがサメの姉に課せられた最大の使命だった。

　しかし六年の歳月が経っても第二子が生まれる気配はなかった。加えてその頃から村には奇妙な病が蔓延《まんえん》し始めたのだという。

「病？」

「病名はわかりません。ただ身体が強張《こわば》っていって、やがて動かすのも億劫《おっくう》になる。そのうちに歩けなくなり、寝たきりとなる。頬が削《そ》げ、唇などが濃くなり、反対に皮膚などは斑《まだら》に白くなったり。下痢や嘔吐《おうと》が何日も続いたりしたこともあります。そのうち少し動かしただけでも全身が軋《きし》み、痛んで、末端から黒くなって腐っていく」

　廣章は眉《まゆ》を寄せた。

「それは……伝染する病でしたか？」

「はい。症状の程度はそれぞれでしたけど、ほとんどの者が」

　父が一番遅かったんです、と暁男がぽつりと漏らした。

「憶《おぼ》えています。うちが一番遅かった。母が先に寝込んでしまい、父がよその家の分まで獲物を獲《と》りに行っていた。お年寄りの中には最後まで痛い痛いと叫びながら亡《な》くなる人もいました。本当に怖かった」

「奇病、ねえ」

　先ほどから考えていた様子の那賀坊が首を傾げた。

「疱瘡や麻疹の大流行やあるまいし、伝染力はともかく、身体が動かへんようになるくらいやんな？　亡《の》うなる人はおるにせよ、それも抵抗力の弱い年寄りや。若いもんがバタバタ死ぬような感じやない。ああ、気ィ悪くせんといてください、単なるわいの印象や」

　サメはひどく辛そうな顔をした。

「話を聞いとる限りやと、身体がよう動かんようになる、しんどそうな病やねんけど。全滅、とまではいかんような気がするんやが」

彼女は無言で俯く。村長も痛ましい顔をしている。

「――つまり村の皆さんが亡くなったのは、その奇病が理由ではないのですね」

廣章の言葉に、サメが俯いたまま息を呑《の》むのがわかった。

「真汐の主は凄《すご》いな。なんでもよくお見えになっている」

暁男が泣き笑いのような表情で真汐を見る。

「その通りです。俺の生まれた村はあの日――熊《くま》に襲われました」

※　※　※

寒い寒いと、便所から戻ってきた那賀坊が囲炉裏の前に座って手を翳《かざ》した。通常なら村長である甲斐澤家に宿泊させてもらうのが習わしだが、人数が増え収容が難しい。それで近くの暁男の義姉夫婦が家を空けてくれたのである。彼女は村長の亡き前妻の子だという。

暁男の義兄や義姉の一家も村長の家に集まり、心づくしのアイヌ料理で款待《もてなし》をしてくれた。干した鮭《さけ》を戻し、たくさんの山菜や根菜が入った汁が振る舞われた。神謡《ユカラ》や昔噺《ウエペケレ》というアイヌ民話なども披露してくれ、廣章はひどく興味をそそられている様子だった。

彼らは夜通し款待を続けてくれるつもりのようだったが、比佐乃を含め、水入らずでの話もあるだろうと、那賀坊が敢《あ》えて固辞したのである。廣章はまだ帰りたくなさそうだったが真汐が強引に連れ帰った。

「比佐乃はんも、初めて聞く話やったんやろな」

暁男は別の村で生まれたこと、その村は今はもうないことは聞き知っていたのだそうだ。

だがその顛末《てんまつ》までは知らなかったらしい。蒼白《そうはく》な顔をしていた。

那賀坊は振る舞われた酒の余韻が抜け切っていないのか、赤ら顔で湯飲みを抱いた。

「村の全滅か」

「惨《むご》いお話です」

廣章の言葉に、一同は頷いた。

身体が動かなくなる奇病が蔓延した村を、熊が襲ったのだという。

「まだ生きられる人もおったやろうに……ほんま、勿体《もったい》ない」

真汐は唇を噛《か》みしめる。

当時、不自由なく動けるものは罹患していないサメと暁男だけだった。爪《つめ》による被害が大きかったらしく、食害の痕《あと》のあった者はわずかだったそうだ。

「暁男はんが、比佐乃はんを一人で死なせたらあかんて強く思ったのがわかるわな」

彼は当時十歳だったという。生まれた集落を失った時の記憶は鮮明だろう。

「思い出してしもたんやろうなあ。病床の比佐乃はん見て」

『両親を看取《みと》れなかった罪滅ぼしを、俺はお嬢さんで、したかっただけなんだ』

だから決して優しいわけではない、と涙する暁男に、比佐乃は首を振っていた。

『でもあなたは私を見捨てなかったわ』

比佐乃はサメに向き直って言った。

『お母さまの、私が何かから逃げようとしているとおっしゃったその言葉、胸に堪《こた》えました。姉に痘痕が残って婿入《むこい》りの話が流れた後、その話は私に向かいましたから』

サメは比佐乃の目を見つめていた。

『そこから逃げていないとは申しませんし、「大店の娘の矜持」もないとは言い切れません。私は妾腹《しょうふく》の娘、引き取られたのは四つになってからです。貧しさのどん底から一転した贅沢《ぜいたく》な暮らしをありがたいと思いました。暁男さんのことも使用人として見下したつもりはないですが、指摘されて胸が痛かったのは事実です』

でも、と彼女は暁男を見つめる。

『暁男さんが追いかけてきて言ってくれました。使用人と雇い主の娘として出会ったんだから、その立場がまったくなくなるなんてのは、きっとずっとないんだと。でもそこから違う情が生まれるなら、そっちを大事にしていけばいいではないですかって。どうしたって過去を変えることはできないんだからって』

比佐乃は綺麗な笑顔で笑う。

『贅沢な暮らしに未練はありません。だってそこには暁男さんはいないんですもの。暁男さんのいるところが私の居場所で、暁男さんの夢は、本当に私の夢でもあるんです』

暁男の夢は広い世界を見ることだ。

『私はこの人と、一緒に世界を見て回りたいのです』

　ええ言葉やったなあ、と那賀坊が目を糸にする。

「過去は変えられへん、か。その変わらん過去を持ったまま、これから何をしていくかを二人で考えたんやろな。世界を見て回るか、ええ話や」

　真汐も同感だった。サメは長く沈黙を保っていたが、結局は比佐乃の言葉に折れた。明日から婚礼の準備と嫁の心得を叩きこむので忙しくなりますね、と苦笑ともつかない笑みを見せていた。二人にほだされた形である。

「良かったですね、廣章さま。これでいつの間にかなってしまった後見人としても面目躍如でございますね」

　白湯《さゆ》を飲んでいた廣章が右手で湯飲みを弄《もてあそ》んでいる。真汐の皮肉はこれっぽっちも届いていないようだ。

　見ればあちこちに擦り傷があり、指先にはいつものインクではなく、何かの汁が滲《し》みこんで沈着している。二日にわたって山を歩いたというが、どれほど過酷だったのだろう。

　長らく側《そば》を離れた。それも元はと言えば自分の不明が原因だ。態をすぐに斃《たお》し、追いかけることができていれば。下敷きにさえなっていなければ。

　護衛が欲しかっただけだとしても、その役にすら立てていない。

「ねえ真汐」

「は、はい？」

落ち込んでいた真汐は慌《あわ》てる。廣章は難しい顔のままだ。

「腑に落ちない点があるのですよ」

「なにがですか」

「伝染力の強かったであろう奇病に、あの二人だけが罹患しなかったのはなぜでしょう。仮に発症しなくても、保菌者《キャリア》であることはほぼ間違いない。なのにこの集落では奇病は発生していない」

「難しいことをおっしゃいます」

「熊が死んでいた謎《なぞ》もそうです」

集落を襲った熊は全部で二頭。親子だったそうだ。

「一頭は誰かが首を落としたというお話でした。もう一頭は沢で死んだ、と」

水辺で死骸《しがい》が見つかったのだそうだ。

「たった二頭で村が全滅するものでしょうか？」

今となっては知る術《すべ》はないだろう。

しかし廣章は考え込んでいる。那賀坊が手を叩いた。

「それはそうと、ここの祝言《しゅうげん》が終わったらどないしますか？　リーボック教会に向けて戻りますか。それとも周辺の集落に聞いて回りますか？」

「リーボックさんのところには今回はお邪魔しない旨《むね》、もう連絡をいれましたから。周辺の集落の調査は那賀坊さんにお任せしますよ」

廣章はそう言って、再び空になった湯飲みを弄びながら考え込んでしまった。こうなっては何を言っても無駄だろう。

あーはいはい、と那賀坊は肩を竦《すく》めて、寝る準備を始めた。相談は早々に諦めたらしい。江井は既に横になっている。

この数日で、廣章の扱いに慣れたらしい二人が、真汐には少しだけ愉快だった。

「真汐」

湯飲みにお代わりを注ぐべく立ち上がった時、ついでのように廣章が真汐を呼んだ。

「なんでしょう？」

廣章は座ったまま真汐を見上げ、目を細めた。

「――おかえりなさい」

遅くなりました、と声を絞り出すのに、なぜか不自然なほどの間が空いた。

廣章は微笑《ほほえ》んだだけでそれ以上は何も言わなかった。

■チシ

いつものようにチシは水嚢《すいのう》を抱えて歩く。水を汲《く》むのは骨が折れるが、もう体にしみついた日課でもある。長い距離を歩いて水を汲み、重い嚢《ふくろ》の紐《ひも》を額にかけて背負い、長い距離をゆっくりと戻る。

次の村は、もっと水辺に近ければいいけれど。流れ歩く村《ヤイケシテコタン》としてはそろそろ移動を考える時期に入る。

定住するのならもっと水場にも近隣の集落にも近い、利便性の高い場所を吟味するものだろう。地面を掘って水を汲む場を作ることもする。本来ならこのように山の中腹に、まるで何かから隠れるかのように村を構えることはしない。

およそ三十年前、大人たちはこの地に集落を移したという。明治の初年だ。和人による法整備でアイヌの縛りが厳しくなり始めた頃である。

それを避けたかのようにも見える。とはいえ、時代の流れや教育の必要性から完全に逃げ切ることもできず、他集落の力を借りて手続きをしている。チニタの息子も長い道のりをものともせず、元気に学校へ通っているが、とにかく集落としては非常に不便な場所なのである。

理由を訊《き》いたことはあったが、婆《ばば》は明瞭《はっきり》とは答えてくれなかった。ただ、この地に来てから『変身婚』は一切、口外禁止となったらしい。それまでにも、村の婚礼のことや刺青《いれずみ》のことは、周辺の集落民から訊ねられることもしばしばあったのだそうだ。聞かれれば素直に答える者もいたというが、なぜここへきて急にそれを戒めるようになったのかはわからない。

百数十年前と、三十年前。感覚的には大差ない。どちらにしてもチㇱが生まれる前、大昔のことである。

鬼の話を語り継いできた年寄りは死に、三十年前の移動でさえ知る者が減ってきた。

村の移動はどうやって行うのだろう。体調を崩している村長《コタンコロクル》のところに相談には行っているものの、チㇱにとっては途方もない事業である。

――そもそも今の村の状態では、移動すらできるかどうか。

頭の痛いことばかりだ、と紐を直した時だった。

「チㇱ」

不意に家の陰から顔を出したのはエプイケだ。ふくよかだった頬はこの数年で削げてしまったが、声の張りは変わらない。

「どうしたの」

「父さんを診て欲しいの」

チㇱは努めて明るく応《こた》えた。

「すぐ行くわ。おじさんどう？」

どこか諦めたような顔をしてエプイケが頷《うなず》く。

「チㇱじゃなくてもわかるわ。もう長くない。母さんの時と同じだもの」

エプイケはいつの間にこんな表情を浮かべるようになったのだろう。諦めと哀《かな》しみの入り混じった微笑み。大人たちが昔使っていたそれを、いつしか使いこなせるようになっている。

残された時間が長くないことを頭では理解していても、心は受け入れられない。だからこうして数日おきにやってくる。

「支度をするから待ってて」

慌てて家の中に飛び込み、水瓶に水を入れる。汗を拭って家を出た。

「チシったら、まだ沢から水を汲んでるの？」

エプイケが訊く。どきりとした。

「……そうよ。私、泉の水は味があまり好きじゃないって言わなかったっけ？」

「ああ、そんなことも言ってたかもね。でもせっかくあんな近くに泉があるのに」

「もちろん、あそこも使ってるよ」

嘘《うそ》ではない。現に使い分けをしている。握りしめた右の拳《こぶし》が知らず震えるのを、逆の手で押さえた。

そう？　とエプイケは怪訝《けげん》な表情を浮かべていたが、手の震えには気づいていないようだった。

「おじさんの具合、今のうちに教えてくれる？」

エプイケは頷いて話し出した。

村に奇妙な病が流行り出したのはこの二年のことである。

最初はエプイケの母だったか、それともノチューの夫だったか。急に関節が痛いと言い出した。

朝起きると腕や足の関節にひどい強張《こわば》りがある。手の指がむくんで変形する。躓《つまず》いただけで骨折する。最初は手や足だけだったのに、その強張りは次第に全身に広がっていった。腹痛を訴え、寝付く者が増えた。

町の診療所にも連れて行った。無愛想な医師は最近多い関節炎だと言った。温かいお湯に浸《つ》けてよく揉《も》むといいと教えられ、その通りにすると多少は改善したが、焼石に水だった。そのうち、咳《せき》をしただけで肋骨《ろっこつ》が折れ、肺に刺さって亡くなる者が出た。皮膚に白《はく》斑《はん》が出始めた。消化器系に不具合を訴える者が多くなり、手足の指先から壊死《えし》が始まった。

年配者には重篤な者が多かった。大きく背骨が湾曲し、腕や足の骨も変形する者が出だした。ゆっくりと、だが確実に症状は進行する。家事も何もできず寝付く者が増え、チシは足繁《あししげ》く家々を回っては代わりに家事を手伝った。子どもたちには重篤な症状は少なかったが、手足の強張りだけは広がった。特にここ数か月、悪化の一途をたどっている。

今、村でもっとも重症なのはチニタだった。もともと右足が上手《うま》く動かせないうえ、結婚の時の『ウフイカ』で更に足を悪くしている。そのせいか、手足を動かすだけでも酷《ひど》い激痛が伴うと言う。無理に動かせば簡単に骨が折れるだろう。褥瘡《じょくそう》を避けるために寝返りをさせるポソミもまた、上手く動かせなくなった手で、必死にチニタを看病していた。村で一番狩りの上手いポロウパㇱも足の強張りが取れず、腰が曲がって長く歩けない。彼女がいなければ、今年の冬の狩りは難しいだろう。

　必然的に山裾《やますそ》の集落に頼らざるを得なくなる。今年妻を亡くしたばかりだという若い村長は窮状を気の毒がってくれたが、村人の中には奇病の感染を恐れる者もいた。表立っての全面的な援助とまではいかなかったが、彼がなにくれとなく力になってくれている。

　極力他の集落には頼るなという婆の言いつけを破る形ではあったが、背に腹は代えられない。

　寝付いているエプイケの父を見て、チㇱは悟られないようにため息を吐いた。家に入った瞬間にわかった。確かにもう長くない。婆のときと、そしてエプイケの母のときと同じ。胸に重石《おもし》を抱いたようだ。

　それでも彼女に言うのは憚《はばか》られた。思ったより元気そうで安心したと告げる。精のつくものを食べさせて、よく揉んでやって、と声をかけた。笑顔を見せれば、エプイケの表情も少し晴れた。

「私たちは何かを怒らせてしまったのかしら」

　去り際に、エプイケがそう言った。チㇱは驚いて彼女を振り返る。

「女ばかり生まれ、男の数が減った。妙な病気が流行った。まるで見えない『鬼』に襲われているようじゃない。この村が、私たちが、それほどに何かを怒らせるような真似《まね》をしてしまったのかしら」

　再び右手が震えだす。

「アンケㇱに気をつけた方がいいわ」

　はっと顔を上げる。エプイケはじっとチㇱを見ている。アペプㇱは小学校に上がる際、アンケㇱと新たに名をつけてもらっていた。夜明《よあ》け前、という意味だ。

「鬼は若い男を好む。若い男の肉を引き裂きたいと狙《ねら》っている――のでしょう？　ならば狙われるのはアンケㇱ以外にない」

　不吉な予言だ。無意識にチㇱは首を振っていた。

「そんな……そんなことにはならない」

　眼の中に入れても痛くないほど可愛がっている甥《おい》である。チニタの看病もありポソミは子どもにまで手が回らない。チㇱがアンケㇱの面倒を見ていた。半ば自分が育てているようなものだった。

　そう思いたいわ、とエプイケも言う。

「気をつけて。あの子だけは、鬼に取られてはいけない子よ」

　エプイケはどこか懶《ものう》げに、チㇱではない何かを見ているような瞳《ひとみ》をしている。

　チㇱは今日も家々を回る。『神に聴く者《イコンヌプ》』はいつの間にか村長《コタンコロクル》の代理になっていた。各家の水瓶を確認し、必要ならば沢の水を注ぎ足してゆく。沢の往復は骨が折れるが、チㇱは誰にも言わず、黙々とその日課をつづけた。アンケㇱだけが、黙って往復するチㇱを手伝ってくれた。

どの家にも入ったとたん暗い影がまとわりつくようだった。鉛の塊を常に胸に抱えているような思いが取れない。

それでもチㇱが笑顔を見せるだけで、彼らは喜んでくれた。

そのすぐ後に、亡くなったとしても。容体は悪くなる一方だったとしても。

笑顔など何の価値もない。なのにみんな喜んでくれる。

当たっていく悪い予感。無情なまでに正確無比だ。胸が痛くてたまらない。

——力など、なくなればいいのに。

チㇱは水を運びながら天を仰ぐ。

ポソミに助けられたあの日。熊に遭ったあの日のように。

何も感じなくなればいいのに。

心底、この力が疎《うと》ましかった。

■真汐

翌日は比佐乃が呼びに来た。アイヌの民族衣装を着ている。真汐は目を奪われた。見事な刺繍《ししゅう》が施された布が切伏《きりぶせ》され、独特の文様を形作っている。頭には装飾のない黒い鉢巻を巻いていた。

とても暖かいのですよ、と彼女もご満悦のようだ。

「アイヌの婚礼って何をするんですか」

「今日はそれを教えてもらうんです」

サメは廣章らを見て、やれやれという顔をした。にこりともしないが、こういう不機嫌さの表出は豊富すぎるきらいがある。南の島でも似たような女性に会った気がする、と思い出しかけて、真汐は慌てて雑念を払った。

廣章と真汐が並び、囲炉裏を挟んで向かいにサメと比佐乃が座った。那賀坊と江井は周辺集落の聞き込みに回り、暁男は山へ出かけていて留守だという。

「本来ならこれは一族の者のみに語ってきた話ではありますが、南辺田さまは特別でしょう。強くお望みならば申し上げるにやぶさかではありません」

後見人であり、また山越えでも過酷な状況を共にしている。真汐は比佐乃の命を救ってもいる。サメもさすがに無下にはできないらしかった。

「南辺田さまがここまで足をお運びになったのは、鬼のお話をお探しだからとか」

「厳密には違いますけど、だいたいそうです」

大雑把にかいつまむサメもサメだが、詳細に話す気もないらしい廣章も廣章である。

「ならば少しは関係もあるかと思いまして。鬼が出てくる噺《はなし》は、日本でもそうでしょうけど、アイヌでも特に珍しいものではないのです。鯨など指先でつまめ、人の大人など数人なら荷物の数にも入らない。そのくらいの巨《おおき》さだったりします」

「それほど巨大ではないですが、日本でもあまり変わりませんね。巨体、怪力、角がある、娘や子どもを攫《さら》って喰《く》う」

「やはり人を喰う化け物なのですね」

　どこか信じていない風である。

「昔噺《ウエペケレ》にもそういう鬼はたくさん出てきます」

　たとえば、とサメは思い出すように眉を顰《ひそ》める。

「日本にある正直爺《じい》さん、性悪爺さんの話。これによく似た話がアイヌにもあります。良いパナンペ、悪いペナンペの話。ほかにもたくさんの『鬼《ニㇰネカムイ》』『化け物《イコンヌㇷ゚》』の昔噺があるのです」

　ほう、と廣章が身を乗り出している。

「女神さまに知恵を貰《もら》い、天井の梁《はり》から鬼どもの博打《ばくち》を鶏の声で邪魔する話、餌《えさ》として捕えられたものの鬼の宝物を奪い、それを使って脱出する話。特に後者の話には、変身するパナンペたちが出てきます」

「変身、ですか」

「燠《おき》に化け、灰に化け、茅《かや》の棒に化ける。それでも見つかって命からがら脱出し、鬼の宝物を駆使して逃げ果《おお》せる。しかしペナンペはその使い方を間違い、鬼に喰われてしまうのです」

「変身するんですか、人間が？」

真汐は思わず訊いた。

「パナンペは巫《ふ》者《しゃ》だとも言われていますけれどね」

昔噺《ウエペケレ》にはこういう変身譚《たん》は珍しくないんですよ、とサメが答えた。

「反対に動物が人に化け、嫁になる話もあります」

鶴《つる》女房のようなものだろうか。それならわかると真汐は頷いた。

「ですからこれから説明する変身婚《ヤイカラ・ウコレ》という結婚のやり方も、そういうお話、御伽噺《おとぎばなし》にちなんだものなのです」

「変身婚《ヤイカラ・ウコレ》」

サメは比佐乃に向き直る。

「これは私たちの集落にのみ伝わる話です。アイヌの昔噺に似ているけれど、あくまでも私たち流れ歩く《ヤイケシテ》村だけのもの。そう思って聞いてくださいね」

比佐乃は目を輝かせている。サメは語り出した。


あるところに鬼《ニクネカムイ》がいた。

鬼は旅をしていた人々を襲い、その肉の味を憶えてしまった。血肉は若い男のものが一番旨《うま》かった。

捕まえていた少年のひとりを敢えて逃がし、後をつけた。村の場所を憶えて、他の鬼に報《しら》せた。鬼たちは機を見計らい、沢山の鬼火を使って村へと押し寄せた。

その日は結婚の宴《うたげ》だった。鬼たちは新郎を攫って行った。

花嫁は悲しみのあまり死んでしまった。

男が消え、村は女だけになり、子どもが生まれなくなって、とうとう誰もいなくなった。


だから後の子孫たちよ、結婚する時は心せよ。

鬼に男を攫われないように。

変身《ヤイカラ》で身を守り、子孫をけっして絶やさぬように。


「この昔噺が基になっていると言われているのが変身婚《ヤイカラ・ウコレ》なんです。つまり」

「男女を入れ替える？」

ええ、とサメは廣章に頷く。

流れ歩く《ヤイケシテ》村の変身婚とは、男女の結婚衣装を入れ替えて行うものだという。

そもそもアイヌの衣装の装飾は男女でよく似ている。真汐には区別がつかない。

「古くは男の手にも刺青を入れていました。変身婚ではその図案を刺し替えるほど徹底していたと聞きます」

真汐は遠慮がちにサメを見る。苦笑が返った。

「口の刺青《パキサラ》も今はしませんよ。和人の法律が禁じましたから。けれどアイヌでは、刺青は女のもの。美しさの象徴だったんです」

サメは自分の白い腕を擦《さす》った。

「とりわけ私の集落では、腕の刺青――ヤイカラの刺青《ヌイェ》は特別なものでした。結婚した女にのみ許された特権。本当にそれは羨《うらや》ましかったんですよ」

サメは火箸を取り上げる。灰の上に描かれたのは鳥の羽の文様だった。

「鳥の羽《チカプラプ》。昔、フリという巨大な鳥がいたんです。その羽は美しく、鮮やかな色彩を持っていたのだと」

羽の文様は線を象《かたど》り、繋《つな》がれて長く伸びてゆく。

「流れ歩く《ヤイケシテ》村、太古は鳥の羽《チカプラプ》の村とも言ったそうです。巨大な鳥が、一族を率いてこの世界にやってきたと言われています。ですから昔、男はこぞって手の甲に羽文様を刺しました。変身婚でそれが転じ、既婚女性の腕にのみ刺すようになったのです。私の姉もそうでした」

愛《いと》しいものを見るように、サメは文様を見つめる。

「暁男さんの本当のお母さまですね」

廣章の確認に、サメは頷いた。

「結婚《ウトムヌカラ》までになんとか間に合わせたのを憶えていますよ。手の甲から前腕に掛けて。それはこれまでの集落の文様とは違う、唯一無二の刺青でした」

比佐乃は食い入るような熱心さでそれを見ている。

「本当に、憧《あこが》れでした」

しみじみとした響きだった。

あの、と比佐乃が声をあげた。

「私も変身婚《ヤイカラ・ウコレ》で、祝言《しゅうげん》を挙げることはできないでしょうか。その刺青を入れてはいただけないでしょうか」

刺青を入れる。比佐乃の申し出に真汐は驚いた。サメも眉を顰めている。

「今は禁止されているということはわかってます。でも」

比佐乃は羽の図案から目を離さない。

「疱瘡《ほうそう》神は赤い鳥の姿をしているって、暁男さんに聞きました。自分は鳥に縁があるのだとも」

「暁男が？」

サメは驚いたようだった。

「暁男さんは私の命をこの世界に留めてくれた。疱瘡神を祀《まつ》って送り返してくれた。それにその刺青なら……」

言いさして、比佐乃はふっと押し黙り、首を振った。

「私たちの証《あかし》にもなるような気がして」

素晴らしいです、と手を叩《たた》いたのが廣章だ。

「伝統文化は一度喪《うしな》われれば、甦《よみがえ》らせるのは非常に困難です。ましてや口伝によってのみ繋がれたものであるならばなおさら」

勝手なことを、とサメは憤慨した様子だ。

「今はそんな時代ではないんですよ。和人の方のほうが、おわかりなのではないですか？　そちらでは刺青は罪人や渡世人に刺すものであると。私たちの刺青など旧套《きゅうとう》の、野蛮な習俗だと言って禁止してきたのはあなたがたではありませんか」

「私はそうは思っていません」

きっぱりと廣章は言う。

「内地においての刺青とこちらのそれ、どちらも同じ人の営みが育《はぐく》んできた習俗という点で何も変わりません。比較して尊卑優劣をつける必要など最初からなかったのです」

廣章の声には無念が滲《にじ》んでいる。

「腹立たしく思っていますよ。自分たちの価値を、概念を押し付ける狭量《きょうりょう》さ、視野の狭さを。自分たちの物差しで他の文化を測れるわけではないと気づけないことに」

小さな集落間にすら習俗の差違はある。民族、国になればそれは如何《いか》ばかりか、と廣章は続ける。

「文字を用いず高度な伝統文化を残してきた民族は珍しくありません。擢《ぬき》んでた記憶力と口伝によって伝統を受け継いできた、その高度で卓越した文化技能を、どうして自分たちの枠に均《なら》してしまったのか」

お母さま、と比佐乃は頭を床に擦りつける。

「どうか、お願いします」

サメは困ったように大きく息をついて、彼女の顔を上げさせた。

「変わったお嬢さんに、変わった後見人だこと」

小さく微笑んだ。

「変身婚《ヤイカラ・ウコㇾ》は刺青を刺すだけではありません。『ウフイカ』と言ってもうひとつ、とても痛い独特の風習もあるんです。もちろん刺青だって決して楽なものではないのですよ」

比佐乃は頷く。並々ならぬ熱心さが伝わってくる。

「どうしてもそれでやりたいんです」

「姑《しゅうとめ》は骨が折れそうだわ」

比佐乃は廣章を見て破顔した。サメがその光景に目を細めている。

※　※　※

「本当に変わったお嬢さんですね、比佐乃さんて」

息が白い。真汐たちは集落から少し外れた川の近くを歩いている。

三月の末だというのに、川岸には雪が残り、立木が凍っている。水草が氷の中に閉じ込められたままだったりする。いずれも府内では滅多に見られる光景ではない。

「それだけ、暁男さんのことがお好きなんでしょう。それに自分の心に正直でいらっしゃる」

廣章も口元に笑みを浮かべている。

「ところで真汐、さきほどの昔噺《ウェペケレ》をどう聞きました？」

「どうって、変身婚《ヤイカラ・ウコレ》ですか」

真汐は思い返す。

「鬼が女性でなくて男性を獲っていくというのだけは、どこか不思議な気がします。鬼ってのは、日本では女性を攫うものでしょう？　僕が聞いたことのある昔話でもだいたいそうですし。男の肉など筋張っていて硬くて食べられたものではないでしょうに。よほど男子が貴重な一族だったんでしょうか」

衣服を取り換え、刺青を真逆に刺してまで、男性を鬼から守ろうとするとは。妙な違和感が残る。これも、日本の価値観で見ているせいだろうか。

「確かに数の少ないもの、希少性のあるものを守ろうとするのは当然だと思います。そう考えるとあながち妙でもないのですが。相手が『鬼』というのが昔話らしいですけど」

廣章は眉を寄せている。

「どうも気になるのですよ」

主《あるじ》は右手で顎《あご》を触る。

「『鬼』は往々にして何かの暗喩《あんゆ》として描かれることが多いのです。たとえば、朝廷にまつろわぬ一族だったり、横暴な権力者だったり。脅威の象徴の場合も。脅威ならば、自然災害の可能性もある」

「脅威……例えば熊などもそうですか？」

攫って咲う――そのイメージは、室蘭での熊の襲撃を思い出させる。

「確か熊というものは気に入った獲物があると、それをしつこく追いかけることがあるって暁男さんが言ってましたけど」

仮に鬼を熊の喩《たと》えだとする。一度口にした若い男の肉を気に入って、若い男ばかりを襲った故事に由来する――あり得ない話ではないだろう。

「もちろんそう考えることもできますが、いや、何かを見落としている気がするんです」

廣章は小さく唸《うな》った。

「江井さんに聞いた話ですが、熊とは、それほど簡単に人を襲うものではないのだそうです」

だが実際に襲われた人を見ている。廣章は頷いた。

「室蘭で熊に襲われていたのは春熊猟の方だったそうですよ」

春熊猟とはそもそも冬眠明けで動きの鈍い熊を狩る猟だという。マタギの間ではよく知られたものらしい。

「被害に遭ったのは、マタギを真似た町の方、昨年はドングリが凶作で、穴に籠《こも》る熊の数が少なかったことをご存知なかった」

熊を狩れず腐っていたところ、瀕死《ひんし》の鹿《しか》を見つけて仕留め、街中に持ち込んだ男が襲われた。その鹿は元は熊の獲物だったらしい。

「そういう因縁でもない限り、街中に下りて無分別に人を襲う動物ではありません。彼らは慎重で、とても賢い。十分に人間を警戒してもいます」

「ならば、暁男さん方の村にもそういう因縁があったのでしょうか」

廣章は首を傾げる。

「私たちとは違い、熊との付き合い方はよほどご存知だったはず。軽々にそのようなことをなさるとも思えない。よしんばそれがあったにせよ、ここまで甚大な被害を出すとは考えにくいでしょう」

確かにそうだ。アイヌとともにこの地で長く生きてきた人々だ。何か事故《アクシデント》があったのだとしたら、それに対しての手の打ち方を知らなかったはずもない。

熊の襲撃は突然だったという。

「変身婚の由来となった鬼という隠喩、奇病の蔓延と不可解な熊の襲撃、その熊の奇妙な死に方、全滅した集落の謎。ねえ真汐、これは検証に値する案件のような気がするのですが」

「け、検証ですか、あまりご無理は」

廣章がこれを言い出してろくなことが起こった例《ためし》がない。

「無理はしませんよ。暁男さんに相談してみますね」

目を輝かせて歩き出す。

後を追う真汐には、肩を落とすことしか許されていない。

四章　儀式

■比佐乃

何かが聞こえて、比佐乃《ひさの》は瞼《まぶた》を開けた。そこは姉の枕辺《まくらべ》、背中には瀧次郎《たきじろう》の袢纏《はんてん》が掛けられていた。いつのまに眠ってしまったのだろう。目を擦《こす》りながら起き上がると、障子が開いており、ガラス越しの中庭を眺めるように、瀧次郎と姉の背が寄り添っていた。

肉の削《そ》げた姉の背は薄く、瀧次郎の逞《たくま》しい胸に凭《もた》れるように身体《からだ》を預けている。腰に回された彼の手はその身体を確《しっか》りと支え、談笑しているのか時折二人の肩が揺れた。

ガラスの向こうの庭、花楸樹《ななかまど》のあたりから白いものがパラパラと落ちていった。姉が指を差している。鳥が枝にでも止まったのだろう。

『鳥になりたいわ』

明瞭《はっきり》と姉の声が聞こえた。それでこれが自分の夢の中だと知った。晩年の姉の声はとても細く、枕辺に耳を寄せなければ聞き取ることができないほどだったから。

そう気づいた瞬間、目が覚めた。まだ朝にはなっていない。となりから夜具を被《かぶ》ったサメの寝息が聞こえた。夜を見つめたまま比佐乃は姉を思う。

ゆき緒《を》は鳥が好きだった。幼い頃から身体が弱く、外に出ることがほとんどできなかったからだという。中庭のある屋敷――とりわけその庭に面する場所に彼女の部屋を設けたのは父の、彼女へのなけなしの愛情だったのかもしれない。

羽があればどこへでも行ける。どんな世界をも翔《か》けることができる。憧憬《しょうけい》と羨望《せんぼう》の眼差《まなざ》しは、彼女の短い生涯の中、専《もっぱ》らその美しい生き物に注がれた。

『比佐乃なら飛べるはずよ』

病床に臥《ふ》せ、頭が上がらなくなってからはそれが彼女の口癖になった。瀧次郎にもそう言っていたのを知っている。人は飛べない、羽なんかないと首を振っても、姉は繰り返すのを止《や》めなかった。

『きっと約束して。いつか私の代わりに広い世界を見るって』

亡《な》くなる前にゆき緒は比佐乃にそう約束させた。

しかし疱瘡《ほうそう》で比佐乃は死に瀕する。その時目の前に現れた少年が鳥の話をした。皮肉にも疱瘡神は赤い鳥の姿をしているという。

鳥に連れていかれるのならば、死ぬのも悪くないかもしれない。そう思ったのに、彼はその神にお帰りいただくと言いだした。

『もともと俺が生まれた集落は鳥とも縁があるんです』

暁男《あけお》は比佐乃の命を惜しんでくれた唯一《ゆいいつ》の人間だ。しかも世界を見て回ることが夢だという。

聞いた瞬間、比佐乃は泣いた。おろおろと慰めることもできぬまま狼狽《うろた》える暁男を放って、比佐乃はただ泣きじゃくった。

――この人とならば、姉との約束も果たすことが叶《かな》う。

女だてらに求婚さえした。この人しかいないと思った。

結婚にも駆け落ちにもなかなか頷《うなず》かない暁男に、業《ごう》を煮やしてゆき緒のことを打ち明けたのはいつだったか。

自分の命を惜しんでくれた。いつか一緒に世界を見て回ろうと言ってくれた。それがどれほど嬉《うれ》しかったか。どれほど比佐乃の心を救ったか。それらを切々と訴えた。

話し終えた後、確かにこれは縁かもしれませんと暁男は言った。その目の縁が赤かったのを憶《おぼ》えている。

――人が羽を持つなんて、叶わない望みだと思っていた。

夜具から二本の腕を出してみる。冷えた空気の中、温《ぬく》もりに火照《ほて》った腕は白い。

鳥に縁があるというのも嘘《うそ》ではなかった。暁男の生まれた集落に伝わる儀式――変身婚《ヤイカラ・ウコレ》。両腕に入れる刺青《いれずみ》は羽の文様だという。驚きと嬉しさで目が眩《くら》んだ。

『暁男さんは私の命をこの世界に留めてくれた。疱瘡神を祀《まつ》って送り返してくれた。それにその刺青なら……』

――姉も喜ぶような気がして。

さすがにそれは言えなかったが、懇願には熱が籠《こも》った。それを感じ取ってか、事情を知らないはずの廣章《こうしょう》も、援護をしてくれた。

　おそらく多くの人には受け入れられないだろう。誰に見せても眉《まゆ》を顰《ひそ》めるに違いない。だがそんなことはどうでも良かった。

　暁男の生まれた村ではそれは憧《あこが》れであり、姉が求めた自由の象徴だ。世界を見て回れる証《あかし》であり、資格なのだ。

　両手を額に当て、誰にともなくありがとうと小さく呟《つぶや》いた。

　あとは、ただひとつをやり遂げればいい。


　心に引っかかっているのは、あとひとつ。

　伝えなければならない。

　一刻も早く——瀧次郎に。

■真汐

　比佐乃と暁男の婚礼はそれから一週間後と決まった。刺青を入れるには短すぎるが、廣章一行を慮《おもんぱか》ったのだろう。それほど長く滞在するわけにもいかないからだ。

　その間、那賀坊《なかぼう》と江井《えねい》は馬で他所《よそ》の集落を当たっている。

刺青を彫る時は男子禁制なのだとサメは言ったが、廣章は特別に見学を許された。出任せにしては『後見人』の威力は大きかったらしい。微に入り細を穿《うが》ち、様子を日に何度も尋ねるその執着、もとい情熱にほだされたのだと説明を受けたが、あまりに執拗《しつよう》な廣章の質問攻めにサメが辟易《へきえき》してというのが実態だろう。同情を禁じ得ない。

真汐《ましお》も水替えの要員として立ち入らせてもらえた。恐縮しながら廣章の後ろに控えたが、まるで職人のようなサメの彫りには思わず見入ってしまった。

良く切れる小刀で文様を描いては、予《あらかじ》め燃やしておいた白樺《しらかば》の煤《すす》を鍋底から取り、それを傷口に塗り込んでいく。変身婚の文様は複雑で高い技術を要するのだという。これが出来るのは当時からサメともう一人だけだったらしく、とても貴重なものであるようだ。

家の中にはかなり熱気が籠っていた。薄く漂うのは血臭。白い腕に閃《ひらめ》く刃《やいば》を当てながら細かい文様を彫り進めるサメと、手ぬぐいを噛《か》んで痛みを我慢しながらそれを見つめる比佐乃がいる。沈黙の中にも育っていく信頼を感じ取れた。

刃先から文様が生まれていく――。そう見えたのは真汐だけではないはずだ。比佐乃は一切泣き言を言わなかったし、刺青に対しては教えを乞《こ》う生徒のように熱心だった。サメにはそれが好ましく映ったのかもしれない。姉を亡くした妹同士だからだろうか。次第に絆《きずな》を深めていく様は見ている真汐にも嬉しかった。

同時に休憩の合間に語るサメの思い出話を聞くのも新鮮だった。

幼い頃の暁男は、幼名の通り『火に弾かれた炭《アペプㇱ》』の如《ごと》く跳ねまわっている腕白小僧だったらしい。また「さめ」というのは彼女自身が付けた和名だというのもわかった。

本当の名前はチㇱ——岩という意味であるらしい。

「泣く、という意味もあるんです」

なぜか彼女は寂しげに笑った。

比佐乃の腕は真っ赤に腫《は》れている。真汐は何度も水を替えに走った。小さな文様が、次第に大きな絵となって浮かび上がっていく。比佐乃はそれを目を輝かせて見つめていた。綺麗《きれい》と誰にともなく呟いた声に、サメが何も言わずに頷いていた。真汐も同感だった。廣章に負けず劣らず、実はかなりのところ夢中になっている。そんな自分に気づいて、こっそりと苦笑した。

※　※　※

婚礼は夕方前から行われた。列席者は多くない。身内だけのようだ。

暁男はアイヌの男性の盛装をしている。頭にかぶった冠のようなものは、たくさんの木幣《イナウ》が華やかな飾りのようだ。昔の陣羽織のようなものを身に着け、刀提紐《エムシアッ》と呼ばれるものに腕を通し、左腰に刀を差している。威厳ある佇《たたず》まいだった。

比佐乃もまた、これまでの真っ黒な鉢巻ではなく、見事な刺繍《ししゅう》の施されたものを前髪の上から巻き締め、首元には布地にキラキラした金属板が縫い止められた襟飾りのようなものを提げている。また丸い硝子珠《ガラスだま》のようなものを連ねた首飾りと、こちらも中央に金属のついた、タマサイと呼ばれるものが光っている。衣装もハレの日に相応《ふさわ》しく、刺繡や切伏が華やかな袷《あわせ》の着物《チカラカラペ》だ。上気した頬の上にはほんのりと薄化粧、紅を刷《は》いたその姿はこれまでのどの比佐乃よりも美しい。ただ黒い手甲《チカミコテ》をつけていて、入れたはずの刺青は見えなかった。

村長《コタンコロクル》も、頭に冠をつけ、立てられた木幣に拝礼している。酒の入った漆の杯を持ち、捧酒箆《イクパスイ》と呼ばれる平たい木箆《きべら》で木幣に奉《ささ》げてから祝詞《のりと》のようなものを唱えている。

真汐の目を引いたのはサメの耳から下げられた金属の輪だった。耳環《ニンカリ》である。耳たぶに穴をあけて通したものだ。年配の女性の耳にあるのを遠目には見ていたが、間近に見るのは初めてだった。

サメだけではない。村長の耳にも同じように大きな細い輪が下がっていた。驚きつつも美しいと思った。

「廣章さま」

真汐は思わず背後から廣章に訊《たず》ねていた。

「聞いていた『変身婚《ヤイカラ・ウコレ》』とは違うようですが」

「そうですね。これはどこの集落でも変わらないアイヌの婚礼の風景でしょう。このあと一つの椀《わん》の飯を暁男さんたちが半分ずつ食べれば、婚礼は成立だそうです」

無事に終わりそうですね、と廣章は微笑《ほほえ》んだ。

「この後に『変身婚《ヤイカラ・ウコレ》』が始まるそうです」

「この後にですか」

廣章の言葉通り、お祝いに駆け付けた人々に酒や食事を振るまい、ひとしきり寿《ことほ》いでもらった後で、暁男たちはそっと家を抜けだしていた。人々が察して引き上げた時には、すっかり陽も落ちていた。

義兄、義姉夫婦も引き上げている。残されたのは村長、サメ、そして廣章ら一行である。廣章は村長に土産の葡萄酒《ワイン》の開け方を指南している。那賀坊は酒が入ったせいか、とても眠そうで、江井は相変わらず無表情に座している。

ふと真汐は気づいた。暑いと思ったのはさきほどの婚礼の余韻ではなく、戸と窓を閉め切っているからだ。夜になれば零下まで冷えるとはいえ、これほど熱気が籠っているなら、少しくらい開けても良いのではないか。人目を避けているかのようだ。

「サメさん、すこし」

暑くないかと問いかけた時だった。

扉の向こうで咳払《せきばら》いが聞こえた。一同が一斉に動きを止める。

「入りなさい」

村長の重々しい声がして、ゆっくりと戸が開いた。戸を押さえているのは刺青の入った手、くぐってきたのは女性の盛装をした――背の高い暁男だった。

暁男は膝《ひざ》を曲げて歩く。その後ろから、さきほどの暁男の盛装をそっくり身につけた比佐乃が入ってきた。

二人は黙したまま席につく。冠は比佐乃の小さな頭には大きすぎて、眉までかくしてしまっている。しかし嵩《かさ》があり、その分だけ背が高く見える。化粧も落とし、凛《りん》と顔を上げた姿、衣装も肩幅を広く誂《あつら》えてあるからか、いつもの比佐乃よりは大きく見えた。

比佐乃は村長から刀を受け取っている。その腕がこの時初めてはっきり見えた。腫れが残り、痛々しくはあるが、それでもこの短期間でとは思えないほどの精緻《せいち》さで施された刺青だ。瘡蓋《かさぶた》は残っているが、手の甲から連ねられた美しい羽の文様。単一の蒼黒《あおぐろ》い色でしかないのに、まるで鮮やかな色彩であるかのように錯覚させる。目を奪われずにいられなかった。

暁男はさすがにその背の高さを隠すことはできないが、俯《うつむ》いているために比佐乃とそれほど変わらないようにも見える。衣の裄《ゆき》こそ短いが、すらりと長い腕を膝の上でまとめ、さきほどはなかった手甲《チカミコテ》をつけている。ここに切伏してあるのも鳥の羽《チカプラプ》だ。

華やかな刺繍の鉢巻《チェパヌプ》を頭に、睫《まつげ》が頬に影を落としている姿は、すぐには男とはわからないほどだ。

「生涯添い遂げるように」

サメが声をかけると暁男は頷き、彼女は二人に捧酒箆《イクパスイ》で酒を振りかけた。

「サスイシㇼ、カムイプンキ、アシハセプンキ、アン、ペ、ネ、ナ」

厳かな言葉の意味はわからなかったが、目の端で廣章が顔を上げた気配がした。横目で窺《うかが》えば、廣章は食い入るようにサメを見ている。

「――ウフイカ」

サメが静かに発した声に、ビクッと比佐乃が肩を震わせた。

真汐はその内容について、何も聞いていない。廣章は険しい顔をしている。

「アンケシ」

暁男は頷いて、火箸《ひばし》を手に持った。真汐はなぜかその仕草にひやりとした。

火箸は炉の中で真っ赤に焼けている炭を掴《つか》む。比佐乃が中腰になり、座り直している。裸足《はだし》の足が投げ出された。無垢《むく》な白さが目について落ち着かない。踵《かかと》を床に立てて、足の裏が無防備に暁男の方を向く。

――まさか。

とても痛い儀式だという、サメの言葉を思い出す。

暁男の蟀谷《こめかみ》を汗が伝うのが見えた。比佐乃は蒼白《そうはく》な顔で、暁男の手の炭を見ている。那賀坊たちの唾《つば》を飲む音さえ聞こえるほど、張りつめた空気の中で、じりじりと炭が比佐乃の足の裏に肉薄する。

「――止《や》めて！」

突然、サメが暁男の手を払った。ごろごろと重たげな音を立てて炉の端に炭は落ち、灰の中へと沈み込んだ。灰が小さく舞いあがる。

「母さん？」

肩で息をしているサメに、暁男が声を掛ける。荒い呼吸の中で、サメが絞るように声を出した。

「ウフイカは……しなくていい」

「どうして」

「私はやれます！」

比佐乃はサメに乞うたが、彼女は首を縦には振らなかった。

「どうしたんだ、サメ」

村長に言われても、首を振る。

「ここには鬼はいませんから」

静かな声が響く。サメ以外の全員が振り返った。廣章である。

「足の裏を焼き、自ら手負いになってその身を挺《てい》す。変身婚の主眼は、鬼の襲撃から男を逃がすことにあります。でもここに鬼はいません。ならば、誰も身を傷つける必要はない……そうですね、サメさん」

サメは頷く。

「姉のことが……頭から離れないのです。どうして止めてやれなかったかって、私はずっとそう思っていたので」

「だが儀式なのだろう。真似《まね》事《ごと》だけでもするかね」

遠慮がちに村長が提案するが、サメは首を振った。

「姉の夫もそう言ってました。加減すると。でもそれを間違えたんです」

サメの姉は長く寝付く羽目になったという。ひどい火傷《やけど》で歩けるようになったのはずいぶん経《た》ってからだったらしい。サメは顔を上げた。

「『ウフイカ』とは燃やす、焼くという意味です。花婿《はなむこ》に化けた女の足を焼く。鬼の襲撃時に、男の姿の上に手負いであれば、本物の男を逃がす時間を稼げるからと言われています。でももう私たちの村はない。襲ってくる鬼もいない。なのに比佐乃さんに痛い思いをさせて良いとは、私はどうしても思えない」

暁男が怖《お》じけた風を見せた。

「痛い思いと言うならもちろん手の刺青《ヌイェ》も同じこと。私には強烈な憧れの象徴でも、和人には罪人の証となる。それでもこの刺青《ヌイェ》を美しいと言ってくれた比佐乃さんを、私は嬉しく思いました。けれど『ウフイカ』はそうじゃない。儀式だというだけで、昔の伝承にただ従って、大事な妻に痛い思いをさせる必要はないはずよ」

けれど、と暁男は食い下がる。

「勝手に取りやめて、一族の神《カムイ》の加護を受けられなくなったら」

神？　とサメは唇を歪《ゆが》めた。

「――神の加護など、私たち一族はとうに失《な》くしている。誠実に儀式を守ってきた人たちの最期《さいご》を、おまえは忘れてはいないでしょう？」

暁男の顔が蒼白になった。

「『ウフイカ』を止めるも止めないも、あなた方が決めていいんですよ、暁男さん」

廣章が静かに口を開いた。

「儀式とは、最初に誰かが作ったものです。人が作ったもの――ならばそれを受け継ぐ者には、作り変える権利もある。時代に合わなくなることもある、条件が変わることもある。それで失くす加護ならば、最初からないのと同じです。儀式も歴史も、人が作っていくのですから」

ただし他所者《よそもの》が口を出してはいけません、と廣章は苦笑して居住まいを正す。

「お決めになるのは、一族の末裔《まつえい》であるあなたです。あなたと比佐乃さんがどうお決めになっても、祖先の方々はきっとお許しになるでしょう」

転がった火箸を見つめて、暁男はそれを取った。サメの唇が引き結ばれる。

「『ウフイカ』は……しません。でも」

暁男は顔を上げる。

「代わりはしたい」

「代わり？」

あっけにとられた一同を前に、暁男は丁寧に火箸を納める。

「母さん《ハポ》。頼みがある」

暁男は比佐乃を見、それから再びサメを見た。

「俺の足にも刺青をしてくれないか」

足に？　とサメは怪訝《けげん》な表情だ。

「お嬢さ……比佐乃の刺青《ヌイェ》を見て考えていたんだ。鬼を前にして、男だけを逃がすのではだめだ。片方が犠牲になるのではだめなんだ。夫婦は一緒にいなければ」

共に死んだ両親を思い出しているのか、暁男は一瞬、辛《つら》そうな顔をする。

「この美しい刺青《ヌイェ》は呪《まじな》いだ。鬼から逃げるための。ならば『ウフイカ』の代わりに俺の足に入れてくれ。夫と妻、どちらにも翼があれば、病からも、鬼からも逃げられる。進んで鬼の供物《くもつ》になって、足止めする必要なんかない。逃げきれればいいんだから」

翼があれば逃げられる。暁男の言葉をサメはじっと聞いている。

「片方だから負担が重くなる。二人とも翼があればきっと飛べる。ならば俺の足に『ウフイカ』、その代わりの翼を」

「――ラポラポ」

聞きなれない言葉に、真汐は顔を上げた。

「そう。羽ばたく《ラポラポ》力が欲しいというの」

暁男は頷く。

「おまえは一族の最後の希望。そのおまえが望むなら、その通りにしましょう」

ほっとしたような顔で、暁男は比佐乃と微笑みあう。

「どうか二人が末永く、幸せであるように」

サメが改めて拝礼をする。彼女は顎《あご》をあげ、そのままなにかを口ずさみ始めた。

それは歌なのだろうか。不思議な声が震わせる聞き慣れない旋律は、そのよく通る声量とも相俟《あいま》って、身体を震わせた。

寒いわけではない。ずんと腹に響く――骨を震わせる。意味はわからないが、何かを祝っているのだというのはなんとなく伝わった。寿ぎの歌なのだろう。高い声ではないのに、深く響く。時々心をひっかくような節になる。

理由もなく泣きたくなる。

鳥肌の立つようなその歌は、叙情歌《シノッチャ》というらしい。

気圧《けお》されて黙っていたらしい那賀坊が、感に堪えないと言わんばかりに拍手をする。

「内地に居《お》ったらいい新内節のお師匠《っしょ》さんになれんで。見事な喉《のど》やないか、なあ？」

サメは首を振った。

「姉はもっと美しい声をしていました。暁男は憶えていないかもしれませんけど」

「憶えています。でもふたりとも上手です。そっくりですし」

そんなことはない、とサメは謙遜《けんそん》する。

「姉の声は、私の誇りでしたから。私なんかが敵《かな》うようなものではないです」

「自慢のお姉さんだったのですね」

廣章の言葉に、サメは声を震わせた。

「強くて優しくて、誰より正直な姉でした」

ぽろり、とサメの目から涙が落ちる。慌《あわ》てたようにそれを拭《ぬぐ》った。

「ごめんなさい。このところずっと姉を思い出しているので」

母さん《ハポ》、と暁男が小さく呼んだのが聞こえたのか、サメは息子を見て微笑んだ。

「暁男が一人前になるまで、姉の代わりに育てなければと思っていました。必死でした。でも今日、その荷が下りた気がします。比佐乃さん」

はい、と比佐乃がサメを見る。

「暁男をお願いします」

「もちろんです、この身に代えても」

もう鬼はいないけれど、とサメは言い、手を伸ばして比佐乃の髪を触った。次いで、その顔も。最後に両手を取る。その顔を覗《のぞ》き込むようにした。

「あなたにはまだ少し不安を感じます。なぜでしょう……だけど大きな感謝も感じるのです。暁男をお願いします」

怪訝そうな顔になった比佐乃の手を押し頂くようにしてから、彼女は息子を呼んだ。

「幸せな子だこと。もしも加護があるとしたら、どうかすべておまえに行くように」

「困るよ。母さんの方にも行ってもらわないと」

「私はいいのよ。罪人《ざいにん》は私だけ。すべての罰は私がひとりで受けるべきものだもの。おまえに罪はないのだから、堂々と生きなさい。一族の誇りをもって」

罪、と廣章が呟いたのが聞こえた。

「……母さん？」

「あなたは誰が止めたところで、その制止を振り切って飛び出してしまう。羽ばたいていく人。けれど、ひとつだけ言わせてちょうだい。どれほど辛い境遇に陥ることがあっても、決して自分ばかりが不遇だと、不運なのだと思っては駄目よ」

真汐はサメを見る。

――自分ばかりが。

なぜかこの言葉が胸に刺さる。

「人に情を寄せるのは良い、でも自分ばかりがどうして、と思う時はよくよく注意しなさい。そういう時こそ魔は付け入るもの。自分が正しいことをしていると思い込む時も気をつけて。周りを見ていない、周りを見ようとしていない時だから」

「何を言って」

「だけど誰かを守る時には堂々としてなさい。あなたのお父さんのように。勇気を持った人になりなさい」

そして願わくば――とサメは目を細めた。手を伸ばす。暁男の頭を、その顔を撫《な》でた。

「大事な人を信じて。それができる人になって。それは私に足りなかったものだから。私のようにはならないで」

「母さん？　なんか変だよ。どうしたの」

なんでもないわ、とサメは笑顔を見せた。

「こんなに大きくなったのね。姉さんもポソミもきっと喜ぶわ」

　暁男も笑う。

「母さんのお蔭《かげ》だよ。俺の命を救ってくれて、育ててくれて。本当の母さんだと思ってる……これからきっと孝行するから」

　サメはそっと袖《そで》で目元を隠した。比佐乃も横でもらい泣きをしているし、那賀坊でさえ洟《はな》を啜《すす》っているようだ。

「それにしてもサメはん、二度手間をかけんでも、最初から変身《ヤイカラ》でもよかったんちゃう？　ようわからんけど、これも立派な式やったんとちゃうん？」

　那賀坊は大事そうに振る舞いの杯を握り締めたまま、サメを見つめている。

「アイヌは新しいものにもそれほど抵抗がありませんし、和人の習俗も昔からよく取り込んで受け入れてきましたけど、人生の節目の習俗については、思ったよりも保守的なところがあるんですよ。それにこれはあくまでも私の一族の儀式、アイヌのものではありませんから」

「そうやったそうやった……アイヌやなかった、んでしたなァ」

　杯に口をつけ、そのまま笑みを形取った。

　先ほどから何か考え込んでいる風情《ふぜい》の廣章が気になるが、真汐の元にも深紅《しんく》の液体が満たされた杯が回ってきた。宿酔《ふつかよい》を覚悟して口をつけたが、思ったよりも飲みやすく、なにより香りが鮮烈だった。良い品を用意したのだとわかる。汽車の中で飲まれなくてよかったと胸をなでおろした。

「私たちの村はもうありません。変身婚もこれで途絶えましょう」

「絶えさせないさ。俺たちが繋《つな》げる」

暁男が比佐乃と微笑みあう。

「それにまだ足の刺青――『ラポラポ』だってあるんだよ」

サメは小さく頷いた。

「明日からやりましょう。すぐに仕上げないと」

満足そうに二人は笑んで、今度こそ花嫁と花婿が退出していく。

「良い婚礼を拝見できましたね」

これも鬼にまつわる婚礼だろう――人鬼《ひとおに》ではないけれども。ここからはまた振り出しに戻って、情報を集めるのか、一度帰るのかを決めなければならないが。

「廣章さま？」

黙り込んでいた廣章は、急に那賀坊の方を向いた。

「那賀坊さん、『ラポラポ』が済むまでは出立を遅らせても構いませんか」

「まだ見たいんかいな。廣章先生ものの好きやなあ」

呆《あき》れた声に一同が苦笑する。

「ラポラポか」

足を焼いて、女性が自身を御供《ごくう》に鬼を足止めする『ウフイカ』は、聞いているだけでも苦しい。羽ばたいて逃げるための『ラポラポ』の提案は、なんとなく暁男らしいものだと思った。家出までして外の世界に出たいと願った彼ならではだ。そしてよほど現代《いま》に適《かな》った儀式《もの》のような気がする。

腕の刺青も見事だった。今度は足だ。どのようなものになるのだろう。

知らず微笑んだまま外に出る。気づかないうちに雪が積もっていたらしい。雪明りの中を歩きながら、真汐は天を仰いだ。真っ白な月が高く浮かぶ夜更《よふ》けだった。

■チㇱ

その仕草は、獣のそれに似ているかもしれない。チㇱは顔を上げた。大気の匂《にお》いを嗅《か》ぐように。嫌な予感が鼻を掠《かす》めたからだ。

——血の臭《にお》い。

エプイケの父が亡くなって二年。村は寝たきりの者が増えた。それでも亡くなる人は減少している。長く寝付いているチニタも、一進一退を繰り返しながら、調子のいい時は上体を起こせるまでになっていた。夏だからかもしれない。冬になると、村の中にはうめき声しか聞こえなくなる。

奇妙な病——何かの神を怒らせてしまったのだろうか。病が流行《はや》り出した時に村長を先頭に魔除《まよ》けの儀式もしたが、効果はなかった。

チㇱは今日も村を回っている。かろうじて動けるものはチㇱとアンケㇱ、ノチューのところの姉妹とエプイケ、ポソミくらいだろうか。それでもチㇱとアンケㇱ以外は、手足の骨に変形が現れていた。

アンケㇱも十歳になった。いろいろな手伝いをしてくれる。人数が減ったとはいえ、家々を回って家事や介護をするのは骨が折れるのだ。だがチㇱはアンケㇱの前では一度も愚痴も、泣き言もこぼさず、辛そうなそぶりさえ見せなかった。見せないように、強いて明るく振る舞ってきた。

『神に聴く者《イコンヌㇷ゚》』だからではない。村長の代理だからではない。

——泣く資格などないと思っているからだ。

「ありがとう、チㇱ」

礼を言われる度に、胸をギリギリと締め付けられるような痛みを感じる。右手がぶるぶると震える。自身には何の不調も現れない毎日、薄い布を顔に重ねられるような息苦しさを味わっているが、誰にも話せない。

おまえのせいではない——いつかそう言ってもらえる日が来ればいい。ただひたすら、それを願っていた。

「チㇱ」

エプイケだ。先日足を骨折したらしく、杖《つえ》をついている。すっかり背中が丸まっていた。早く走ることもできず、ゆっくりと歩いてくる。まるでエプイケだけ先に何十も歳《とし》を取ったかのようだ。

「今日は風が強いから、飛ばされそうなものは家の中に入れておかないと」

そうね、と返事をして、再び顔を上げる。やはり嫌な気配がする。

「チㇱ？」

「……エプイケ、今日は家から出ないで」

どうしたの、とエプイケが首を傾げている。

「いや、違う。ひとりでいない方がいい。誰かの家に行って。固まっていて。嫌な感じがする。何か良くないものが来る」

「良くないもの？」

「わからない。最近こういうのはなかったから」

人の死ばかりを感じすぎた。力など失《な》くなればいいと思っていたから最近では敢《あ》えて気にもしないようにしていた。だがこれは。

「禍々《まがまが》しい。地震か噴火か、ひょっとしたら山津波か」

雨《う》支《し》駒《こま》は活火山だ。だが地面から嫌な感じはしない。どちらかというと山の中――。

予感は漠然とその方角がわかる。これまでに経験したことのない類《たぐい》のものだ。膚《はだ》が粟立《あわだ》っている。

「北だわ。たぶん山から。お願い、できるだけひとりにはならないで。何かわかったらすぐ行くから」

「お願いね、チㇱ。ありがとう」

気をつけて、とその丸い背に声をかけた。

ひどく胸騒ぎがする。

最後の見回り先である姉の家に急いだ。


「チㇱ、来てくれたのね」

たまに体調の良い日もある。今日はそれだったのだろう。チニタは伏せっていたが、顔をこちらに向けてそう言った。

「お水をもらえる？」

わかった、とすぐに水瓶に近づく。去年から置いた水瓶のひとつは、チㇱが毎朝汲《く》んでいる沢のものだ。

水を飲ませて枕辺に座る。無意識に姉の髪を撫でていた。チニタは眩《まぶ》しそうにチㇱを見上げた。

「チㇱ。次は誰が死ぬのかしら？」

ぎょっとした。手を止める。

「なにを言うの、お姉ちゃん」

「昔はよく私の髪や体に触っていたじゃない。決まって誰かが亡くなる前。父さんたちが事故に遭う前の晩もそうだったし、婆《ばば》さまが亡くなる前も。エプイケのご両親の前もそうだったわ。誰かが亡くなる前に、私のところにきて髪や手を触っていくのよ。……気づいていなかった？」

　チㇱは驚いた。全く意識していなかった。チニタは何かを見透かすようにチㇱを見る。

「あなたは私に触る。まるで、これから亡くなる人を悼《いた》むみたいに。生きている者を触って、その呼吸を、脈を、鼓動を聞いて安心したいと言わんばかりに。だから私は、あなたに触られる度に、今度は誰が亡くなるんだろうって悲しくなっていたわ」

「……お姉ちゃん、そんなことこれまで一言も」

　チニタは笑った。

「言えば、あなたは私に触らなくなるでしょう。あなたの心が悲鳴をあげて、誰かに助けを求めているってわかるのに、それを受け止めてやれないなんて嫌だもの」

　チㇱはまじまじと姉の顔を見る。

「でもね、不思議なんだけど、今は何となく私にもわかる気がするの。ひょっとして次は私なのかしら」

「お姉ちゃん！」

　声を荒らげたが、チニタの微笑は変わらない。私でもいいのに、と彼女は囁《ささや》く。

『神に聴く者《イコンヌㇷ゚》』のお役目はなんて残酷なんだろう。ずっとそう思ってたわ。あなたばかりに辛い思いをさせて。我慢させて。チㇱばかりが貧乏くじを引くのがたまらなく辛かったから、自分でも憎まれ役を買って出ようとしたこともあるわ。……誰かを憎むことでしか生きていく力にできない、そういうことがあるのもわかっていたから」

でもいつも上手《うま》く行かないの、とチニタは困ったように小さく肩を竦《すく》める。

ポソミとの結婚で、妬《ねた》みや嫉《そね》みがなかったはずもない。ウフイカの時に見せた意地も、もしかしたら周囲のそういう目を受けてのことだったのかもしれない。

「私は駄目な姉だわ」

「そんなことない。私のほうが」

――『神に聴く者《イコンヌプ》』の資格などない。

喉元まで出かかったその言葉をチㇱは呑《の》み込んだ。言えない。唇を嚙みしめる。

チニタがそっと手を出してきた。色の抜けた刺青だが、手に取る度に目を奪われてしまう。

「あなたほど村の人たちに尽くしてくれた人はいない。感謝してるわ」

「……私が」

尽くしているのは――その理由は。

それを告げたら、姉の目は軽蔑《けいべつ》を映すだろうか。その口は恨み言を吐きだすだろうか。

チニタは目を細める。

「何を蹇《なや》んでいるのかは知らないけど、チㇱ、あなたに感謝しているのは決してあなたが『神に聴く者《イコンヌプ》』だからじゃないわ。自分で動けなくなるたびに思うもの。誰かに気に掛けてもらえるのが、どれほど心強いか。あなたに声を掛けてもらえることが、どれほど嬉しいか」

　だから、とチニタは姉の目で言う。

「自分を責めないで。罰さないで。あなたは充分なことをしてくれている。高潔で誇り高い自慢の妹よ。だからもっと自分に優しくしてあげなさい」

　チㇱは目を瞠《みは》る。

　――姉は知っているのか？

　そんなはずはない。

「お姉ちゃん」

　何、とチニタの声は優しい。

「今までに、私に嘘を吐いたことって、ある？」

　震える声で訊《き》く。

　具体的に言わなくてもいい。何をかなんて、匂わせなくてもいい。いきなり何を言うのだと、笑ってくれていい。

　そりゃあるわよと――ただ、そう言ってくれたら。

　――そうしたら、私も。

　見つめる先に微笑み。目尻とその腕の刺青だけが違う、双子の姉。

　チㇱの緊張をあざ笑うかのような静寂は、とても長い。

　やがて唇が動く。はっきりした声が返った。

「チㇱにだけは、一度もないわ」

きつく瞼《まぶた》を閉じて俯いた。

絶望は、目に見えるすべての色を奪っていく――。

■真汐

真汐は今日も水を汲みに出かけた。集落のはずれの小川である。先日は凍っていた水草も流れに揺れている。連日の気温の上昇のおかげだろう。せせらぎは思ったより速く、けれど陽光に眩《まばゆ》く輝いている。まだ雪は残っていたし、新しく降る日もあるが、少しだけ春を感じられる気がする。

「おや、真汐はん」

草を踏む音とともに現れたのは那賀坊だった。

「廣章先生はまだ中かいな？　もうラポラポも終わったんやろ？」

はい、と頷いた。

「比佐乃さんと一緒に、サメさんのお話をお聞きになっています」

好っきやなあ、と那賀坊は煙管《きせる》を吹かした。高い刻みを使っているのだろうか、香りが独特だ。水場を汚してはならないときつく言われているにもかかわらず、那賀坊は好んでここで煙管をくゆらせている。

暁男が知ったら目を剝《む》いて怒るだろう。

「いったいどうしはったんやろな、廣章先生は」

三日を要して、暁男のラポラポは済んだ。廣章は刺青《いれずみ》が済んでも村を発《た》とうとはしなかった。

確かに今回、廣章の酔狂にはいつにも増しての感がある。さすがに真汐も那賀坊に申し訳ない気持ちになってしまう。

「とはいえ、そろそろこの村にも迷惑やろ。後見人て口から出まかせ言うた手前、おいそれと引き上げられんというのもわかるけどもな。せやけどとりたてて裕福な村でもない。口が増えれば困ることもあるやろし」

商人らしい懸念《けねん》である。

「そうですね」

「廣章先生は何をそんなに気に掛けておられるんや？『鬼』にまつわる婚礼はもう十分見たやないか」

これには真汐も答えられない。確かにこの地に「鬼」にまつわる婚礼はあった。話も聞けたし婚礼も見た。「人鬼《ひとおに》」ではないにせよ、十分な成果であると言っていいのではないか。

主《あるじ》が動かないのは、おそらく暁男たちの生まれた村——流れ歩く村《ヤイケシテ》の滅亡の謎《なぞ》のせいだろう。どうにも腑《ふ》に落ちていない様子だった。

奇病の蔓延《まんえん》、熊《くま》の襲撃。確かにどちらにも不自然な点が残る。

——流れ歩く村以外に、病が及んでいないのはなぜか。

——熊は本当に二頭だけで集落にいた全員を絶命せしめたのか。

こういうことに首を突っ込みたがるのが廣章だ。鬼にまつわる婚礼を探すという名目で案内を頼んだ那賀坊には話せないのだろう。

どう答えていいか逡巡《しゅんじゅん》する真汐を察したのか、那賀坊が苦笑する。

「まァええわ。こっちも調べる時間には事欠かんしな」

「江井さんは」

「大悟《たいご》は一つ先の集落に情報を集めに行ってくれとる。馬を使《つこ》うとるが、あの体力はさすがやな。わてはもうあかん。膝に堪《こた》えるわ」

そう言いながらしゃがみ込む。

「那賀坊さんは、江井さんとは古いお知り合いなんですか」

煙を吐く顔がこちらを向いた。なんでや、と問われた。

「なんとなく。お名前も呼び捨てだし、信頼されている感じもあって」

まあ短くはないな、と那賀坊は頭を掻《か》いた。

「初めて会《お》うたんは御府内でや。あっちは東北、こっちは北海道やろ。郷里が近いっちゅうんは早《は》よ打ち解けるええ材料になるさかいな」

　もう二十年くらい前かなあ、と考える風を見せた。

「何度か仕事一緒にして、でもここ十年くらいは会《お》うてへん。今回は久々や。たまたま連絡を取ってきた大悟が仕事ないかて聞いてきたんや。暇をかこってるて言うとったから、ほな護衛でも任せよ思てな」

　なるほど、と真汐は頷《うなず》いた。

「ところで真汐はん、あの話、考えてくれはった？」

「あの話？」

　再興の件や、と那賀坊は焦《じ》れたように言う。

「来る途中に話したやろ。『山内剣武道場』の再興……あんたのひとり立ちの話や」

　近くの石に雁首《がんくび》を当てる。カン、と高い音を立てて灰が落ちていく。薄く積もった雪の上に、ジュッと音がして丸く黒い穴が開いた。

「南辺田《みなべだ》家ほどのお大尽ではないけどな、わてかて府内で商いもやっとる。そう貧しくはない。あんたが南辺田家を出るていうなら、支援しまっせ。なんならわてのところに来てもええ」

　那賀坊は胸を叩《たた》く。

「あの、那賀坊さん、どうしてそこまで」

「親身になるかって？」

煙管を煙草《たばこ》筒に仕舞いながら彼は笑う。

「真汐はんが気に入ったからや。わての親父《おやじ》と真正《しんしょう》師匠の誼《よしみ》やし。それに身を張って熊から人を助けたりするほどの漢気《おとこぎ》に感じ入ったんや。あんたはんはもっと称賛されてしかるべきやで」

彼は大袈《おおげ》裟《さ》に手を広げる。

「意識かて戻らんくらいの大層な働きやったいうのに……廣章先生はちょっとは褒めてくれはったん？」

思わず目を泳がせる。その様子を見て、那賀坊は怒ったように語気を強めた。

「少なくともわては自分とこの書生が昏睡《こんすい》状態になったら心配するし、何も言わんと行き先を勝手に変えて先に出たりなんかせん！　勇敢な働きには称賛を惜しまんし、充分報いることもする。それがほんまの主っちゅうもんやないんかな」

「いえ、廣章さまはそうでは……上手く言えませんけど」

確かにそう列挙すると冷たい主に聞こえもする。が、廣章は決して薄情でも、自分勝手でもない。おそらく理由があるのだろうとも思う。

説明できない自分がもどかしい。

――護衛が欲しかった。

その言葉だけが、まだ執拗《しつよう》に胸中から離れないせいだろうか。

「上手くも何も、そのままそれが事実やろうに」

那賀坊は苛立《いらだ》った風を見せた。

「なぁ真汐はん……これはわての穿《うが》ち過ぎかもしれへん。そう思って聞いてや」

重々しく、那賀坊が切り出した。

「『山内剣武道場』が襲撃された晩、あんたは南辺田邸におった。これはほんまに偶然なんやろか」

「どういう、ことですか」

細い目がまっすぐに真汐をとらえる。

「まだ犯人の捕まってへん事件。護衛の欲しかった廣章先生。この二つは本当に、ただの偶然なんやろかって。なァ？」

偶然、と真汐は呟く。

那賀坊はぱっと雰囲気を戻して、頭を掻いた。

「いや、やっぱこれはわての考え過ぎやろ。聞き流してや。そんで独り立ちのこと、本気で考えや？　わてはほんまに力になりまっせ」

悪いようにはせんから、と真汐の肩を叩く。なぜか真汐はそれに声をあげることができなかった。

「ここにいましたか」

不意に那賀坊の背後から江井が姿を現した。

「おお大悟。どうやった？」

「聞き込んできましたが、もうこのあたりの集落ではそう大した情報はないかと。鬼の話も昔話程度でありふれていますし、婚礼もこの村と変わりません。サメさんのかつての集落の婚礼の方がよほど『鬼』に因《ちな》んでいたのではないですかね」

　那賀坊は渋面を作った。

「『鬼にまつわる婚礼』か――どこから拾ってきたネタかは知らんけど、わてらかて聞いたことないもんな。そもそもそない頻々と『鬼』が出てきてたまるかい」

　真汐はふと顔を上げた。

「那賀坊さんは『鬼』がどんなものか、ご存知なんですか？」

「え？　……ええと、虎皮《とらがわ》の褌《ふんどし》の」

　そうではなくて、と真汐は手を振る。

「廣章さまのお探しの『鬼』のことです」

　探している「人鬼」は、巷間《こうかん》に流布《るふ》しているものではない。主はその言葉を敢えて人前では使わないようにしているはずだ。廣章が話したのだろうか。

「……せやから、大きいて、角があって、人を喰《くろ》うたり、攫《さら》ったりする鬼のことでっしゃろ？」

　那賀坊は仮面のような笑顔を張り付けている。その奥の真意を読むことはできそうになかった。彼はそのまま江井を連れて去っていく。

　気のせいか、と真汐は遠ざかっていく二つの背中をぼんやりと見送った。

――『山内剣武道場』が襲撃された晩、あんたは南辺田邸におった。これはほんまに偶然なんやろか。

　さきほどの言葉が耳から離れない。

　あの日、真汐は廣章へ手紙を届けに行った。最後に見た義父はどんな顔をしていただろうか。嵐《あらし》が来るから、無理して戻って来ずとも良いと言われた。お糸もいつも通りだった。変わったことは何もなかったと、そう思う。

　それは南辺田邸でも同じだった。到着直前に雨に降られ、濡《ぬ》れ鼠《ねずみ》のようになった真汐を使用人たちが挙《こぞ》って構ってくれた。

　主は――。真汐は顔を上げた。

　廣章は真正からの手紙を受け取り、しばらく自室に籠《こも》っていたと思う。その間、真汐は内風呂《うちぶろ》で湯を使わせてもらい、広い台所の隅で伊予婆《いよばあ》に飴湯《あめゆ》をもらっていた。

　呼ばれて廣章の部屋に行くと、なぜかそこには長兄の學昭《がくしょう》、口髭《ムスタッシュ》の盈正《えいしょう》が揃《そろ》っていて、かわるがわる真汐の頭を撫でて出ていった。その後はいつも通りの廣章の講義を受けたのだが。

　――垣間見《かいまみ》えたのは、手紙を置いた時の廣章の暗い表情《かお》。

　酷《ひど》く憔悴《しょうすい》したような顔を、隠せなかったその一瞬。そんな顔を見たのはその日が初めてだった。

　愕然《がくぜん》とする。事件の衝撃が大きく、今の今まで思い出しもしなかったけれど。

偶然ではないということはどういうことだ。真正か廣章のどちらかが、襲撃を知っていたとでもいうのだろうか。

考えて首を振る。義父が襲撃を知っていたはずがない。家にはお糸もいた。もし知っていたら、お糸は逃がしただろう。彼女まで巻き添えにするようなことはしなかったはずだ。

それに真正は襲撃者に抵抗している上、二名を斬《き》り殺している。

犯人は今も捕まってはいない。手がかりはないと言われている。継続して捜査している気配もない。

襲撃犯が、警察さえ手を出すのが憚《はばか》られる相手なのだとしたら——？

冷たい汗が蟀谷《こめかみ》を伝う。考えすぎだ、と頭を振った端から、再び鎌首《かまくび》を擡《もた》げる言葉。

——護衛が欲しかった。

廣章と真正は無二の友人に見えた。その記憶は間違いない。

『少なくともわては自分とこの書生が昏睡状態になったら心配するし、何も言わんと行き先を勝手に変えて先に出たりなんかせん！　勇敢な働きには称賛を惜しまんし、充分報いることもする。それがほんまの主っちゅうもんやないんかな』

心配して欲しいわけではない、報いてもらいたいわけでもない。

引き取ってもらっただけで充分だ。

迷惑を掛けてはいけない。廣章の役に立ちたいのだから、護衛はむしろ望むところだ。

それは本心であり、嘘《うそ》ではないのに——。

胸の中で何かがひどく渇いていた。

「真汐？」

気がつけば暁男が傍に来ていた。

「暁男さん、え、いつの間に来たんですか」

考え込んでいたとはいえ、気配にも気づかなかった。さらに暁男の後方には彼の義兄の姿もある。足音で気づいたのか、暁男が振り返った。

「義兄《ユポ》さんも戻ってたのか」

お帰りと声をかければ、彼も気安げに手を挙げて応え、そのまま江井たちの立ち去った方へと歩いて行った。

「今、鹿《しか》を獲《と》ってきたんだ。だから呼びに来た。おまえ捌《さば》くところ見たことなんかないだろ？　見にくるか？」

呑気である。真汐は苦笑した。

「足はもういいんですか」

ラポラポが終わってすぐなのに、よくも動き回れるものだ。

育ちが違うからなと暁男は嘯《うそぶ》く。

「俺は比佐乃みたいな柔《やわ》な育ちじゃない。今晩にでも見せてやるよ。美しい翼だぞ。今にも飛べそうだ」

ラポラポは比佐乃と廣章のみが見学を許された。サメが独自に考案しながら刺していったというその図案も、変身婚の刺青に負けず劣らず緻密《ちみつ》だと主が褒めていたのを聞いている。

「すっかり名前で呼ぶのが板についたじゃないですか、暁男さん」

さんざんお嬢さん呼びをしていたものだったが。心底感心して言うと、暁男は一瞬で赤くなった。

「年上を揄《からか》うんじゃあない！」

「そんなつもりじゃないですよ」

思わず笑いながら振り上げられた暁男の拳《こぶし》から逃げた。結婚して、ずいぶんと余裕のある優しさが前面に出てきた。その変化を好ましいと思う。

「ああそれからな、明日行くって廣章先生に伝えてくれるか」

「明日？」

朝いちばんに出る、と暁男は頷いた。

「——先生の行きたがっていた、俺の生まれた村の跡に」

※　※　※

鹿というものはこれほどの滋味があるのかと真汐は感動していた。夕餉《ゆうげ》に並んだ鹿づくしは、解体から見せてもらった真汐には特別なものとなった。

獣特有の臭みはない。それどころか表面を焼いたその赤身は柔らかく、嚙《か》みしめる度に旨味《うまみ》を口の中いっぱいに溢《あふ》れださせる。

鹿の汁は冷えていた身体《からだ》を芯《しん》から温めた。つみれのように丸めた団子、たっぷりの脂《あぶら》が浮いていて、それがまた旨い。一緒に入っている行者大蒜《プクサ》の大蒜《にんにく》のような独特のクセもやみつきになる。

ふと視線を上げると比佐乃の姿が見えた。サメの側《そば》で手伝っているが、動きを止めていることがある。そういう時は決まって腕を見ているのだ。比佐乃はうっすらと笑んで腕に見入り、呼ばれて慌《あわ》てて動き出す。

飽きもせず眺めるのは、それが美しいせいだろうか。暁男の妻となった喜びからだろうか。

微笑《ほほえ》ましいものを見つけたような気持ちになって、顔を戻すと、廣章と目が合った。主の目が優しく細められる。

同じことを考えていたのかもしれないと、少しだけ嬉《うれ》しくなった。

　人々が酒と歌に興じる合間に、暁男の足の刺青も見せてもらった。昼間の気丈さに反して、まだゆるい瘡蓋《かさぶた》にしかおおわれていないそれはところどころ出血している。負け惜しみだったかと揄えば、暁男は必死に言い訳を並べていた。

　だが目《ま》の当たりにしたその意匠には素直に舌を巻いた。比佐乃の腕も見事だったが、こちらも尋常ではない。これほどに美しく文様を刺し入れることができる者を、廣章はもちろん、那賀坊や江井ですら見たことがないという。称賛の声ばかりが溢れた。サメは謙遜しながらも、嬉しそうだった。

　内踝《うちくるぶし》のすぐ下から緻密に積み上げられた流麗な曲線の羽は、脹脛《ふくらはぎ》の中央で細くも力強い翼を形成する。足の裏を焼くという『ウフイカ』に則《のっと》ってはおらず、足裏は綺麗《きれい》なままだ。それもまた、新しい儀式の決意の表れなのだろうか。

　夜も更《ふ》けた頃だった。おもむろに廣章が口を開いた。

「長《なが》の逗留《とうりゅう》をお許しいただきありがとうございました。私たちは明日にも出立しようと思います」

　村長は悲しげな顔をする。

「私どもに気を使うことはないのですよ、南辺田殿。好きなだけここにいてもらっても」

　そうも参りません、と廣章は居住まいを正した。

「大変お世話になりました。那賀坊さん、江井さんも」

え、と那賀坊が顔を上げた。

「ここで結構です。ご案内諸々《もろもろ》、感謝いたします。あとは随意解散してもらって構いませんので」

「ちょ、ちょっと待ってえな」

那賀坊は慌てたように手をばたつかせる。

「ここでお役御免て……いやご依頼主はもちろん廣章先生ですけれども！　沙流川《さるがわ》のほうかてまだ」

「お話を聞く限り、私の探しているものではなさそうですので」

那賀坊がなぜか蒼白《そうはく》になる。

「鬼の婚礼ですやろ。他にも情報を集めればそれに近いものかて」

「那賀坊さん」

廣章は軽く頭を下げた。

「大層なお骨折り、またご尽力には感謝の言葉もありません。が、ここから先は本当に私の道楽の延長。お商売もおありでしょうし、江井さんをお雇いになっている費《つい》えも嵩《かさ》みますでしょう。ここで結構です。あとは真汐と何とか致しますので」

廣章にしては珍しくぴしゃりとした口調である。那賀坊はもごもごと不平を漏らしていたが、わかりました、とあからさまに不機嫌を表にした顔でそう言った。

「ご依頼主の決定には従いまひょ。お役御免て言わはるんなら、今日はもうここで休ませてもらいますわ。行くで大悟」

控えていた江井が頷き、一同に黙礼をして立ち上がる。

「ほんならみなさん、ご・機・嫌・よ」

嫌味のようにそう言って、那賀坊は家を出る。江井が無言でそれに続いた。何故《なぜ》かその後を追うように、暁男の義兄が音もなく戸から出ていくのを真汐は目の端に捉《とら》えた。用足しだろうか。

しん、と静まった中で、真汐はそっと廣章に近づいた。

「廣章さま、よろしいのですか」

「最初から切りの良いところでお暇《いとま》しますと申し上げていましたからね」

廣章はどこ吹く風である。

「ですが明日、暁男さんの村に行くのは」

「真汐がいるでしょう？」

頼りにしてくれているのは嬉しいが、と真汐は入口と廣章を見比べる。

「南辺田さま、今、村とおっしゃいました？」

サメである。小声の会話を聞き取ったらしい。

「ええ。明日、暁男さんに『流れ歩く村《ヤイケシテ》』の跡を見せていただいてから、東京に戻ろうかと」

サメは目を泳がせた。

「それはいったいどういうことでございましょう。今さら村に行っても、本当に跡でしかないのですが」

「気になることがありまして」

「気になることとは？」

サメは食い下がる。廣章はあっさりと答えた。

「村の滅亡——その検証をしたいのです」

彼女は表情をこわばらせた。

「何をお知りになりたいのでしょう。ここでお答えしますけれど？」

廣章はふむ、と少し間をおいてから頷いた。

「比佐乃さんと暁男さんの刺青の間、私はサメさんから流れ歩く《ヤイケシテ》村の話を聞かせていただきました。今は亡《な》き幻の村、その在りし日の姿を」

流れ歩く村。どんな人々が暮らし、どんな日々だったか。サメの語る思い出話には、村の長閑《のどか》な風景と家族周辺の話が多かった。よく出てくるエプイケという友人はふくよかで奔放で可愛《かわい》く、姉のチニタの優しさや、義理の兄となったポソミの頼もしさ、二人の息子であるアンケㇱ——どうも目の前の暁男と結びつかないが——の愛らしさ。場を和ませる、幸せな回想ばかりだった。

「本来移動時期ではないにもかかわらず、今から四十年ほど前に、村は急に移動なさったとおっしゃいましたが、その理由はご存知ないのですか」

「存じません」

きっぱりとそう返ってきた。不自然なほどに早い。

「十年ほど前に、村では人々が奇病に倒れ、そこを襲った二頭の熊によって一夜にして全滅なさった。そうでしたね」

彼女は辛《つら》そうに目を伏せる。

「その熊も、周辺の水辺で死んでいたと聞きました」

「あの夜のことはよく覚えていますよ」

サメに代わるように、村長が口を開いた。

「風の強い晩でした。夜半には雨も降りだした。手足や顔に傷を拵《こしら》えながら、サメが私のところに駆け込んできました。私はそれまでも、流れ歩く《ヤイケシテ》村の交渉人としての彼女とは懇意にしておりましたから」

和人との交渉なども、その頃はサメが一手に引き受けていたのだと言う。交渉は村外、主に和人の村で行うことが多かったが、中にはしきりに村に行きたがる和人もいる。それを追い払うのに力を貸したこともあるのだと、村長は話した。

「その彼女が命からがら助けを求めてきた。通常、夜には動かない私たちも、さすがに明かりを持って山へ入りました。そこで人々の亡骸《なきがら》を目の当たりにしたのです。間違いなく全員が死んでおりました」

「ひとりの例外もなく？　瀕死《ひんし》の方さえおられず？」

　彼は頷く。

「首の骨の折れた者もいましたが、爪《つめ》にやられた者が多かった。熊の手ならば容易《たやす》いことです。現に、暁男の父もその……首を飛ばされていましたから」

　言いにくそうな村長とは違い、暁男もサメも表情を動かさなかった。

「もっとも、熊の方も死んでいましたが」

「それは誰かが討ったということですか」

「子熊の方は、村の人間が仕留めたようです。最初の被害者の家で死んでいました。ただ」

　村長は首を傾《かし》げる。

「当時から少し不思議だったのですが、首がポロウパㇱの家にあったんです。最初の犠牲となったエㇱナの家には胴だけが。熊の血は、あちこちに飛んでいました」

「ポロウパㇱさんとは」

「当時五十手前でしたが、村一番の狩りの名人だった女性です。ただ彼女に限らず、熊の首を集落中に振り回して歩くような罰当たりな者はおりません。それをしたとしか思えないほど、あちこちに夥《おびただ》しく血が飛んでおったのが不思議で」

　廣章は顎《あご》に手をやり、黙考している。

「親熊の方は、沢に頭を突っ込んで死んでおりました」

「沢に？　頭を？」

廣章は驚いたように声をあげる。

「そうですか……子熊の胃の中身はどうでしょう」

「子熊の方は、たぶん最初に討たれたためでしょうか、口の周りにべったりと血が付いていましたけれど、胃の中からはなにも」

「胃の中から亡くなった人の身体が出てきたのは、親熊だけなのですね」

頷きが返る。

「他に何か残されていませんでしたか」

「人を襲った熊なので、すぐに埋めてしまったのです」

村長は眉《まゆ》を顰《ひそ》めながら答えた。

チシとアンケシ——つまりサメと暁男は、その夜からこの集落に身を寄せることとなった。その後、サメは村長の後妻に、暁男も息子として受け入れてもらったという。

「辛いことを思い出させてしまいました。ですが、ならばやはり私は村へ行かなければ」

非難するようなまなざしのサメに、廣章は頭を下げる。

「来る途中の山の中で、江井さんに聞きました。熊は積極的に人を襲うような個体は少なく、本来はとても慎重で賢いものなのだと」

人の持つ力を熊は恐れていて、敵意のないのが伝われば逃げることも多いという。

「しかし興奮した赤熊《ひぐま》も町で見ています。その獰猛《どうもう》さに圧倒されました。恐ろしいと思うと同時に美しい獣だとも思いました」

腑に落ちないのです、と続ける。

「熊はアイヌの中では最上位のカムイ、よほどでない限り、見境なく人を襲うものではないでしょう。だのに人間の集落で、親子で大立ち回りをするなど……とても考えにくいことです」

真汐は眉を寄せる。

「しかも村の方は全員亡くなっていた。奇病が蔓延していたとはいえ、まだ動ける方も少なくなかったはず。生き残っていらっしゃる方がいてもおかしくないのです。興奮しているからといって食うでもなく齧《かじ》ることもせず、まるでそれだけが目的かのように殺戮《さつりく》してまわるものでしょうか」

「何がおっしゃりたいのでしょう」

サメが強い声を出す。持論を展開するかと思いきや、廣章はふっと力を抜いて雰囲気を柔らかくした。

「私は亡くなった村の声を聴いてみたいのです」

「村の声——？」

「実際の音声ではありません。それは時に文化だったり習俗だったり、土地の成り立ちや村の景観、残されたあるいは受け継がれた何かや、語られることのなかった真実。それらを見、聴き取ることができるのは、それを許された者だけです」

「許された者だけ？」

サメが小さく繰り返す。そうです、と廣章は頷いた。

「――その声は聴くことを許された人にのみ囁く」

暁男が考え込むように廣章の言葉を小さく反芻《はんすう》している。

「もちろん私にその資格があるかどうかはわかりません」

廣章は肩を竦める。

「ですが可能ならば聴いてみたい。拾い上げたい。本当のことを知りたい。小さな声だからといって、埋もれさせたくはないのです。もしかしたら、見落としている何かがあるのかもしれないのですから」

サメは廣章を見つめている。

「隠し事をしたまま声が聴けるとも思っておりません。正直に申し上げれば、私が奇《き》譚《たん》蒐集《しゅうしゅう》という酔狂を続けているのは、主に人鬼《ひとおに》というものを探しているからなのですが」

「人鬼？」

真汐は驚いた。那賀坊たちの前でさえ、その言葉を使わなかったものを。

「昔噺《ウエペケレ》の中の鬼のお話をお探しではなかったのですか」

不審げなサメの言葉に廣章はうなずいた。

「大きな括《くく》りでいうなればすべて鬼というものの中に入りましょう。ただかつてそう呼ばれた人々がいた。人にない力を持つ、人に似た、人とは違う者たちだったと言われている。私は彼らの本当の姿を知りたくて探し歩いているのです」

　廣章の声は熱を帯びる。

「決して虐《しいた》げられ、蹂躙《じゅうりん》されることを是とする人々ではなかったはず。なのに彼らは我々の前から姿を消した。今となっては幻とさえされている。私は彼らに会い、その本質を見極めたい。声ならぬ声を拾いたい。そのためにこうして各地へ赴いているのです」

人鬼、とサメは言い慣れない様子で小さく呟《つぶや》く。

「あなたは……。そう、ですか」

　サメは廣章を見つめる。

「――あなたに訊《たず》ねてみたくなりました。例えばここに罪人《ざいにん》がいるとします」

　唐突な質問に、その場の誰もが面食らう。だが、廣章だけは動じない。鷹揚《おうよう》に頷いて先を促した。

「罪を償う、罪を贖《あがな》うとは、どういうことだと思いますか」

「――己が心満を得るためのものでしかないかと」

　廣章はきっぱりと告げる。

「本来、贖罪《しょくざい》とは埋め合わせをするという意味でしょう。何かを毀損《きそん》・欠損せしめたなら、同等以上のもので弁償する。あるいは刑に服して罪を償ったことにする。ですが簡単に埋め合わせることができるならそもそも罪と呼べるでしょうか。それに罪という概念は人が作ったもの。動物にはありません。ならば贖罪も同じでしょう。埋め合わせも償いも、結局当人の心の満足を得るだけです」

サメは昏《くら》い目をする。

「相手が亡くなっている場合はどうなりますか」

「命は贖えません。埋め合わせができるものではない。社会的な贖罪は法律に拠《よ》るでしょうが」

廣章は言う。

「量刑は罪を規定し、科料や懲役による贖罪という意味を付与したことで、誰の目にも罪と贖罪が見えるようにした法律《しくみ》です。秩序を守ることも確かに目的ではありますが、目に見えない感情を、目に見える形にしたことで赤の他人の憤懣《ふんまん》をも解消させた、むしろ加害者のための社会的な救済措置でもあります」

刑に処されたもの、服役したものは贖罪を済ませたことになる。社会的に断罪し続けることはできない。

「遺族ならば加害者に贖罪を請求する資格もあるでしょう。けれどそれは遺族からの賠償請求であって、故人からの贖罪の請求ではありません。故人の声は残念ながら聴けない。だとすれば加害者が自ら罪を贖ったと安堵《あんど》できる地点にたどり着くまで終わらない。罪を意識しないならすぐさま終わるでしょうし、永遠に終わらない場合もあるでしょう。私が申し上げた己が心満でしかないとはそういうことです」

「どうあっても、罪は贖えないと」

「被害者が既に亡く、加害者がそう思っているのならそうでしょう」

廣章の声には容赦がない。ならば良心の呵責《かしゃく》の強い者は、永遠に罪を贖うことができない。

サメはまっすぐに廣章を見る。

「では廣章先生。あなたが罪を犯したとしたら、どう償いますか」

初めてそこで沈黙が落ちた。

「被害者の求めに応じます。もし被害者が既にいないのであれば、良心の呵責や憐憫《れんびん》を抜きにして、冷静な判断をせねばならないでしょうね」

「良心の呵責を抜きに？」

そこは一番大切な要素ではないのか。疑問を浮かべた真汐に、廣章は肯定する。

「感情を揺さぶられれば、必ず自己への呵責と弁解が横溢《おういつ》する。自罰も同様です。冷静な判断ができなくなる」

目的は何かを間違えてはいけない、と廣章は言う。

「贖罪を考えるなら何が故人にとって大切だったかを見極めることが先決です。故人の心持ちを想像し、彼《か》の大切なものを守るために、その未来のために、己の時間や力を使うでしょうか。それがひいては償いというものになるのかと。とはいえそれも結局、自身の満足にすぎないのでしょうけれど」

サメもしばらく黙し、それからわかりました、と小さく零《こぼ》した。

「聞いて良かった。あなたがたの旅に、どうぞ加護《カムイプンキ》がありますように」

サメはお辞儀をすると顔を上げた。何かをふっきったような、それでいてどこか読み取れない冷静な表情が、次の瞬間大きく動いた。

真汐はぽかんと口を開けていた。暁男も比佐乃も、村長までが驚きを隠せなかった。

それは初めて見る、とても優しいサメの笑顔だった。

■チㇱ

家を出たのは夜半である。

凍えるような寒さも、歩いていれば温かくなっていく。細い道は、薄く覆《おお》われた雪で光っていた。顔を上げれば、頭上に輝くような銀色の月が浮かんでいる。

音律が溢れた。思わず口をついて出たのは鎮魂の歌だ。呼気が夜の闇《やみ》に白く流れていく。

口ずさみながら、思い出した。

あの日、走り抜けたのは獣道だったこと。斜面を転がるようにして、自身に傷がつくのも構わず必死で駆け抜けた、真っ暗な初秋の夜を。

途中で遅れだしたアンケㇱを背負った。彼の身体はもう大きく、抱いて走ることができなかったし、ひとりで走らせるには遅すぎた。いつ熊《くま》が追いかけてくるかわからない。複数いるのだけはわかったが、正確に何頭いるのかもわからない状態で、平静を保てというのは無理な話だった。

背中のアンケㇱが途中から声を出さずに泣き始めた。予感の気配は背後に遠ざかりつつあるのに、恐怖で身が竦《すく》む。

この時、初めて『神《カムイ》』に祈った。これまでどんな状況下でも、神祈《カムイノミ》りなんてしなかった。神とは「予感」の形を取って一方的に恐ろしいことを囁《ささや》いてくる存在でしかなかった。

けれど、初めて心から声に出して伝えたいと思った。

この先、なんの加護も要らない。祈る資格もなくていい。罪を犯したのは自分なのだから、全《すべ》ての責任はこの身で贖《あがな》う。

だからお願い。

――この子だけは助けて、と。

ふと顔を上げる。いつの間にか集落跡に足を踏み入れていた。月明かりがあってよかった。皓々《こうこう》と冷たい光が、その場所に深い陰影を刻んでいる。

――かつて一族が暮らしたところ。

「……ただいま」

姉の家の跡の前に立ち、思わずそう呼びかけていた。

姉が死んだ場所はここではない。ここではポソミが亡くなった。多くの同胞も無残に命を落としていった。

姉たちはみな神の国《カムイモㇱㇼ》にいるだろう。ここにいた時と同じように、笑いながら暮らしているはずだ。

だから帰ってきた自分を迎えるものは誰もいない。ずっとここには戻れないでいた。あの日、助けを呼んだ今の集落の男衆と駆けつけたきりだ。

五年ほど前に山が噴火し、地形も様変わりしたと聞いてからはますます足が遠のいた。暁男も家を出、長い間ここの様子を知らなかった。敢《あ》えて目をそむけていたからだ。

青い夜の中に、柱を落とされた家々の影が点在する。噴火の跡らしき岩のような影はあれど、生き物の気配はない。

婆《ばば》の家の跡、エプイケの家、ノチュー、ポロウパㇱの家――。最初に襲われたのは寝たきりのエㇱナだったはずだ。記憶を繙《ひもと》いていく。応戦しようとしたポロウパㇱの家にはたくさんの人が集まった。足が上手《うま》く動かせないとはいえ、ポロウパㇱは狩りの名人だったから。みんなに頼られていたから。

熊は家を壊して襲い掛かったようで、巨大な爪で抉《えぐ》られた痕《あと》を残す者が多かった。エプイケはノチューの娘たちと抱き合い、目を瞠《みは》ったまま息絶えていた。後頭部には熊の爪痕らしき大きな孔《あな》が開き、姉妹にはどちらも首がなかった。家の外には、ずたずたに引き裂かれたポロウパㇱの体の一部が散乱していた。

熊が姉たちの家を襲撃するまでにどのくらいの時間があったのだろう。遠くで犠牲者の悲鳴を聞きながら、姉とポソㇺは最後にどんな会話を交わしたのだろう。

『その声は聴くことを許された人にのみ囁く』

　廣章の言葉にはひどく胸が痛んだ。

『神に聴く者《イコンヌㇷ゚》』と呼ばれた。誰よりも聴くことを許された者だった。だが肝心な時に聴けなかった。理由は明白だ。

　――決して許されない罪を犯したから。

　集落を一周し、大きく息を吐いた。

　姉夫婦からアンケㇱを預かり、肺が悲鳴をあげるのも構わず山を下りた。あれから十年。十年経《た》って、ようやく償える時がきた。

「行ってきます」

　物言わぬ集落跡にそう声をかけた。


　心は凪《な》いでいる。闇《やみ》の中で進むべき道が照らされたように感じていた。

　南辺田廣章――彼のおかげだ。

　不思議な人だと思う。物腰は柔らかく穏やかだが、目を逸《そ》らせない。言葉は優しいが、その裏に何かの警告が孕《はら》んでいるような危うささえ感じさせる。不快ではないのに、感覚がひりつく。囲炉裏に置かれた火箸《ひばし》に、不用意に触れてしまった時のよう。蓄積した熱さに、一瞬で膚《はだ》を焼かれたような驚きと痛さ。

　そんな想像をしてしまうのは、傍にいつもある黒杖《こくじょう》のせいだろうか。

彼らが来ることは久しぶりに予感が教えてくれた。村長であるルイ――甲斐《かい》澤壽夫《さわとしお》に後妻として迎え入れられて以降、なぜだかずっと鳴りをひそめていた力なのに。

心も重かった。ここ数日は特にそうだ。なぜだろう。誰が死ぬというのだろう。この感覚は久しぶりだったから、もしかしたら違うのかもしれない。

五年振りに戻ってきた甥《おい》――息子は見違えるほど立派になっていた。

『翼があれば、病からも、鬼からも逃げられる。進んで鬼の供物《くもつ》になって、足止めする必要なんかない。逃げきれればいいんだから』

力強くそう言った青年の中にはポソミがいた。まっすぐに想《おも》いを貫き、周囲を巻き込んで強引に動かしていく。決して完璧《かんぺき》ではないけれど、誰からも愛される光を持った彼を、彼の面影を――息子の中に見たのは初めてだった。

『片方だから負担が重くなる。二人とも翼があればきっと飛べる。ならば俺の足に「ウフイカ」、その代わりの翼を』

――逃げ切って欲しい。病からも、鬼からも。

だから自分は行かなければならない。覚悟を決めて、再び歩き出す。

ややあってたどり着いたそこは、大きな石礫《せきれき》に埋もれていた。噴火の影響だろうか、大きな岩ばかりでかつての面影はなくなっている。何もかもがあの時とは違う。

だが忘れようもなかった。

原罪の場所だ。

さすがに足が痛かった。大きな岩の陰に腰を下ろす。岩を背に、痛いほどに冷たさを伝える地面に座って、天を仰いだ。

溢れんばかりの煌《きら》めく星々の中、冴《さ》え冴《ざ》えとした光を落とす大きな月。

持ってきた革袋には水が入っている。少しだけ喉《のど》を潤《うるお》した。

「良心の呵責を抜きに、か」

南辺田廣章の語った言葉のひとつひとつが、深く心に滲《し》みこんだ。

『感情を揺さぶられれば、必ず自己への呵責と弁解が横溢する。自罰も同様です。冷静な判断ができなくなる』

その通りだと思った。あの日以来、どれだけ自分を責め、どれだけ弁解を繰り返しただろう。夫に勧められたヤイカラの刺青を拒んだのも、自罰のつもりだった。冷静な判断など、何一つできなかった。

贖罪とは己が心満――自身の満足に過ぎないと彼は言う。それでもその方法は心の底にすとんと落ちた。

――死者にとって何が大切か。

あらためて言われるまでもない。彼らが大切にしているものはただひとつだ。自分にとっても。

形見の小刀《メノコマキリ》を取り出す。そこに結わえた小さな革袋を開いた。

廣章は人鬼というものを探しているという。

『かつてそう呼ばれた人々がいた。人にない力を持つ、人に似た、人とは違う者たちだったと言われている。私は彼らの本当の姿を知りたいのです』

人鬼という言葉は知らない。だが昔婆に聞いた、内地にいる鬼が語ったという言葉をなぜか思い出した。

『鬼は私たちのことをキズミと呼んでいたそうだ』

百年以上前、鬼どもは村の男女を攫《さら》い、船で内地へと運んだという。そこから命からがら戻ってきた女たちの言葉を無駄にしないよう、長老《エカシ》たちはこの言葉を語り継ぎ、変身婚《ヤイカラ・ウコレ》という儀式を作ったのだと。

婆は最後まで教えてはくれなかったが、もしかしたら四十年前にも似たようなことがあったのではないかと思う。誰かが襲われたのではないか。攫われたのではないか。だから儀式は口外法度《はっと》となり、さらに逃げるための時期外れの集落移動へとつながった。

鬼の追手が迫っていたからではないのか。そう考えればすべて平仄《ひょうそく》は合う。

鬼は今もまだこの村を、村の人間を狙《ねら》っているのかもしれない。

『由来を知る者、そして後世に残す者。一族の危機には「遺す者《ホッパピト》」が現れるという。「遺す者《ホッパピト》」が一族の者ならばいい。だが一族外の者ならば……』

――守るために判断をせねばならないこともある。

廣章が鬼に通じているとは思わない。むしろ秘密を貫いてくれるだろう。だが彼は――彼こそが『遺す者《ホッパピト》』だ。この話を遺《のこ》されればどこかで内地の鬼が目にしないとも限らない。比佐乃もいる。二人の間に生まれるであろう子どもも。危険は暁男だけにとどまらない。

暁男は遠からず比佐乃を連れて外の世界へ出るだろう。翼をもつ二人はおそらく縦横無尽にこの世界を飛び回る。足取りを追う術《すべ》はない。きっと逃げ切ってくれる。

彼らが脅威にさらされずに生きていくことが、一族の望みだ。この血を未来に繋《つな》げることがなによりも優先される。

革袋から取り出した――掌《てのひら》の丸薬を見つめる。

あの子は『遺す者《ホッパピト》』にはならない。何も知らない。何も伝えてはこなかった。

あとはこの記憶を持つ自分さえいなくなれば、一族を辿《たど》ることは不可能になる。

未来を守るとはそういうことではないのか。

「必ず、助けるわ」

罪の苦しみからただ逃げるのではなくて良かった。自分が楽になるためだけに使う命《もの》でなくて良かった。

神《カムイ》に祈る資格はない。泣くつもりもない。チㇱという名がその代わりを果たしてくれる。

だから感謝をのみ、廣章に奉《ささ》げた。

丸薬を飲み下し、仰向けになって銀色の月に両腕を伸ばす。

体が震えた次の瞬間、目を瞠った。

——幻視《オハインカル》か。

手の甲から腕にかけ、みるみるうちに刻まれていく。

稠密《ちゅうみつ》する、美しい羽の刺青《いれずみ》が——。

五章　真相

■真汐

――それは明け方近くのことだった。

「廣章《こうしょう》先生、廣章先生」

戸の外で声がする。入口の近くに寝ていた真汐《ましお》は跳ね起きた。振り返れば廣章も既に身を起こしている。那賀坊《なかぼう》のいびきは聞こえているが、その向こうでは江井《えねい》が静かにこちらを窺《うかが》っているようだった。

真汐が慌《あわ》てて戸に駆け寄ると、暁男《あけお》が立っている。

「暁男さん」

「真汐、廣章先生は起きていらっしゃるか」

雪明りに見える暁男の顔は真っ青だ。頷《うなず》いて招き入れた。

振り返ると、江井が灯りを作ってくれていた。廣章が暁男に訊《たず》ねる。

「どうしたんですか、暁男さん」

「母がいません」

冷気とともに入ってきたその声に、ぴたりといびきが止《や》んだ。

「いつからですか。御手水《おちょうず》などでは」

「時間はよくわかりませんが、たぶん夜中だと思います。村内はすべて探しました。今、皆にも周囲を探してもらっているのですが」

廣章はじっと暁男を見る。

「心当たりは」

暁男は黙っている。

「……もしかしたらと思う場所はあるんです。俺、探しに行きます」

廣章はしばらく暁男を見ていたが、珍しく機敏に立ち上がった。

「真汐、すぐに支度を。暁男さん、あなたの心当たりの場所を探しましょう。私も行きます」

彼は何か話したそうだったが、頷いた。

「どこへ向かうのですか」

暁男は少し逡巡《しゅんじゅん》して答えた。

「流れ歩く《ヤイケシテ》村だ」

薄暗い木立の隙間《すきま》を、呼気が霧のように漂う。一行は山の中を進んでいた。

空は白んできているが、まだ陽は射《さ》していない。仄《ほの》かな雪明りと、前を進む暁男の洋灯《ランプ》が拠《よ》りどころだ。慎重に進んでいたつもりだが、石に滑り、大きく上体を揺らした。後方から驚いた那賀坊の声があがる。

「真汐はん、気ィつけや」

「も、申し訳ありません」

真汐は振り返り、廣章の様子を窺う。主《あるじ》には問題はないようだ。革の手袋に黒杖《こくじょう》を衝《つ》く。その杖《つえ》は本来の目的に適《かな》ってはいるようだったが、内心気が気ではない。何度も振り返っては、逆に自分の足元が疎《おろそ》かになる始末だ。

「比佐乃《ひさの》、足元気をつけて」

暁男の声に前を向く。片手に洋灯、片手で彼女の手を引いている。比佐乃も藁沓《わらぐつ》を履き、息を弾ませながら山を登っている。

もともと廣章が暁男に村跡へ行きたいとの相談を持ちかけた時から彼女は同行を主張していた。どれほど危険だと説得しても頑として譲らなかったのだそうだ。

『私は流れ歩く《ヤイケシテ》村の嫁です。その場所に行きたいと思うのは当然のことです』

まして義母の行方知れずという非常事態に、彼女も必死の形相である。

集落周辺では村長はじめ村の人間が総出で捜索に当たっている。妻の唐突な失踪《しっそう》に、さすがの村長も動揺を隠せずにいた。

那賀坊は江井とともに最後尾からついてくる。廣章に暇を出されはしたが事は捜索、ひとりでも手は多い方がいい。那賀坊の主張は、確かに理に適っていた。世話になった家の一大事、損得抜きで当たり前のように申し出てくれるのは真汐としても嬉《うれ》しかった。廣章は珍しく無言ではあったが、強いて反対はしなかった。

ようやく陽が射してきた。白い雪の上を光が走っていく。根雪に当たり、あちらこちらが輝きだした。眩《まぶ》しいほどだ。

肺に入る空気は冷たいのに、蟀谷《こめかみ》を汗が流れていく。喘《あえ》ぐように口を開けた。

「どこかに水場があればええのにな……えらい喉《のど》が渇くなァ」

那賀坊が足を止めて水筒を呷《あお》った。一時間以上歩きづめである。全員に疲労が隠せない。

この辺にはなかったと思います、と暁男も足を止めた。比佐乃は胸を押さえて息を整えている。真汐は廣章に水筒を渡した。どんな時でも涼しい顔の江井も、さすがに手拭《てぬぐい》で汗を拭《ふ》いている。

主はすぐ水筒を戻してきた。重さからまだかなり残っている。飲みなさい、と促されて頭を下げた。火照《ほて》った喉を滑り落ちていく冷たさが心地良い。息を吐いて上を見上げた。

赤黒い山肌が見える。

雨《う》支《し》駒《こま》山——。

江戸時代からの大きな噴火だけでも五度、大火砕流をはじめ、山津波などで多数の集落、人々を飲み込んできた山だと聞いた。最新の噴火は明治の終わり——暁男が奉公に出た年らしい。

「最初の噴火は夏の初めだったみたいです。溶岩が麓《ふもと》の湖のあたりにまで達して一人亡《な》くなったと聞きました。それから二か月くらいは地震と噴火が続き、その後で温泉が湧《わ》いたんだそうで」

　そういえば、前にも温泉の話を聞いたことを思い出した。暁男は周囲に目を向ける。

「このあたりはあちこちに坑道があるようです。採掘もしていたようですが、噴火を機に今は廃坑となっています」

「噴火のときはそうやって急に何かが湧いたり涸《か》れたりすることもあるのだそうですね。活火山とはそういう意味でもまさに生きている山ということになるのでしょう」

　廣章の言葉に思い出したように暁男が顔を上げた。

「そういえば昔、うちの集落のすぐ近くにも泉が湧いたことがありますよ。神の水《カムイワクカ》っていう……」

　不意に暁男が黙り込んだ。良く聞こえなかったのだろう、廣章が首を傾《かし》げる。

「神《カムイ》の……なんですか？」

　あ、いえ、と暁男が首を振る。

「なんでもないです。……行きましょうか」

なんとなく不自然な断ちきり方のような気がしたが、廣章が暁男に続くのを見て慌てて足を速めた。


先頭を歩く暁男の足取りには躊躇《ちゅうちょ》がなかった。一同を牽引《けんいん》し、さらに一時間も歩いただろうか。真汐はふと視界が明るくなるのを感じた。

「着いた」

暁男の呟《つぶや》きに、荒い息の中から全員が顔を上げた。

「ここが、俺の村です」

集落跡と言われて確かにと納得する場所だった。ぽっかりとそこだけ空いたかのように拓《ひら》けた平地。家が点在しているが、よく見るとすべての家々の屋根の部分が地に落ちている。集落の半分は噴火の爪痕《つめあと》だろうか、無残にも潰《つぶ》されていた。巨石に押し潰された屋根もあれば、家の半分が土砂の中に埋もれているものもある。

日本家屋ではない。初めて見る造りだった。チセと呼ぶらしい。

「棟木《むなぎ》もしっかりしているし、梁《はり》も桁《けた》も……屋根組が見事でなければここまで形は保てない。良い造りですね」

落ちた屋根を検分していた廣章が感心している。

「暁男さん、しかしこれは明らかにわざと屋根を落としていますね」

「そうです。熊《くま》の襲撃の数日後に、今の集落の人たちに綺麗《きれい》にしてもらいました。誰も住まない家をそのままにはしておけません。悪いものが入り込んでしまうので。俺は小さかったし、母は寝込んでいたので、全部やってもらったんです」

暁男は周囲を見渡し、近くの家の残骸《ざんがい》を丹念に調べ、ここにもいない、と肩を落とした。

「どこに行ったんだ……」

いよいよ不安だと表情が物語る。廣章が近づいてくる。

「暁男さん、なぜサメさんがここにいると思ったのですか」

暁男はそれには答えず、残骸を見下ろした。

「ここが――俺の家でした」

■チㇱ

突如、悲鳴と破砕音があがった。粟立《あわだ》った膚《はだ》のまま、灯り《スネ》を手にチㇱは駆けだした。村のはずれの家を何かが壊している。――丸い毛並。

「そんな……」

愕然《がくぜん》とした。力の衰退。昔、ポソミに助けられたあの日のようだ。

これほど近くに来ていてなお、漠然としかわからなかったなんて。

間断ない叫び声に、チㇱはとっさに踵《きびす》を返した。

「エプイケ！　エプイケ、どこ！」

　ここよ、と途中の家から声があがる。飛び込んだ先で、薄くなった背のエプイケが振り返る。準備しているものを見てホッとした。エプイケが身を寄せたのは、狩りの名人、ポロウパㇱのところだ。ここなら毒を仕込んだ槍《やり》も武器もたくさんある。

　ノチューが遺《のこ》した娘たちが怯《おび》えたようにこちらを見ている。ポロウパㇱも鋭い眼光のまま膝立《ひざだ》ちでチㇱに頷いた。

「熊一頭仕留められずに、何が狩りの名人よ。私がやるわ」

　そのポロウパㇱも五十手前である。足が上手《うま》く動かせなくなり、片腕も折れている。腰も曲がっている。身体《からだ》の自由が利《き》かない中で存分に闘えるとも限らない。

「麓の集落に走って応援を呼んでくる。すぐ戻るから持ちこたえて」

　わかった、とエプイケが応える。

「あの一頭じゃ、ここまでは襲われない。被害はそれほどでないはず。朝になったら子どもだけでも移すわよ」

　ポロウパㇱはよくわかっている。今襲われている家には寝たきりのエㇱナがいたはずだ。彼には気の毒だが、腹を満たした熊がすぐに他の人間を襲う可能性は低い。反撃される脅威は、彼らの中にもあるはずだ。一度は退却するだろう。ならば時間は稼げる。麓の集落からの応援を受けて、大部分の人間を移す時間くらいは。

「エプイケ、あとで会うわよ」

「誰に口を利いてるのチㇱ。あたりまえでしょ」

エプイケは赤い耳環《ニンカリ》を揺らしてにやりと笑った。勝気なその笑みに思わず腕を叩《たた》く。

チㇱは家を出た。ふと、嫌な感覚に引きずられそうになる。

――一頭だけ？

これまでに経験したことのない嫌な予感。それが何なのか、皆目見当もつかないのは、力が弱まっているせいか。

この禍々《まがまが》しい予感は――。

首を振って走りだす。

一刻も早く応援を連れて戻ること。それに勝る手段はないのだ。


「ポソミ！」

ポソミが家の外に出ていた。不穏な空気を感じ取ったのだろうか、右肩に弓を担《かつ》いでいる。上手く動かない左腕はだらりと下がったままだ。

「熊が来た。エㇱナが犠牲に」

それだけでポソミには通じたらしい。

「動ける大人はもうチㇱしかいない」

わかってる、とチㇱは頷く。ポソミは家を振り返る。

「アンケㇱは走れる。あいつを連れて下の村から人を呼んできてくれ」

そのつもりだった。

「大丈夫ね、ポソミ？」

「もちろん。せっかくチㇱに救われた命なんだ、無駄にはしないさ」

ポソミは笑んで髭《ひげ》を揺らす。怪訝《けげん》な顔をしたチㇱに気づいたのだろう、苦笑する。

「なんだ、忘れたのか、チㇱ。ほら、俺が疱瘡《ほうそう》で熱出した時。エプリク採ってきてくれたじゃないか」

チㇱは声をあげかけ、必死でそれを飲みこんだ。

「俺が治った時はおまえが熱出してさ。何度も枕元《まくらもと》でお礼を言ったけど、聞こえてなかったのか」

ポソミの呆《あき》れたような声、思わず頭を振った。

「なぜ……だってお姉ちゃんが、エプリクを持って来たって」

「おいおい、あんなのチㇱにしか採りに行けないだろ。チニタだってそう言ってたぜ」

彼は笑う。

「チㇱは自慢の妹なんだって。自分は何もできないけど、チㇱはすごいんだって。そのチㇱが必死で採ってきてくれたエプリクなんだから元気にならなきゃダメだって。チㇱの想《おも》いを無駄にしないでって枕元で泣くんだよ」

愕然としながら、言葉を継いだ。

「でもシㇷ゚シㇷ゚には……チニタのお蔭《かげ》で助かったって言ってた、って、聞いて」

「間違ってないだろ。チㇱもチニタもいなければ俺は生きちゃいないんだ。そう言ったと思うけどな。シㇷ゚シㇷ゚、聞き間違えたのかな」

ポソミは首を傾げる。

「チニタは昔からずっと言ってたぜ。何もできない自分の、唯一《ゆいいつ》の自慢がチㇱなんだって。双子で姉だけど、自分とは全然違う妹が誇らしいって。そういうチニタが、俺は好きでさ」

ポソミの言葉に、チㇱはたまらず瞑目《めいもく》する。

『今までに、私に嘘《うそ》を吐《つ》いたことって、ある？』

チㇱにだけはないと彼女は答えた。それが本当だというのなら。

ならば——この罪は。

内緒だぜ、とポソミは笑う。

「結婚する時もさ、チニタはずっと言ってたんだ。何のとりえもない自分を可哀想《かわいそう》だと思って選ぶのなら止めてくれって。チㇱとなら心から祝福できるって。逆に自分を選んだら、チㇱに申し訳ないと思いながら暮らさなきゃいけない、だから選ぶなって本気で怒るんだ。ここだけは譲らないって、一年くらいかな、俺たち結婚前ずっと喧嘩《けんか》してたんだぜ。知らなかったろ」

チㇱは呆然《ぼうぜん》とその笑顔を見つめるばかりだ。

「あの頑固さはチㇱそっくりだよな。ずっとチㇱに申し訳ないって言ってたけど、俺はチシの兄貴になるほうが絶対楽しいって思ってたし。チニタの苦しみは俺も背負うからって頭を下げて、どうにか一緒になってもらったんだ」

情けないけどな、とポソミが眉《まゆ》を下げる。

『チシばかりが貧乏くじを引くのがたまらなく辛《つら》かったから、自分でも憎まれ役を買って出ようとしたこともあるわ。……誰かを憎むことでしか生きていく力にできない、そういうことがあるのもわかっていたから』

チニタの言葉を思い出す。

シプシプはポソミを諦《あきら》めきれなかった。ホマンレラは最後に姉に向かって深く頭を下げていた。

感謝と、詫《わ》びとを表すかのように。

あの場でチニタが真相を話したとして、果たしてシプシプは納得しただろうか。

どうやってもポソミを諦めきれない想いを、チニタより自分が劣るからだと悲観し、身体を損ねるほど患《わずら》う妹を、姉が案じなかっただろうか。

ホマンレラとチニタが事前に打ち合わせをしていたのだとしたら。そのうえであの場に臨んでいたのだとすればすべてのことに説明がつく。

わざとシプシプから憎まれるような物言いをしたのだとすれば――。

『チシにだけは、一度もないわ』

嘘を吐いたことがないと断言した、あの言葉が本当なのだとしたら。

　チㇱは震える。背筋を何かが駆け上がるような感覚に襲われた。

「私にだって自慢の、姉、だもの」

　ポソミの顔がにわかに歪《ゆが》む。目の前に水が揺らめく。

「あなたが選んだ妻は、間違っていない。チニタは、あなたに相応《ふさわ》しい妻よ」

　ポソミは笑う。表情に不安と興奮と、どこか覚悟のようなものも見えた。

「絶対、すぐ戻るから」

「待ってるぜ」

　彼の明るい物言いは、周囲を照らす光だ。結婚する前もしてからも、底抜けの明るさは変わらない。天真爛漫《てんしんらんまん》で、嘘も衒《てら》いもない、まっすぐな彼だからこそ皆に愛された。

　お姉ちゃん、と大声を出しながら家に飛び込んだ。寝床でチニタがこちらを見ている。たまらなくなってその枕元に駆け寄った。その手を握る。髪を撫《な》でた。

「すぐ戻ってくるから、頑張って」

「何を泣いてるの、チㇱ。大丈夫よ、私にはポソミがいるもの」

　チニタは綺麗な笑顔を向ける。こらえきれなくなってその細い身体を抱きしめる。

「ごめんなさいお姉ちゃん。ごめんなさい、ごめんなさい、ごめんなさい」

　どうしたのとチニタがチㇱの頭を撫でる。

「チㇱ、どこか痛い？」

　アンケㇱが心配そうに訊《き》く。チㇱは無言で彼を抱き寄せた。

――ごめんなさい。

声はもう音にならない。自分の犯した罪の重さが圧《の》しかかる。

どうしてあの時、この人を信じなかった。

この世で、自分が一番可哀想だなんて、なぜ思ってしまった。

憎い。疎《うと》ましくて、賤《いや》しくて、八つ裂きにしたいほどこの身が汚《けが》らわしい。

この綺麗な人を、優しい人を信じ切れなかった罪は。罰は――。

「帰ってきたら全部話す。何もかも話すわ。お姉ちゃん、許してくれる？」

目《め》尻《じり》だけが差違を伝える、そっくり同じ顔の――双子の姉。

彼女には一片の非もない。

――罪人は紛れもなく、自分ひとりだ。

「何言ってるの。あなたは自慢の妹よ。許さないなんて思うわけがないでしょう」

チニタは手をほどき、チㇱの頬を軽く叩いた。

「泣かないで。胸を張って。堂々としていなさい。私の妹は強い女よ」

チㇱ、と戻ってきたポソミが険しい顔をした。

「急いだ方がいい」

恐ろしい咆哮《ほうこう》が聞こえる。怖気《おぞけ》が走った。これまでに経験したことのない震えが襲う。

近づいているのは赤熊《ひぐま》だ。そのはずだ。なのに、得体の知れないものが近づいているようなこの恐怖は――。

「チㇱ、気をつけて。これも使って」

姉が自分の小刀《メノコマキリ》を差しだしている。チㇱは受け取って立ち上がった。

チニタに抱き着いていたアンケㇱの手を取る。

「必ず、助けるわ」

「アンケㇱを、息子をお願いね」

振り向いた家の中、こちらを見送る優しい笑顔が、チㇱの見た二人の最後の姿だった。

■真汐

彼女は暁男を背負ったまま、夜の山道を走り通したという。足は傷だらけで、息が嗚咽《おえつ》のように聞こえたのだそうだ。彼女が集落に辿《たど》りつき、助けを求めるため事情を話している間も暁男はただただ耳を塞《ふさ》いで泣きながら震えることしかできなかったらしい。

「聞こえていたんです、俺には、全部」

暁男は落ちた屋根を前にしゃがみ込む。暁男の耳の良さは類《たぐい》まれなものだ。当時はまだ幼く、力の制御法も知らなかった。拾おうと思えばかなりの距離を隔てても音を聞くことができたという。

それでなくても、耳をそばだてずにはいられなかっただろう。

逃げる道中、熊と戦う声が、誰かの悲鳴が、断末魔が、絶えず聞こえていたのだ。

チㇱの予感は一部外れていた。現れた熊は一頭ではなかったのだ。最大の脅威は後から現れた母熊の方だった。

「母熊はとても興奮していて、狂ったように咆哮していました。変な音もたくさん入り混じってたし」

「変な音？」

「入り乱れた足音とか。あんな風に動ける人はいなかったはずだけど」

　廣章は沈黙する。

「でも声もどんどん聞こえなくなって。大きな物音だけがずっと聞こえていました」

　暁男の両親も自由の利かない身体を押して、それでも勇敢に戦おうとしたらしい。

「いざとなったらすぐに死ねるよう、母は毒を握っていたそうです。父もたくさんの毒矢と毒槍を置いてました。どれも、無駄になりましたけど」

　比佐乃が暁男の背を撫で、手甲《テクンペ》の上に手を置いた。その手甲は比佐乃が刺繍《ししゅう》したものだった。少し歪《いびつ》だが、美しい羽の文様が切伏《きりぶせ》に縫い取られている。

「母熊が最後に襲ったのが俺の家だったようです。身体を起こすことがやっとだった母に比べて、父はまだ動けました。熊に毒矢を打ちこもうとしたんでしょうが、一撃で首を飛ばされたようです。……傍に落ちてましたから」

　その瞬間、壮絶な実母の悲鳴が、長く響いたという。

「母は毒を持っていた腕を咥《くわ》えられ、そのまま引きずられて行ったようです。水を汲《く》む沢の近くで上半身だけが見つかりました」

　村跡に来たことで記憶がさらに鮮明になったのだろう、話は重い現実味を帯びて迫る。

「服毒も叶《かな》わず、泣きながら、早く死なせてという声が止みませんでした。あの時、俺は」

　暁男は両手で頭を抱える。

「どうか早く熊が母を殺してくれるようにと、それだけをずっと願っていたんです」

　暁男の苦悩に絶句する。比佐乃も口に手を当てたまま動きを止めている。

「女人族とさえ言われる村です。力も弱く、外部からの脅威には無力すぎます。まるでそれを神《カムイ》が憐《あわ》れんだかのように、村には図抜けて感覚が鋭い子どもが生まれることがあるんです。俺のように耳がいいのも珍しくない。でもこんな力、ほしくなんてなかった！　誰ひとり救えない力なんて。俺だけ生きているなんて……！」

　悲痛な慟哭《どうこく》に、誰もが眉を寄せる。

「『過去は変えられない』」

　冷たくさえ聞こえる声に、真汐は顔を上げる。比佐乃だった。

「私にそう言ってくれたのはあなたよ。後悔も、懺悔《ざんげ》も、いくらでも聞いてあげる。でも過去は変えてやれない。亡くなった人が戻ることはない」

　暁男は目の前の比佐乃を見つめる。

「あなたを逃がしたご両親の望みはなんだと思って」

「望み……」

「あなたが生きることだわ」

比佐乃は暁男の頬を両手で挟んだ。

「あなたが長く生きて幸せになることを、自分の命より優先したんだわ。あなたの命を惜しんでくれたの。私の家とは違って」

比佐乃は手を外す。手の甲にまで広がる羽、その先で暁男の涙を拭う。

「あなたが生きていてくれたから、私は救われたの。なのに今の自分を否定するの？　私の今も否定するの？　死んだ方が良かったって？」

鮮烈な風が吹いたような気がした。暁男は殴られたような顔をしている。

「辛いことは話して。私たちは夫婦なのよ。どんなことも一緒に分け合うわ。だって生きているんだもの。生き延びたんだもの。乗り越えて行かなくちゃならないんだもの」

比佐乃は泣きそうな顔で微笑《ほほえ》む。

「そう、みんなに望んでもらったんだもの」

暁男は瞬《まばた》きをしてから、我に返ったかのようにごしごしと目元を拭った。

「取り乱してすみません」

無理もない、と真汐は首を振る。同じ立場なら自分だってそうなる。

廣章が暁男に手を差し伸べる。

「探しましょう、サメさんを」

よく水を汲んでいたという山中の沢へ急ぐ。廣章は歩きながら暁男に訊いた。

「集落に現れる感覚が鋭い方というのは、具体的にどのようなものだったんですか」

「母《ハポ》さんは……サメは『神に聴く者《イコンヌプ》』と呼ばれていました。そういう力があったんです。母の大叔母もまた先を視《み》る力があったようです」

「『神に聴く者《イコンヌプ》』？」

「近づいてくる危険がわかるんだそうです。人の死期も。それで村はとても助けられたのだと」

　予知か、と小さく那賀坊が呟くのが聞こえた。

「そうです。母は予感だと言ってましたが」

「予感？」

　あまり良いことではないのですが、と暁男は言葉を探しているようだった。

「悪いことに対して、みなさんも嫌な予感がする、という言葉を使うでしょう？　あれです。あれのもっと強い感覚です。専《もっぱ》ら悪いことにしか反応しないようで」

　なるほど、と廣章は納得したようだった。

「誰より早く危機を察し、それを皆さんに伝えるお役目があったのですね」

　暁男は少し黙ってから、そうですね、と小さく返した。

「その役目は誇りでもあり、辛いことでもあったようです。時に予感を感じ取れないこともあったようですから。だから廣章先生が昨晩おっしゃった『その声は聴くことを許された人にのみ囁《ささや》く』という言葉は、母さんには――堪《こた》えたのかもしれないです」

暁男の唇が微《かす》かに震えた。

「暁男さん、もう一度、熊について整理させてください」

廣章の声に、暁男はいくぶん表情を硬くしたが、頷いた。

「二匹の熊は親子だったのですね」

そうです、と暁男はすぐに返した。

麓の集落から屈強な男たちで構成された応援が駆けつけたのは明け方だった。子熊の方は、誰かの手で前肢《まえあし》の一本を切られ、さらに首を落とされていた。不思議なのはその首と胴が別々の家の中で見つかったことだ。

親熊の方は村の人間を殺害した後、暁男の母であるチニタを咥えたまま沢に引きずっていき、そこで彼女を絶命せしめた。だがその後、なぜか頭部を沢の中に突っ込んで死んでいたという。

「毒を打ちこまれた熊は水を欲すると言われているので……毒が回ったのかもしれないです」

廣章は首を傾げる。

「そうだとすると毒の巡りが遅すぎやしないでしょうか」

「確かに……そういえば集落のみんなもそんなことを」

暁男が思い出したかのように言い添える。

「流れ歩く《ヤイケシテ》村の毒は強い。それはこの村の誇りでしたから、今思えばそれほど悠長に沢まで歩ける個体がいるとは思えません」

だとすると、と暁男は眉を寄せた。

「沢の熊の死因は、毒ではないかもしれません。ただ腹の中を調べて、人を食ったかどうかは確認したそうです。……衣服も髪も腸《はらわた》も、間違いなく胃の中から出てきたと」

もうひとついいですか、と廣章は訊ねる。

「麓の集落の人たちは、その熊の肉を召し上がってはいないのですね」

食べていません、と暁男は断言する。

「そういうものは一切触りません。神《カムイ》とも呼ばない。呪《まじな》いを掛け、埋めて終わりです」

それから、と廣章は暁男を見る。

「暁男さんはここに何度も来ていらっしゃる」

足取りに躊躇がないこと、家の場所をすぐに特定できたこと。十年の間、来なかった者にはできないことだと廣章は言う。暁男は苦笑したようだった。

「廣章先生には敵《かな》わないですね。家を出るまでの間、実は何回か来ていました。ここは俺の思い出の場所なので。皆に言うと叱《しか》られるので内緒でしたけど」

「叱られる？」

「いわゆる穢《けが》れた地なので」

確かに惨劇の起きた場所である。忌避されるのも当然だろう。

沢に到着したが、ここには人の気配はなかった。ここはそれほど拓けた場所ではない。丸く縁どられたような地形で巨岩が多く、細く浅いせせらぎが流れている。

暁男は周囲を見回していた。焦燥を隠せないようだ。比佐乃も不安そうに寄り添っている。

廣章は顎に手を当てて考え込んだ。

「暁男さん。もう一か所、行きたい場所があるのですが」

「どこでしょう」

廣章は少し言い淀《よど》んだ。

「暁男さん、あなたは先ほどサメさんを探すのに、昔の家の場所を丹念にご覧になっていた。子どもの隠れ鬼でもないでしょうに、やたら下の方ばかりを探して。寝転んでもいなければそのような場所にはいないだろうというところを」

暁男が表情を強張《こわば》らせる。

「そして『耳がいい』というあなたの言葉。――あなたには、昨夜、サメさんの声がなにか聞こえていたのではないですか」

真汐は口を開けた。那賀坊たちもあっけにとられているようだった。暁男は目を伏せる。

「……廣章先生こそ、千里眼の持ち主ですか」

俺の耳の良さなんか一瞬で消し飛ぶな、と暁男は自嘲《じちょう》した。

「おっしゃる通りです。夜、母の歌が聞こえました」

「歌？　あの、その何が不思議なんですか」

真汐に暁男は首を振る。

「真夜中に鎮魂の歌なんて歌わない。それも聞こえたのはごく微かなもの。なのでとても遠くにいるんだと思いました」

すぐに飛び起きたが、案の定、母の姿はどこにもなかったという。それから集落の中を探し回ったのだ。

「母ではないですが、嫌な予感がして」

困惑した表情で暁男が言う。

「廣章先生は、何かおわかりなのですか」

廣章の表情は見たことがないほど険しい。

「私も推測でしかありません。ただサメさんは儀式の時も、昨夜も『罪人』という言葉をお使いになった。それが気になっています」

そして、と暁男を見る。

「ここへ来る途中で暁男さんが言いかけた、近くに泉の湧いたところがあったという言葉。流れ歩く《ヤイケシテ》村でのみ流行《はや》る病、沢で死んだ熊……点を結べば、もしかしたらその泉から仮説を立てることができるのではないかと思いまして」

廣章は言う。

「連れていってください。神の水《カムイワクカ》が湧いたという場所に」

※ ※ ※

集落跡からさほど歩かないところに、その場所はあった。

真汐は思わず声を漏らした。岩陰に何かの姿が見えたのだ。そう告げるなり暁男と比佐乃が走りだした。真汐も後を追う。

「母さん《ハポ》！」

血相を変えて、暁男が叫ぶ。大きな岩と流れこんだ土砂が斜面を作っていたらしき場所である。噴火で潰されたのだろうか、そこに開いた深い穴を埋めるように大小の石礫《せきれき》がぎっしりと詰まっていた。もう水は湧いていないようだった。

追いついた真汐は言葉を失った。

倒れていたのはサメだった。

横になって蹲《うずくま》っているような恰好《かっこう》だった。抱き起こした顔は生気がなく、口の端から血が流れている。半開きの眼は宙を見据えたまま、力なく白い腕が落ちた。傍に小刀が転がっていたが、使われた形跡はない。暁男が頬を叩いても反応はなく、比佐乃が座り込んで上着を脱ぎ、サメに掛けた。

急ぎ足で近づいた廣章が瞼《まぶた》を覗《のぞ》き込み、首元に指を押しあてる。ややあって、力なく首を振った。那賀坊はなんでや、とその場で膝を折った。心底愕然としているようだった。

「どうしてだよ！」

不穏さを感じていたとはいえ、実際に目《ま》の当たりにしてやはり動揺せずにはいられなかったのだろう。暁男の悲痛な叫びに、比佐乃の慟哭が重なる。遺体につっぷして二人は泣きじゃくっていた。

胸が苦しい。真汐は顔を背けた。

「——泉は涸れていましたか」

ぽつりとつぶやいた廣章に、思い切って訊ねてみる。

「廣章さまは、なぜここにサメさんがいるとおわかりになったんですか」

主の表情が翳《かげ》ったのを、真汐は見逃さなかった。

廣章はしばらく沈黙した後、暁男を見る。

「サメさんのご遺体を前にして、こんな話をしてもいいものか……」

「構いません」

暁男は涙を拭う。

「母は断罪されたがっていたのだと思うんです。いつか、誰かが自分の罪を暴《あば》いてくれると」

廣章が驚いた顔をする。

「あなたは知っていたんですか」

暁男は首を振る。

「直接聞いたわけではありません。母さんは、誰にも何も言わなかった。俺にも言ってはくれなかった。ただ俺は母の傍にいた時間が長かったので。ずっと見てきたので」

新たな涙をこぼす。

「ずっと、苦しんでいるこの人を見てきたので」

暁男は瘦《や》せた母の頰に掌《てのひら》を添える。その上から、比佐乃が手を重ねた。廣章は辛そうに口を開く。

「サメさんは責任感の強い方だったのでしょう。自分を犠牲にしても流れ歩く《ヤイケシテ》村の人々のために尽くされた。どれほどのご苦労だったか、お辛いことだったか……ただひとつ惜しむらくはここに湧いた泉の水を『飲める』とおっしゃったことではないかと」

真汐は首を傾げる。

「どういうことですか」

「基本的に飲用に適した水とそうでない水はすぐにわかるものだと思いますから、刺激臭などがあれば誰だって飲まなかったでしょう。けれどここの水は美しく澄んでいた。無味無臭で、飲めるようにしか思えなかった。想像ですが、集落の皆さんは駄目押しの安心が欲しくて、『神に聴く者《イコンヌプ》』に最終判断を委《ゆだ》ねられたのではないでしょうか」

「泉が、なんやっちゅうんですか」

焦《じ》れたように那賀坊が言う。

「本当は飲めなかったいうんですか」

「その通りです。その水は飲んではいけなかった。――奇病の正体です」

廣章は目を伏せる。

「素人目《しろうとめ》にはわからない毒というのは存在します。しかも単一ではなく複合的な毒のようです。私は医者ではないので、症例を知り尽くしているわけではないですが、皮膚に見られる白斑《はくはん》、消化器系の不調、色素の沈着から推測はできます。毒のひとつはおそらく――砒素《ひそ》です」

「砒素」

那賀坊が目を丸くする。

「『石見《いわみ》銀山』に使われているものです」

石見銀山――猫いらずとも言う。砒石から作られる殺鼠《さっそ》剤《ざい》である。

「そんなもん、飲んだらすぐ死ぬやんか」

廣章は軽く首を振った。

「暴露や急性中毒であれば別ですが、少量を長くゆるやかに体内に取り込むとすぐには症状が現れず、慢性中毒になることがあるんですよ。外国でも井戸水に溶けだし混ざった砒素で中毒になった事故も、事件もあります。欧州《あちら》にいる時もたまに耳にしたものです」

「どうしてそう思われたのですか、病が、水のせいだと」

真汐の疑問に、廣章は答えた。

「熊です」

那賀坊は首を捻《ひね》っている。

「集落を襲った親熊は沢の水に頭を突っ込んで死んでいる。暁男さんのお母様――チニタさんを引きずって沢まで来ていることから、即効性が高いという集落の毒を受けてはいないでしょう。ただ、熊はチニタさん以外の方も殺している。ならば死因は神経麻痺《まひ》からの――溺死《できし》」

「麻痺？」

「砒素を蓄積した内臓を集中的に食べたのなら、そうなってもおかしくない」

蓄積したものほど毒性は強くなりますから、と廣章は言う。

「毒を食らった熊は水を欲するのですよね？　ならば、まずはこの泉に来るのではないでしょうか」

確かに集落からは一番近い水場である。当時はもちろん湧水《ゆうすい》していたはずだ。

「それなのにわざわざ遠い沢まで行っている。つまり野生の獣はこの泉の水を飲んではいなかった。わかっていたのではないでしょうか。この水が危険であることを」

親熊は動いている最中に毒が回り、水を欲した。泉を避け、遠くの沢にまで行き、水を飲んでいる最中に神経に麻痺を生じ、溺死する――。

暁男さん、と廣章は呼ぶ。

「村で病を発症しなかったのは、あなたとサメさんだけでした。サメさんはおそらく彼女の持つ力『神に聴く者《イコンヌプ》』でそれを知り得ています。泉の水が毒だと言わなかったのは、彼女の意志ですね」

「そんな」

思わず真汐は声をあげた。同時に違和感を覚える。

――なぜ暁男は黙っている？

「でも廣章さま、予感できなかったことだってあったというではないですか。泉の件だってたまたまわからなかっただけかもしれな……」

「いえ、これは故意でしょう」

廣章はきっぱりと言う。

「だから彼女は『罪』と言ったのです」

「でも、そんな」

真汐、と暁男が身を乗り出した真汐の腕を摑《つか》む。

「いいんだ、廣章先生が正しい」

「なんで、あなたのお母さんは……サメさんはそんな人ではないでしょう」

「わかってる。だが違うんだ、真汐」

暁男の口調は静かだ。

「俺は、物心つく前から、この人の……チㇱの飯を食べることが多かった。チㇱは寝つきがちな母に代わって食事の準備をしてくれていたから。だからわかってた。チㇱが使った水が――泉の水だったことは一度もない」

泉の水は味が好きではないのだと、頑《かたく》なに沢の水にこだわっていたらしい。

「どれほど遠くても沢の水を汲んでいた。村の人間が病に伏して以降は、彼らの水瓶も沢の水に変えていた。毎日何十往復もして歩くチㇱの姿を、俺はよく憶《おぼ》えています」

どこかでわかってはいたんです、と暁男は目を伏せた。

神の水《カムイワクカ》が湧《わ》いた。その泉を寿《ことほ》ぐ場で、彼女は表情を失《な》くしたまま、『神に聴く者《イコンヌプ》』としてこの水は恵みだと告げた。人々が喜びに踊る中、彼女の顔だけが真っ白だった。家に忘れた暁男のお守りを取りに帰ったはずの彼女は、それを持ってはこなかった。幼い暁男はそれを不満に思っていたが、その日のチㇱはなぜか近づきがたかった。以来、お守りのことは口にしていない。

「チㇱはひどく後悔していた。自覚もしていただろう。心の中で詫《わ》びてもいただろう。神の水《カムイワクカ》を飲めると告げたことが本当の罪じゃない。本当の罪は」

「暁男さん、もう」

廣章が止めたが暁男は強く首を振り、やがて項垂《うなだ》れた。

「本当の罪は――その水を自分と俺だけ、飲まなかったことなんだ」

かすれた声が響いた。

「チㇱが沢の水にこだわっていたことだって、ずっと誰かに謝っていたことだって、必死でなにかを償おうとしていたことだって……全部わかっていた。わかっていて、俺は黙っていた。俺に水を飲ませなかったことだって、ずっと知っていて黙ってた」

　だって、と涙声が混じった。

「チシが――母さん《ハポ》が大好きだった。失いたくなかったんだ！　あんなに苦しんでいる人を責めたら、その瞬間に俺の前から消えてしまうかもしれないじゃないか！　それが怖かった。だって俺にはもう母さんしかいなかったから」

　比佐乃が暁男を横から抱きしめる。

「母さんを失いたくないから黙ってた。母さんが罪人だって言うなら俺だってそうだ」

　比佐乃は無言で首を振る。

「村を、滅亡させたのは、俺たちなんだ……！」

「それは違う」

　鋭い否定に、暁男が顔を上げた。眼鏡が光った。廣章だ。

「奇病で動けなかったという前提があったにせよ、ひとりの生存者もいないというのは不自然です」

　強い断言に、暁男は虚をつかれたようだった。

「昨夜《ゆうべ》も言いましたが、やはり親子、というよりほぼ親熊一頭だけで残っていた村人全員を絶命させられる道理はないのです。そうですよね江井さん」

　江井は黙って頷《うなず》いている。廣章は山越えの最中に、獣の習性などを江井に教わっていたらしい。

「しかも最初の犠牲者であるエㇱナさんの家には、子熊の胴だけがあったと言います。さらに子熊の胃には人のものはなかった。寝た切りだったエㇱナさんは子熊の爪や腕に襲われたのだとして、ではどうやって子熊の首はポロウパㇱさんのところに行ったのでしょう」

　思い出すように暁男が言う。

「たしかにポロウパㇱは身体をうまく動かせなかった。エㇱナが襲われる悲鳴を聞きながらも、家で迎撃するしかなかったんだ」

「さらに親熊の食害の痕が少ないこと、首を折られた方、爪で亡くなる方が多かったこと——それらから仮説を立てることができましょう」

——爪。真汐は眉を顰《ひそ》める。

「サメさんたちが助けを求めに走った後、この集落には、何者かが入り込んだ可能性があります」

　しん、とその場に沈黙が落ちた。

「もしかしたら、その者が母熊を怒らせ集落まで誘導した可能性も。そう考えれば平仄《ひょうそく》が合う」

　廣章は暁男を見る。

「熊は隠れ蓑《みの》ではないでしょうか。この集落は何者かに襲われたのです。だとしたら全滅は、彼女のせいではありません」

暁男は物言わぬサメを見つめる。白い顔を見つめる先で、片方の目尻から涙が伝った。

「その言葉を、聞かせてやりたかった……！」

真汐は唇を噛《か》む。そうでもしなければ、戦慄《わなな》く頬を隠せそうになかった。

——あなたのせいではないと、伝えられたらどんなに良かっただろう。

どれほど苦しんだのだろう。どれほど辛く、自分を責めたのだろう。自死を選ぶほどの呵責《かしゃく》とは。

「昨夜、もっと詳細に聞いて考え、お伝えすべきでした」

悄然《しょうぜん》と目を伏せる廣章に、暁男は力なく首を振っている。悔しいがそれは難しかっただろう。

廣章は神の泉《カムイワクカ》の存在を知らなかったのだから。

「しかし廣章さま、一体、誰が、何のためにそんなことをしたのでしょうか」

「理由はわかりません。が、真汐が倒した熊も、獲物を横取りされて怒った末の襲撃でした。そうした習性をよく知る、非常に山に慣れ、獣に慣れた者だということはできるでしょう」

周期的に移動を繰り返す村の人たちだ。大きな恨みを買うとも思えない。しかも病に冒されてもいる。放っておいても長くなかったかもしれない。なのに熊の襲撃に見せかけてまで、殺戮《さつりく》をせねばならない理由とは何だったのか。

「ともかく、サメさんを連れて帰りましょう」

暁男は目元を拭う。

「俺、村跡に戻って、運ぶものを作ってきます」

サメの遺体は既に硬直していた。さすがに背負って山を下りるのは難しいだろう。簡易な戸板、あるいは背負子《しょいこ》のようなものを用意できれば、それに乗せていける。

「私も行きます」

いや、と暁男は言いさした比佐乃を制す。

「比佐乃は母さんについていてやってくれ」

「真汐、暁男さんを手伝ってさしあげなさい」

主に頷いた時だった。

「廣章先生、わてらはちょっと用足しに行ってきますんで」

那賀坊が断りを入れ、江井と連れ立って林の方へ向かっていく。廣章がその姿を目で追いかけているのが見えた。その表情は硬い。

「廣章さま?」

「ああ真汐、構いませんよ、行っておいでなさい」

すぐに戻りますと頭を下げ、真汐は慌《あわ》てて暁男を追いかけた。

■比佐乃

　サメの顔を手巾《ハンカチ》で拭いながら、比佐乃は込み上げる涙を我慢していた。真汐を見送った廣章が遺体の向かいに腰を下ろす。黒い杖《つえ》が陽に光った。

「さて、比佐乃さん」

　比佐乃は顔を上げる。

「他に耳目はありませんし、ちょうど良い機会です。ふたつほどお訊《たず》ねしたいことがありまして」

「なんでしょう」

　袖で目元を押さえながら、比佐乃は廣章を見つめる。山高帽に銀縁の眼鏡、こんな山の中でも洋装の紳士然とした佇《たたず》まい。穏やかなその表情に油断していた。

「ひとつめは、このご結婚に当たって、ご実家とどんな取引をなさったのか」

　身体《からだ》が強張った。目尻に溜《た》まった涙が、頬を伝わずに落ちる。

「なに、を、おっしゃって」

「途中、追手の方々が比佐乃さんに接触なさいましたね。その場で強引に連れ帰ればよろしいものを悠長に泳がせて追いかける。だとしたら追跡の目的はあなたではない。暁男さん、というわけでもなさそうです。ならば暁男さんの育った村の所在、もしくはこの……流れ歩く《ヤイケㇱテ》村の跡でしょうか」

　とっさに息の仕方がわからなくなる。何度も口を開け閉めした。

廣章はふと比佐乃の後ろに目をやった。おそるおそるそちらを振り向く。背の高い木々の隙間《すきま》から、細くまっすぐに白い煙が上がっているのが見えた。

「比佐乃さん」

弾《はじ》かれたように顔を戻した。廣章は優しい笑みに戻っている。

「このままではあなたが辛くなるだけです。本当のことを話してください。きっとわかってもらえますから」

比佐乃は慄《おのの》く。

──この人には何が、どこまで見えているのだろう。

まるで話に聞く『神に聴く者《イコンヌプ》』のよう。

「それからもうひとつ」

廣章は続ける。

「以前からご存知だったかどうか、教えていただきたいのです……あの方について」

■真汐

村跡の家々から、使えそうな長い木を切りだして、暁男の持っていた縄で縛った。足と腰を縄で固定すれば、背負子のように背負って行けるだろう。

ふと、暁男が表情を変えた。

「真汐、戻るぞ」

なんですかいきなり、と真汐は眉《まゆ》を寄せる。暁男は動きを止め、黙る。しばらくして口を開いた。

「大勢の足音がする。……あいつらか」

「あいつら？」

いいから急ぐぞ、と言うなり走りだした。よくわからないながらも、真汐もその後を追う。

すぐに廣章と比佐乃の姿が見えた。その向こうから那賀坊と江井が歩いてくる。どうやらちょうど戻ってきたようだった。

「暁男さん、待ってください……何が来るって言うんですか」

ようやく暁男に追いつく。暁男は比佐乃たちを庇《かば》うように立っていた。

「来た、奴《やつ》らだ」

振り返る。遠くにかなりの人影が見える。確かに大勢だ。

男たちがこちらに向かって一斉に駆け寄ってくる――。

■比佐乃

近寄ってきた者たちの素性をいち早く比佐乃は察していた。

張りつめるような緊張を感じた。武装した見覚えのある男たち、二十人はいるだろうか。

——なぜここが。

それは間違いなく大傀屋《おおがいや》——追手である。

比佐乃は思わず後ろから暁男の腕を摑んでいた。暁男が腰に手を廻し、引き寄せてくれる。

一丈《三メートル》ばかり距離を開けて対峙《たいじ》した。

人垣が割れて彼が進み出てくる。

——瀧次郎《たきじろう》。

上背のある細身。店の紋の入った羽織、鮫縞《さめじま》の着物に丸い黒縁眼鏡を掛けて——。

「番頭さん」

先に口火を切ったのは暁男だった。

「お嬢……比佐乃は既に俺の妻《さい》です。悪いがそちらに返す気はない。そして俺の母がここで亡くなったばかり。これから弔いをしなければなりません。どうか引いてください」

瀧次郎は眉を寄せた。

「母御が亡くなっているとは知らなんだ。気の毒に。親を敬う心は称《たた》えられるべきだ。同じように、旦那《だんな》さまについても敬う気持ちを持ってはくれまいか、なあ暁男」

眼鏡が反射する。

「お嬢さんが家を出たために、旦那さまは寝込まれた。とはいえ、決して暁男のことを悪くは言っておられない。きちんと二人で話を通すのが筋ではないのか」

暁男が口をつぐんだ。

「おまえたちがふたりで心から旦那さまをかき口説けば、もしかしたら結婚だってお許しになるかもしれな」

「いいえ！」

そんなことがあるはずもない。比佐乃は首を振る。

「暁男は外の世界に出るのよ、私と一緒に。だから絶対に戻らない」

外の世界――それは暁男の夢だ。彼女は手を広げた。

「ここまで来たのならもうわかったでしょう！　この人の生まれた村はもうない。ならば、私たちはもう無用のはずだわ。帰りなさい！」

「比佐乃」

瀧次郎がため息をついている。

「おまえがそのつもりならこちらもなりふり構わなくなるが、良いのか」

その言葉に一瞬怯《ひる》んだ。だがすぐに顎を上げる。

「二度と家には戻らないし、店を継ぐつもりもない。私は暁男と生きていくのだもの」

「裏切るのだな」

瀧次郎の声は冷ややかだ。

「裏切る？　私は最初からあなた方の側ではないわ」

「それを暁男は信じるかな？」

彼は淡々と言葉を重ねる。

「そもそもおまえが暁男に駆け落ちを持ち掛けたこと。すんなり家を出られたこと。追手に情報を与え、追わせていたこと。すべてが私と事前に仕組んだことだったではないか。定期連絡を欠かすなとの約束通り」

何を言うの、と比佐乃は激昂《げっこう》した。

「私は連絡なんかしていない！　後を追わせてなんかいない！」

「『この私が、本気で土人に嫁ぐとでも思っているの？』」

一瞬、その場の全員の動きが止まった。顔から血の気が引く音が聞こえるようだった。

「ち――ちがう！」

「何が違う。おまえが口にした言葉だろう。私の前で、はっきりとそう言った」

真汐がゆっくりと振り返る。隣に立つ暁男の顔を見るのが怖かった。

「どうして私たちはここに来られたのだろうねえ。どうやってこの場所を突き止められたと思うかね、暁男？」

背中に氷を突っ込まれたような、ひやりとした感触。脈が速くなる。

比佐乃は隣の暁男の手に縋《すが》った。

「暁男、違う。そうじゃない、信じて」

気の毒だな、と瀧次郎が呟《つぶや》く。

「おまえはずっと比佐乃に騙《だま》されていたのだよ。嫁になり村へ案内させると自ら言いだし、私たちをこの場所へ導くことこそが比佐乃の役目だったのだから」

一同は声を失っている。違う、とかすれた声が自分の口をついて出た。

「どうして、俺の集落を？」

暁男の言葉に、瀧次郎は微笑む。

「おまえが比佐乃に話したことは、私たちも把握している。おまえの生まれた村が本当になくなっているとは思わなかったが……母御が亡くなったのも惜しかったな。もう少し早ければ、母子ともども、確保できたものを」

「確保？」

真汐が零《こぼ》した疑問に、暁男も眉を寄せている。瀧次郎はそれについては答えなかった。

「暁男。おまえが大人しく同行するならば、この場で手荒な真似《まね》はせずに済むが、どうするね。どのみち、おまえは私たちと函館に戻ることになる。比佐乃はもはやおまえの妻ではない。すべてはおまえを捕まえるための芝居、狂言だ。刺青《いれずみ》まで入れて、これほどまでに信じこませたとはさすが大傀屋の総領娘。見上げた覚悟だ。ご苦労だったな比佐乃」

暁男は比佐乃を見下ろした。ぞっとするような冷ややかな視線が降りてくる。比佐乃は思わず怯《ひる》んだが、必死に声を出した。

「違うの、信じて！」

暁男は縋っていた手を振りほどいた。

駆け落ち前からずっと暁男は優しかった。少し冷たい態度を取っても、苦笑して許してくれた。許してくれないことなどなかった。

夫婦になってからは、一層優しかった。温かい手はいつも自分を守るように伸ばされた。寒さからまで庇うように、自分の熱を分け合うように常に触れてくれていたのに。

細められた目にぞっとする。

比佐乃は助けを求めて視線をさまよわせた。サメの亡骸《なきがら》を見、次いで廣章に目が留まる。

彼は頷いた。その意味を測ろうとした時だった。

「――違いますよ」

廣章はきっぱりと否定する。

「比佐乃さんは、あなたがたの間者《スパイ》ではありません」

彼は杖に手を重ねたまま瀧次郎を見る。

「せやかて、比佐乃はん以外にこの連中を引き入れることが出来る者なんて」

「その機会のあった方は、ほかにもいます」

那賀坊が驚いた顔をする。

「誰ですのん」

「江井さんです」

江井は近隣の村の情報を得るために日中は集落内にいないことが多かった。外と連絡を取ろうと思えば、容易に取れる時間も手段もあっただろう。

「大悟《たいご》はわての二十年来の友人ですがな。こないな連中と関わりはないはずや！　そうやろ大悟」

　江井は無言である。表情の乏しい、摑みどころのない男だった。

　廣章は、そうでしょうか、と首を傾《かし》げた。

「そうでしょうかって、何を根拠に言うて……」

「那賀坊さん」

　廣章が那賀坊を呼んだ。

「江井さんはあなたのお遣いだったのではないですか？」

は、という口の形で、那賀坊が止まる。

「江井さんは那賀坊さんの遣いでこの人たちと連絡を取っていた。そう考えれば、何かと納得できる事柄が多いのです」

　那賀坊は廣章を睨む。

「廣章先生、ご自分の発言には責任を持ってくださいね。今、このわてを疑いはったんですか？」

「そうです。そしてこれは疑いではないと考えています」

　どういうこっちゃ！　と那賀坊が喚《わめ》いた。

「なんでわてが、大悟使《つこ》うてこんな連中と画策せなならんねん！　よう思い出してくださいよ、わてら、元は沙流川《さるがわ》に行くはずだったんでっせ？　それをたまたま比佐乃さんに会《お》うて、廣章先生がどうしてもて言わはるさかい、当初の目的地を捻《ね》じ曲げたうえでここにきたんでっせ？　そもそもは会うはずさえなかった連中とわてが癒着《ゆちゃく》してる道理が」

「それでも那賀坊さんは比佐乃さんとお会いになるのは、初めてではないでしょう？」

口角泡を飛ばす勢いの那賀坊が、ふと黙った。

——初めてではない？

比佐乃は廣章の言葉を反芻《はんすう》した。

「初めてですけど？」

「ひょっとしたら一方的に那賀坊さんがご存知なだけかもしれませんね」

「どういう」

「あなたは初対面のはずの比佐乃さんのことを『こいさん』とお呼びになった」

『そこのこいさん！　早《は》よ逃げ！　危ないで！』

熊《くま》の胴を目の前にして立ち尽くした自分に飛んだ言葉だ。直後に真汐に突き飛ばされている。

「あの時はまだご素性をお知りではなかったはず。それにしてはおかしな呼びかけでしょう」

たしかにそうだ。こいさんとは小《こ》いとさん、関西では商家の末娘の呼称ではなかったか。

しかし那賀坊は一笑に付してみせた。

「それでっか。わて人相見をやりまんねん。比佐乃はんは姉の顔には見えへん。これは末っ子の顔やってことで思わず呼んだだけですわ」

「なるほど、人相見ですか」

廣章はこちらを向いた。

「では比佐乃さんに伺いましょう。那賀坊さんをご存知でしたか」

「いいえ……でも」

さきほど廣章に聞かれた時は、とっさにはわからなかったが……。比佐乃は那賀坊の顔を凝視する。どこかで見た顔。藍鼠色《あいねずいろ》の連想。ふと自分の刺青に目を落とした。

――同じ色。

「ご挨拶《あいさつ》をしたことはありませんが、自室からお見かけしたことがあります」

「見間違いや」

そんなことはありません、とはっきり否定する。

「どこかで拝見したお顔だとは思っていたんです。思い出しました。父のお客様として当家《うち》にお越しになっていたことがありましたよね」

「出《で》鱈目《たらめ》や！」

「父とそこの番頭と、中庭の樹《き》に飛んできた鳥をご覧になってたじゃないですか。花楸樹《ななかまど》の実がついていましたから昨年の……秋ごろだと思います。そう、頭巾《ずきん》を被《かぶ》っていらっしゃったんだわ、そうですよね――藍鼠色の」

挨拶もせず、遠目に見ただけだからずっと思い出せなかったのだ。中庭を挟んで、比佐乃の部屋と父の居室は対角にある。瀧次郎は父にではなく、那賀坊に付き従うようにしていた。それを不思議だと思って眺めていたのだ。

　廣章は比佐乃を見る。

「比佐乃さん、先ほどもお伺いしましたが、あなたのご事情を、ここで包み隠さずお話しになってはいかがでしょう。私にはあなたが暁男さんを裏切っているようにはとても見えません。ですが、隠し事をしたままでは信じていただくのは難しいかと思いますよ」

　比佐乃は恐る恐る暁男を見上げる。

「暁男さんは、決してあなたを見捨てるような人ではない。そうですよね」

　暁男は眉を寄せて黙っていた。目を合わせようとしない。

　覚悟を決めるほかない。比佐乃は口を開いた。

「疱瘡《ほうそう》で命を救ってもらったのをきっかけに、私は暁男を好きになりました。夫婦になりたいと思いました。ただそれが家で受け入れられることはないということもわかっていたのです。妾腹《しょうふく》とはいえ私も父の娘、本復してからは暁男ともあまり接触しないよう周囲のものに邪魔をされていましたから」

　万一を考えての措置だ。そのくらい好き合っていたことは知られていた。

「駆け落ちは二人同時でないと成功せず、また一時《いっとき》成功したとしてもどこかで連れ戻される。暁男の故郷に逃げ込むのが一番だと思いましたが、それ以前に私の家出が難しかったのです」

使用人に味方はいない。ならば、と一世一代の策を講じようと思った。

「私の生家『大傀屋』は、廻船問屋でございますが、表向きではない商いもしております。『奥御用』と呼んでおりますが」

「比佐乃！」

瀧次郎の制止が飛ぶが、話を止《や》めるつもりはない。

「どういう商いなのですか」

「人です」

真汐が目を丸くしている。

「『お役目』として人を献上する。最初はただの人足を運んでいたようです。『大傀屋』——屋号も元は『乙孩《おつかい》』から取ったのだとか。これはアイヌの男性を指す古語だそうです」

暁男が眉をひそめているのが見えた。

「人を売り買いするなどご法度《はっと》、表向きそのような商いはないことになっていますし、これは『お役目』なので特別なお許しがあるのだと聞いております。私はこれをすぐ上の姉に教わりました。姉もそうやって一番上の姉から口伝えに聞いたのだそうです。——お上が献上を望んでいるのが本当は人ではなく『人鬼《ひとおに》』というものなのだ、と」

真汐が驚いたように身じろぎするのが見えた。

「約四十年前……人鬼の男をひとり捕らえ、大傀屋はそれをお上に送ってご褒美《ほうび》をいただいたそうです。それからも人を使って長いこと捜索をしていたようですが、他の人鬼たちはどこかに消えてしまったと。暁男から生まれた村の話を聞いた時に、私はそれを思い出しました。だから逆手にとることにしたのです」

　比佐乃は目を伏せた。

「暁男は人鬼の村の情報を持っている。この人にそう嘘《うそ》を吐きました。駆け落ちを装《よそお》って村の様子を探ってくると言えば、私もすんなり家を出られる。当座の時間は稼げると思ったんです」

　嘘を吐かなければ、家を出ることすら叶《かな》わなかっただろう。それも瀧次郎が頷くほどの——もっともらしい嘘を。

「家を出た後は、この人たちとの接触は絶ちました。定期連絡なんかしていません。もちろん戻る気もありません。本当です！」

　訴えは暁男に向けた。

「家を出さえすれば、連絡さえ絶ってしまえば、私は暁男の村で暁男と幸せに暮らせると思っていたんです」

　暁男を見上げる。

「……信じて」

「そのためなら、俺の生まれた村を売っても構わなかったというんですか？」

　冷ややかな声が降った。息を呑《の》む。

　暁男の目は、妻を見るものではなかった。

「売るなんて……だって、村はもうなくなっているって聞いたから。当てが外れれば暁男につきまとう意味はなくなるし、結婚さえしてしまえば店にとって私は価値がなくなる。そう思ったから、だから」

「それでも俺たちを利用したことに変わりはない。どんな形でも俺の村を餌《えさ》にするような真似はしてほしくなかったですよ――お嬢さん」

　――お嬢さん。

　恋仲になってからも何度もそう呼ばれそうになっては、その都度訂正した。夫婦になってようやく、名前で呼ぶことに慣れてくれたのに。

　暁男を見上げたままの姿勢で、ぼろぼろと涙が落ちる。拭《ぬぐ》うことも忘れて比佐乃は立ち尽くした。

「暁男さん、その言い方はあんまりじゃ」

「おまえは関係ない！　黙ってろ真汐！」

　怒鳴られて、真汐は鼻白んだようだった。落ち着いてください、と珍しく廣章がとりなしている。

「暁男さん、比佐乃さんは本心からあなたを裏切っていたわけではないのです。それはわかって差し上げてください」

　暁男は目を逸《そ》らしたままだ。

「比佐乃さんが情報源ではないとしたら、一体どなたが江井さんを遣いにお出しになったのでしょうか」

「わては知りまへん」

「大傀屋さんに出向かれたこともないと？」

「実家の取引で行ったことがあるかもしれんよって、絶対行ってないとは言えへんなあ。憶えてへんけど」

わざとらしく惚《とぼ》けようとした那賀坊に、廣章は笑った。

「大丈夫ですよ。私は最初から、那賀坊さん方を信用してはおりませんから」

■真汐

その言葉に驚かぬ者はいなかっただろう。真汐もぎょっとする。

「如何《いか》に廣章先生といえど、聞き捨てなりませんな。南辺田《みなべだ》の御家とは、わての父の代から取引させてもろてます。素性をお疑いやったんでっか」

さすがに那賀坊ものらりくらりとできないのだろう、顔色が変わる。

「ああ、そういうものは最初から眼中にないのです。私はお付き合いするにあたって、その方のご出自などを気にしたことはありません。東京でお目にかかった時はそうとは思わなかったのですが……決定づけたのはこれです」

廣章は右手の黒杖《こくじょう》を揺らした。

「杖？」

「最初にこの洋杖《ステッキ》を触った時のことを、憶えていらっしゃいますか」

那賀坊は口をつぐんだ。真汐は記憶を呼び起こす。最初に触ったのは室蘭までの船内だ。倒れ掛かった黒杖に、那賀坊は椅子《いす》から立ち上がって逃げている。江井が杖を支え、その後、大事なものだからと那賀坊が丁寧に床に寝かせた。

「この杖を最初に触った者は、必ずその重量に驚く。これは両刃の仕込杖です。柄《つか》の部分にまで鉄芯を入れていますから、通常の杖の重さの比ではありません」

確かに暁男も杖の重さに驚いていた。

「それを、初めて持つはずの江井さん、那賀坊さんは一言も重いとはおっしゃらなかった。驚いた様子さえありませんでしたね」

真汐は気が付かなかった。確かに熊騒ぎの時ならともかく、初見でこれが仕込杖だと看破できる機会はなかったはずだ。そしてひとりならまだしも、ふたりともが同じ反応だとしたら――。

「この杖は父の形見です。仕込刀はごく内々で細工させたもの。限られた者しか知らず、また口外もさせていません。だが那賀坊さんも江井さんも、事前にこの杖のことをご存知でいらした。そうとしか思えない反応でした。それは即《すなわ》ち――人鬼の関係者であることを示しています」

真汐は杖を見つめる。昨年『人鬼』を手に掛けた。その詳細は廣章が兄學昭《がくしょう》に伝え、學昭が薩摩《さつま》を経由して政界関係者に報告を済ませている。

確かにこれが仕込杖であることを知っているのは、そこに連なるものに他ならない。

廣章は首を傾げる。

「那賀坊さんは再三、沙流川の方へと私を誘導なさろうとした。暁男さんの集落へ行くことを提案した際、頑強に反対なさった。なので、私は敢《あ》えて比佐乃さんと行動を共にしようと思ったのです。人鬼の関係者の方が立ち入ってほしくないと願う場所にこそ、情報があるのではないかと。まあ、賭《か》けではありましたが」

ですから、と廣章は畳みかける。

「集落に到着してからは暁男さんのお義兄《にい》さんにお願いし、江井さんから目を離さぬようにしていただきました。江井さんは何度か集落を出て大傀屋の方々と接触なさったご様子。そうですよね」

暁男の義兄の証言は取っているのだろう。廣章の質問は確認でしかない。

「山越えで追手を撒《ま》いたのは、私と比佐乃さんの信用を勝ち得るためでしたか。そして最《さい》前《ぜん》上がった狼煙《のろし》……この方々にこの場所をお知らせするには最適な方法でしょう。私と一緒にいた比佐乃さんには決してできないことです」

江井は那賀坊を見て首をすくめた。それが答えだろう。那賀坊が大袈裟《おおげさ》なため息をつく。

「えらい狸《たぬき》ぶりやわ廣章先生。すっかり騙されてしもた。で、わてらの正体はどこまでおわかりですのん？」

「人鬼を献上していた大傀屋さんと繋がっておいでなら、『禽獣操練所《きんじゅうそうれんしょ》』の関係者では？」

たいしたもんや、と那賀坊が毛皮の帽子を脱いだ。

「脱帽とはこのこと！　大悟聞いたか？　この先生、ご立派な古狸の貫禄《かんろく》やなァ！」

小馬鹿《こばか》にしたような物言いとこれ見よがしの拍手が響く。

「ご賢察ですわェ、廣章先生。おっしゃる通り操練所の生き残りです。去年、沖縄で奇鬼《きき》の娘をあっさり殺しはったと聞いた時は悔しさで涙が出ましたわ。それこそわてらが取り返したかったものを」

「奇鬼？」

おや、真汐はんはご存知ないんか、と那賀坊が驚く。

「交配《かけあわせ》をいうんですわ。いわゆる純粋な人鬼と、人間の女の間に生まれた者は、わずかな確率で奇鬼というものになります。奇品鬼《きひんおに》、の略ですわ」

大坂では品種をかけあわせた奇品鼠《きひんねずみ》という白鼠が流行《はや》った時代がある。それになぞらえたものだという。

「純粋な人鬼のことをわてらは鬼純《きずみ》て呼んでます。残念ながら鬼純の持つ特性は、鬼純同士の子どもでなければ伝わらない。その代わり交配《かけあわせ》で生まれた奇鬼には『増強』という一代限りの特性が出る。沖縄のはどうでした？　増強型やったでしょう？」

あれらは血にも酔いやすいから制御が困難で、と那賀坊は苦笑する。

「火事にさえならなんだら、まだまだ研究もできましたものを。つくづく己亥《きがい》の大火が口惜しい。せっかくの種付け用の鬼純も皆死んでもうて、次を探すんがどれだけ難儀なことか。それで全国各地をとびまわっとんですわ。今回の件も」

　ぞっとするような目で、那賀坊は比佐乃を見る。

「暁男はんの生まれた村――流れ歩く《ヤイケㇱテ》村。その村の話を聞いた時にわてが膝《ひざ》を打ったこと、比佐乃はんはご存知ないでしょうなァ。出鱈目のつもりで、自分のところの裏稼業《うらかぎょう》を逆手にとって狂言を仕組んだつもりやろうけど、逆にその話を聞いたからわては瀧次郎に勧めましたんやでェ、駆け落ちをな。……四十年前の件と同じ北海道でしたしな」

　那賀坊はにやりと笑う。

「四十年前、親父《おやじ》が鬼純を捕まえたことがありましてん。女が身代わりになって男を逃がそうとしたけど、失敗して女は死に、男が捕獲された。それが北の鬼純――この人鬼ですわ」

　その後、大規模な捜索を行ったが、彼らの行方はつかめなかった。煙のように集落ごと消えてしまったのだという。

「比佐乃はんの話は、単に流れるように移動する集落があるという話でしたけど、これはもしかしたら本当に当たりかもしれん、可能性があると踏んだんです。駆け落ち結構、ただし必ず後を付けて真偽を突き止めろと。ただ一点だけ誤算だったのが、廣章先生のご来訪とどんぴしゃで重なったことですわ。……けったくそわるい」

もはや悪態を隠しもしない。

「わてらは比佐乃はんらとは接触するつもりはなかったんですよ。情報だけ仕入れれば良い。あとからいくらでも人を遣《や》って検証と捕獲に乗りだせる。ところがまさかの熊退治にかち遭《お》うた。駆け落ちなんやから大人しくしておればいいものを、暁男はんのみならず真汐はんまでしゃしゃり出て。挙句がこいさん庇って真汐はんの昏睡《こんすい》や。間《まん》の悪い娘やと呆《あき》れておりましたで。しかも廣章先生まで突っ込まんでもいい首を突っ込みはる」

計画がわやですわ、とわざとらしく手を振ってみせた。

「しゃあない、廣章先生が帰らはった後、サメはんを人質にして、暁男はんを釣るしかない。そう計画を練り直したばかりやのに、今度は肝心のサメはんが失踪《しっそう》や」

那賀坊は首を振る。

「こうなった以上、何としても暁男はんだけは回収せなならん。居合わせたわてらが知らぬ存ぜぬを通しておけば、こいつらも駆け落ち二人を取り返しに来たお店者《たなもん》どもで通せる。……そう思てたんですけどねェ」

「まさか全部お見通しとは」

那賀坊は廣章を睨んだ。

思わず真汐は廣章を庇う姿勢を取った。その警戒を見て、那賀坊は鼻で笑う。

「まさに嘘から出た真実《まこと》。暁男はん、あんたの生まれたんはまさしく『人鬼』の村、そしてあんたは正真正銘の鬼純男なんでっせ」

比佐乃が顔色を失《な》くしている。

「他の集落の男との子を孕《はら》めぬ女の話がありましたでしョ。あれこそが、まさに鬼純女の特性ですねん。鬼純男はどんな女とでも子を作れ、稀《まれ》に奇鬼も生まれる。けど、鬼純女はただの人と交わらせても石女《うまずめ》になるだけ。せやから昔は使い物にならん女は女郎屋に売ってたんですわ。そこそこの小遣い稼ぎになったと聞いてますけど、今考えれば勿体《もったい》ない話ですわな……知らんこととはいえ、鬼純を作り損ねていたんやもんねェ」

「下郎が……」

暁男が憎々しげに吐き捨てる。考えは人それぞれですからねェと那賀坊が嘯《うそぶ》く。

「奇鬼をこそ、欲しがる人たちがいるんですよゥ。昔は力がすべてでしたから」

那賀坊は比佐乃を見、それから暁男を見る。

「鬼純には異常な聴覚だのが現れたり現れなかったり、特性もさまざまなことはわかってましたけど予知能力まであったとは。今回初めて聞きましたわ。道理で探しあぐねるはずや」

悔しそうに身を揉《も》んだ。

「手がかりを摑《つか》んだと思えば煙のように消えてしまった……て思てましたけど、まさか、集落ごと全滅していたとは。勿体ないこっちゃ」

「おまえらの仕業じゃないのか！」

暁男の言葉に、那賀坊は顔を歪《ゆが》める。

「阿呆《あほ》か。わてらが貴重な鬼純をどうして殺さなならん。生け捕りが最優先や」

真汐はふと眉を寄せた。

――では鬼純を生け捕りにさせたくなかった、何者かが別にいたというのか。

「奇鬼なら相当な怪我《けが》でも死なんくらいの生命力があります。首を落とすか、強い毒で殺すしかないですからな。泉の件も、もしかしたら鬼純の村やったからあのくらいで済んだんとちゃいますやろか。只人《ただびと》ならすぐ死ぬ強度の毒だったかもしれませんやん」

那賀坊は眉を下げる。

「サメはんの死体見た時、わてがどんだけ絶望したか、あんたらにわかりますか？」

大袈裟に嘆いてみせる。

「サメはんと暁男はんを連れて帰れば鬼純が作れるはずやったんや！　サメはんかて、まだ頑張れば子も産めた！　鬼純男でも生まれたら新しい種付けかて叶いましたもんを」

そのためにサメの捜索に加わったという。真汐は思わず一歩前に踏み出した。

「あなたは……人の気持ちをなんだと」

「人の気持ち？　ちゃいますやろ」

那賀坊はじっと真汐を見つめる。

「真汐はんは牛馬の気持ちを考える人？　絞められる鶏の気持ちも？　おんなじことですやん」

うっすらと笑った。

「――人鬼《ばけもん》の気持ちなぞ、考えたことあらへんわ」

那賀坊はつまらなそうに手を挙げた。

「村がほんまに消滅していたんならしゃあない。鬼純一匹だけでも連れて帰らんと」

それを合図に大傀屋がいっせいに暁男の周辺を取り巻く。

「多少痛めつけても構わんで！　暁男と比佐乃はん確保したら引き上げや」

「そんなことさせません！」

真汐が立ちふさがる。

「真汐はん」

那賀坊がふと声を和らげた。

「真正《しんしょう》師匠から、お役目を聞いてたんやなかったん？　山内家は元は操練所の始末班、本来、こちらにいてしかるべき人間や。戻って来《き》ィ」

太い手を伸ばしてくる。

「迷惑を掛けるのがしんどいって思っとったんちゃうの？　こっちに来れば、そんなこと露ほども考えんと済むねんで？　剣武場の再興かて、力になると約束しまひょ」

真汐は動きを止める。

――再興。

『夢はなんだ』

家業を継ぐこと――それが使命だと。

「引き取ってもらっただけで感謝せよと？　蔑《ないがし》ろにされても仕方ない、護衛としていいように使われて当たり前？　山内の者《もん》が、そんな立場に甘んじてええのん？　真正師匠はそれでいいと言わはるやろか。……人鬼を始末するのが、お家のお役目だったんやないん？」

それに、と那賀坊は廣章を見る。

「真正師匠の死の真相もわからないまま、そこに居《お》り続けるつもりでっか？」

真汐は動きを止める。

――襲撃は偶然だったのか。

那賀坊を見、それから廣章を見た。廣章は静かに口を開く。

「おまえが決めて良いのですよ、真汐」

動悸《どうき》が激しくなる。何が正しい。何が違う。何故《なぜ》主《あるじ》は判断を自分に委《ゆだ》ねる。葛藤《かっとう》の中で、ふと師匠の言葉が甦《よみがえ》った。

『中《うち》に誠《まこと》あれば外に形《あらわ》る』

多くを語らずとも、憔悴《しょうすい》は見てわかる。少なくとも廣章は師匠の死を知り、身を損ねるほど悲しんでいた。真汐には察せられないよう隠していたつもりだっただろう。だが瞼《まぶた》の腫《は》れまでは隠し通せなかった。声も嗄《か》れていた。食べ物が喉《のど》を通らないせいで、みるみる窶《やつ》れていった。

引き取られた直後、そのすべてを間近で見てきたのは誰だ――。

真汐は一瞬瞑目《めいもく》し、すぐに目を開く。

那賀坊を睨んだ。

「山内の仕事は、ひとたび下命あらば粛々と剣を揮《ふる》うものだと、確かにそう教えられました。けれど、僕の主はあなたではありません」

暁男たちを背に庇《かば》うように、さらに一歩前に出る。

『真汐兄《マースニーニー》さん』

脳裏で自分を呼ぶ、愛《かな》しい声。

――人鬼《ばけもん》の気持ちなぞ。

どんな甘言を弄《ろう》されようと、その言葉は許さない。

化け物などとは呼ばせない。

「僕に命じる資格は、あなたにはない」

那賀坊は呆れた顔をする。

「あんたも、早くに取り返せていたら躾《しつけ》のし直しようもあったもんを。……おまえたち」

那賀坊の声に、男たちが一斉に距離を詰めてきた。

背後の暁男はまだどこか放心している様子である。

「しっかりしてください暁男さん！」

暁男は比佐乃を見ようともしない。

「暁男さん！」

棍棒《こんぼう》を持って襲いかかってくる者を素手で叩《たた》き落とす。だが背中に廣章ら三人を庇って、ひとりではさばききれない。

比佐乃に害を加えることはないだろうが、多勢に無勢、ひとりに掛かっている間に、目の端で早速暁男が捕まっている。捕えている男には見覚えがあった。境と言ったか。

「だから言ったろう——おまえはもっと人を疑った方がいい、と」

「暁男さん！」

真汐は思わず叫んでいた。

「あなたは比佐乃さんの何を見ていたんですか！」

刺青を何度も嬉《うれ》しそうに眺める姿を思い出す。暁男が目にしなかったはずがない。

境を、暁男が振りほどいたのはその直後だった。襲ってきた二人を躱《かわ》し、地面に叩き付ける。すぐさま比佐乃を背に庇った。

——大事な人を信じて。それができる人になって。

「見ていた、ちゃんと」

その言葉に、比佐乃が目を瞠《みは》った。

「すまなかった。俺は比佐乃を信じる」

短い言葉に、彼女が涙を落とした。

「悪かったな真汐！　蹴散《けち》らすぞ！」

真汐は拳《こぶし》を上げる。これで廣章を守ることに専念できる。

暁男は次々に大傀屋の者たちを叩きのめしていく。人鬼だからというわけではないだろう。熊にひとりで対峙《たいじ》していた胆力もそうだ。元々恵まれた心身の持ち主なのだ。数は多いがこの調子ならまもなく撃退できる。真汐がほっとしたときだ。

ふと目の前に立ちはだかった者がいる。睨みつけようとして、真汐は息を飲んだ。

「大悟、頼むな」

「お相手いたします」

低い江井のその声に、感じたことのない緊張が走った。

※　※　※

思えば江井とは喋《しゃべ》っていない。那賀坊の護衛だと言われ、いつも寡黙《かもく》に控えていたせいか、あまり注視したこともない。

杣夫《そまふ》であり、腕が立つ。情報はその程度でしかない。

だがこの存在感はどうだろう。目の前に素手で立っている彼からは、只者でない気配が立ち上《のぼ》っている。

格上の者を相手にしている時の圧迫感だ。

真汐は息を整える。改めて組手の構えを取った。江井は少し驚いたようだったが、かすかに笑った。

動く——。

突きを入れ、封じられたところを躱し、足で蹴りあげる。

「踏み込みが甘い」

江井が短く発した。

「右、上段突き、鈍い」

「左、側彎部《そくわんぶ》防御、蹴り、弱い」

「脇《わき》が締まっていない、左足が留守だ、反応が遅い左下！」

まるで本当に組手のようだ。攻撃は悉《ことごと》く防御された。あまつさえできていないところを指摘される。

「視認はよいですね。でもまだまだ反応が弱い。ほら」

突然、予期せぬところから裏拳《うらけん》が飛んでくる。とっさに躱しはしたが、顎《あご》の先に当たり、くらりと眩暈《めまい》がした。

「最少の動作で最大の効果を。いかに早く戦意喪失させるかが重要ですよ」

足元を攫《さら》われて重心を崩す。とっさに手を突き、反動で飛び退《すさ》った。

「身の軽さはさすがに若さゆえですかね」

「どういうつもりなんですか」

やはり格上である。本気を出されたら殺し合いになるだろう。引き分けで上々、七割方負ける。そのくらい、江井の身体能力は高かった。

マタギなどではない。まして杣夫などではあり得ない。

――これは訓練された者の動きだ。

「言ったでしょう、お相手をしたかっただけですよ」

江井は密《ひそ》やかに笑い、明らかに大振りな構えの蹴りを入れてきた。とっさに足を掬《すく》うと、彼は派手に尻《しり》もちをつく。無言の笑顔が真汐を見上げる。まるでよくできましたと言わんばかりだ。

「早くあちらの加勢に行きなさい」

小声で言い、ご丁寧に立てない振りまでしている。釈然としないながらも真汐は暁男の元へと駆け寄った。

形勢は明らかにこちらに軍配を挙げている。真汐は那賀坊に向かう。

「もう引いてください」

「役に立たん者《もん》ばっかりやな。瀧次郎」

那賀坊は落ち着いている。なぜか番頭を呼んだ。

瀧次郎ははっとした顔をしたが、眼鏡を押し上げると何かを持って足早に那賀坊の元へ駆け寄った。

那賀坊は眉《まゆ》を下げた。

「瀧次郎。どうしても暁男を獲《と》りに行かなならんのや」

膝をついた瀧次郎が渡したのは刀のようだった。那賀坊はすらりとそれを引き抜く。

「御随意に」

全員が怪訝《けげん》な顔をしただろう。那賀坊はにやりと笑うと、瀧次郎に向かって煙管《きせる》の煙を吹きかけた。

「ええと……ああ、おまえ、ちょっと」

周辺を見回し、怪我人が固まっているところを見て、手招きをする。

その男は腕を脱臼《だっきゅう》でもしていたのだろうか、肩を押さえていたが呼ばれたとわかり、力なく揺れる右腕を振って駆け寄ってきた。

「すまんなァ、腕痛むか。動くんか？　大事ないか？」

気遣う声を出した。怪我をした男はほっとした顔をする。

ほな後ろ向きや、と言われて男は素直に従った。なぜかそれを見て真汐はひやりとした。

次の瞬間、煙管を咥《くわ》えたまま、那賀坊は目の前の男の腕を斬《き》りおとした。

男の口から絶叫が迸《ほとばし》る。傷口を押さえてその場に転がった。その場にいた全員が動きを止めている。

「腕、動かんなら落とした方がええやろ。あんまり叫ぶと首も飛ばすで」

冷ややかにそう言い放つと、那賀坊は鮮血の滴《したた》る腕を持ちあげ、振りかぶった。膝をついた瀧次郎の頭上から、大量の血を垂らしていく。瀧次郎は恭《うやうや》しく頭を垂れたままだ。

異様な状況に、誰もが固唾《かたず》を呑んでいる。

やがて、那賀坊が用済みとばかりにその腕を放り投げた。

「さ、瀧次郎。暁男や。わかるな。……獲って来《き》ぃ」

立ちあがった瀧次郎の目は血のように赤い。両肩が急に盛り上がった。上腕が膨らむ。髪から、顎から、指の先から、血を滴らせながら彼は全身を変化させていく。涎《よだれ》を垂らし、常軌を逸した目――。

見覚えのある姿に、真汐は目を離せない。

瀧次郎は咆哮《ほうこう》し、痛みに転がっていた男の首を一撃で飛ばした。太い爪《つめ》の先に付いた滴《しずく》を嘗《な》めている。衝撃で眼鏡は飛んだらしく、目ばかりがぎょろぎょろと動いている。

瀧次郎は目につく者に次々と襲いかかっていった。理知的だったさきほどまでとは打って変わり、興奮した獣のような叫び声をあげて、人の首を掻《か》き切り、猛禽《もうきん》のように太く湾曲した鋭い爪を後頭部に突き刺す。

長い爪――一撃で首を飛ばせる膂力《りょりょく》。

『さらに食害の痕《あと》が少ないこと、首を折られた方、爪で亡くなる方が多かったこと――』

『この集落には、何者かが入り込んだ可能性があります』

――まさか。

「あーあ。早く逃げへんから。気ィ付けェ、煙の届かんところに立っていたら首飛ばされるで」

紫煙を吐き出す。大慌《おおあわ》てで残った者たちが那賀坊の後ろへと逃げ込む。

「瀧次郎。あ・け・お。暁男や。身内を狩っとる場合やないやろ」

「なんて、ことを」

那賀坊は煙管を咥える。

「どうしました真汐はん。初めてやないでしょう。沖縄におったモノと同じですわ」

にィと那賀坊が煙管を噛《か》んだまま笑う。

「これはうちの秘蔵っ子です。お内儀《かみ》んとこの子と偽って、大傀屋に入れましてん。暁男はん、あんたの一族のお仲間でっせ。四十年前に捕えた鬼純の子ですわ」

四十年前の流れ歩く《ヤィケシテ》村の襲撃。そこで攫われた男の子供だという。

「最初はただの奇鬼のなりそこないやと思てましたけどねェ」

那賀坊は得意げに語る。奇鬼かどうかは生まれた赤子に生き物の血を掛けてみれば忽《たちま》ちにしてわかるのだ、と。

「簡単な甄別《けんべつ》法ですわ。身体《からだ》のどこかが反応すれば奇鬼、せなんだらただの人。けど赤子の時に反応しなくても、成長してから反応が出るもんがたまァにおります。瀧次郎がそうや。わてらもわかったのは大傀屋に入れた後でっけどな」

もう少し早《は》よわかれば実験もできたのに、と那賀坊は幾分悔しげだ。

「他の子たちはどうしたんだ。四十年前に攫った人鬼から生まれた子たちは」

真汐の問いに、那賀坊は首を傾《かし》げた。

「あいつの子は奇鬼発現率が悪かったんで……九割がただの人でしたわ。女は売り払いましてん。男は」

那賀坊は目を細める。

「ほとんどが奇鬼の遊び相手になりました。ま、遊び潰《つぶ》してしまいましたけどな」

真汐は拳を握り締める。

「瀧次郎、暁男や！　持って来《き》ィ」

瀧次郎は目につく者を手に掛けながらもその声に反応を示したようだった。

暁男を視野に入れたのか、笑みが浮いた。

「離れていろ、比佐乃！」

「比佐乃さん、こちらへ！　早く！」

一塊になっていたほうが守りやすい。廣章と比佐乃の間にはいつのまにか距離が開いている。暁男と真汐の指示が重なった。

その時だった。比佐乃の声が飛ぶ。

「暁男！」

恐ろしいほどの跳躍を見せた瀧次郎が、真汐を飛び越え、暁男にその腕を突きだしていた。

※　※　※

軽々と頭上を飛び越えた瀧次郎に、為《な》す術《すべ》なく見守った真汐の前で、彼は腕を引き抜いた――彼女の腹部から。

「比佐乃！」

傷口からは大量の血が溢《あふ》れる。とっさに暁男の前に身を翻《ひるがえ》したのは比佐乃で、瀧次郎は本能的にその身体を邪魔だと判断したのだろう。躊躇《ちゅうちょ》なくその腹に腕を突き刺したのだ。

だがその瞬間に我に返ったのだろうか、目の焦点が合う。

「ひ、さの……？」

瀧次郎は目を瞠って、崩れていく比佐乃を見ている。

「瀧、兄さん」

比佐乃は微笑《ほほえ》み、暁男はその身体を抱いて、大声で名を呼ぶ。

「比佐乃！　比佐乃！」

彼女は弱々しく暁男を見る。白地の厚司《アットウシ》にじわじわと赤いものが広がっていく。

「比佐乃、どうして！」

口の端からも血が流れていた。

「夫を、守るのが、流れ歩く《ヤイケシテ》村の嫁だもの」

震える手を差しだす。真っ白な指が暁男の頬を撫《な》でた。

「この身に代えても、あなたを守るって、お母さんとも約束したんだもの」

誇らしげな表情だ。視界に入っているのは暁男の顔と、自らの美しい刺青《いれずみ》の腕だろうか。

暁男が涙声で叫んでいる。

「だめだ比佐乃。俺はまだちゃんと謝っていない！」

馬鹿ね、と比佐乃が笑う。

「私こそ謝らなくちゃ。土人だなんて、そんなこと思ってない」

わかってる、と暁男は何度も頷《うなず》いている。

「ちゃんとわかってるから……！」

比佐乃はほっとしたように見えた。

「せっかく羽を手に入れたのに。一緒に外の世界にも行きたかったのに。だけど」

比佐乃の目から涙がこぼれる。

「行けない、みたい」

「比……」

比佐乃が微笑む。目尻を涙が伝って落ちた。

それきり、彼女が瞼を開けることはなかった。

「比佐乃ー！」

暁男の絶叫が響く。

「比佐乃」

瀧次郎の唇から、その名がこぼれた。

「なぜ……醒《さ》めなければ、良かったものを」

続くその呟《つぶや》きに感情は乗っていない。たまらず真汐は叫んだ。

「瀧次郎さん、もうやめてください」

瀧次郎は血走った眼のまま、真汐を見据える。理性が戻ってきている。

「――退《ひ》けん。私は自分の役目を全うするのみ。そこを退《ど》け」

「殺してやるっ……！」

声が届いた。振り返れば、暁男がゆらりと立ち上がっていた。眼がすわっている。

「なぜ比佐乃を殺した！」

「それが私の役目だからだ、暁男」

瀧次郎は異形の形を保ったまま、静かに言う。

「真汐退けっ！」

「駄目です！」

肩を掴まれ、前に出ようとする暁男の力を押さえるのに必死だった。

「比佐乃を殺されて黙っていられるか！　同じ目に遭わせてやる、こいつら皆殺しにしてやる！」

ぎりぎりと弓を絞るような攻防、肩に食い込んだ指は真汐の肉を抉《えぐ》るかのようだ。片手は空《くう》を掻くように瀧次郎へ伸ばされる。暁男の口の端からは血が一筋流れていた。

大切な人を目の前で殺されて怒りが堰《せき》を切ったのだ。暁男は形相が変わっている。感情の奔流に呑まれそうになっている。真汐も決して非力ではないはずなのに、押し止《とど》める力が圧《お》されていく。

「なんのために比佐乃さんがあなたを守ったと……」

「おまえに何がわかる！」

「あなたにっ！」

噛みつくように返された途端、思わず怒鳴っていた。

「あなたに生きてほしいからでしょう。サメさんだって、比佐乃さんだって、みんながそれを望んでた！」

目の前の男が滲《にじ》む。揺らめく。

「あなたを生かすために命を懸けて守った人たちの前で、そのあなたの手が誰かを殺すところを見せるんですか」

力が緩んだ。急に力を喪《うしな》った手が落ち、暁男の膝が頽《くずお》れた。慌てて真汐はその体を支える。

「比佐乃を返せ……返してくれ」

悲痛な声がかすれた。暁男はその場に蹲《うずく》まる。

「何でもするから、比佐乃を戻してくれ……！」

慟哭《どうこく》する彼の背に手を置く。激しい嗚咽《おえつ》が全身を伝う。

真汐は立ちあがった。

どうして、と天を仰ぎたい。答えが降ってくるならそうしていただろう。

「そこを退け。抵抗するならおまえも殺す」

瀧次郎の声がした。

「あなたは……何とも思わないのですか。比佐乃さんはあなたを兄とも慕っていたのに!?」

「私は八年前に死んでいる」

瀧次郎は即答した。ゆき緒《を》はんが死んだ年ですなァ、と那賀坊の呑気《のんき》な声が聞こえた。

「比佐乃はんのお姉さんです。一年くらい暴れた時期がありましてね。里下がりさせて、ウチで躾し直したんですわ。懐《なつ》かしいの、瀧次郎」

瀧次郎はそれには応《こた》えず、無言で腕を構える。力を入れたらしく、腕の太さが倍になった。

正気に戻ってなお、それでも異形として立ちはだかるというのか。

「山内」

よく通る静かな声とともに、何かが飛来する音がした。瀧次郎がそちらを見るより早く、真汐は動いていた。

主が投げたのは黒杖《こくじょう》である。滑空するそれを宙で受け取った。暁男を背にして、瀧次郎に向き直る。

「判断はおまえがなさい。責任は私が取ります」

大きくはないのになぜか通る主の声。真汐は歯を食いしばる。

「瀧次郎さん。あくまで那賀坊さんの言うことに従うというなら、僕はあなたを斬るしかない」

「引けんと言ったはず。私は定めに従うのみ。そのために与えられた命だ」

「何が定めだ！」

真汐は激昂《げっこう》する。

「あなたの命はあなたのものじゃないんですか！」

瀧次郎は一瞬、遠い目をする。

「おまえにはわからん。ゆき緒が死んでからずっと……血に酔っていたかった、私の気持ちなど」

悲痛な表情を見せたのは一瞬、すぐに太い爪を構える。

「暁男は渡してもらう」

振りかぶられた爪と、杖《つえ》が拮抗《きっこう》する。力負けしそうなほどの重量を必死にこらえた。

その爪が滑って避《よ》けたところを狙《ねら》われる。上腕に熱が走った。裂かれたところから、血が滴っている。

痛みに顔をしかめる真汐の前で、瀧次郎の舌がそれを嘗める。再びその眼が血走り、黒目が激しく動き始めた。酔いはじめたのだろう。彼は自らそれを望んだように見えた。

——愛する者を喪ったからか。

南で対峙《たいじ》した少女もそうだった。最愛の姉を殺されて、絶望して、人を手に掛けた。

瀧次郎からも、同じ気配がする。押し殺した哀《かな》しみも。

真汐は苦しさの中で声を押しだした。

「瀧次郎さん」

彼が名前に反応を見せた。

「辛《つら》いことはどれほど血に酔っても消えてなくなったりしない。苦しい想いでも抱えて生きていくしかないんです」

抜き放った刃が鈍色《にびいろ》に光る。瀧次郎が反応し、鋭い爪を構えた。

「血に塗《まみ》れた今のあなたじゃ、比佐乃さんのお姉さんも悲しみます」

ぴくり、と瀧次郎が動く。

「人に戻りましょう——僕が、戻しますから」

瀧次郎の攻撃は速い。風を切る音がしたかと思えば、その爪が目の前にある。掻い潜《くぐ》ってそれを躱しても、直後に鳩尾《みぞおち》に蹴りを入れられる。

「がはっ」

血を吐いて蹌踉《よろ》めいた先、薙《な》ぐように再び風音がする。盾にした刃《やいば》に火花が爆《は》ぜる。

硬いもの同士が当たる金属音が撒《ま》き散らされる。跳ね返った手ごたえは腕を痙攣《けいれん》させた。

なんという衝撃だろう。

真汐は息を整える。瞬《まばた》きもせず、その瞬間が来るのを待つ。

瀧次郎には静止しているように見えるだろう。傍で見ている者にも、おそらく動きを止めたようにしか見えないはずだ。

研ぎ澄まされた空気が動くその瞬間。

瀧次郎の爪が首の皮一枚を切り裂いて流れた刹那《せつな》、その腕を上空に跳ね上げた。

驚きが浮かんだその顔を真汐は目に焼き付ける。

そのまま刃を突き立てた。

喉元に深く沈む閃光《せんこう》に、瀧次郎はなぜか微笑んだ。


「すまない、ゆき緒」


幻聴だったのだろうか。

はっとした瞬間、落下を始めた右腕から遅れることしばし、その重量が宙を舞った。

黒いそれはまるで。

——天を駆ける鳥のように。


地上に斃《たお》れた瀧次郎の身体の音と、自分が膝《ひざ》をついた音が重なった。

荒い息の下から目を上げる。

暁男が立っていた。手に誰のものかわからない刀を持っている。

「暁……」

呼びとめようとしたが、声が出ない。もう足が動かない。

彼は真汐に背を向け、大傀屋の連中が固まっているところへと近づいた。男たちが一斉に身構えたのが見えた。

「比佐乃が助けてくれたこの身を、あんたたちなんかで汚《けが》す気はない。帰ってくれ」

暁男は刀を放り捨てた。周囲を見渡せば、ほとんどの者が負傷している。

「重傷の者もいるだろう。一刻も早くここを離れて、二度と来ないでくれ」

暁男は彼らに背を向ける。

「あんたたちがいたら、彼女たちは落ち着いて神の国《カムイモシリ》に行けない」

彼はそのまま歩いて行く。

——まっすぐに、二人の元へ。

真汐はそれを見送り、ふと違和感に振り返る。

あぁ、と思わず声が漏れた。

いつのまにか、江井と那賀坊の姿が消えている——。

終章

■真汐

長く汽笛が鳴っている。白鳥澗《はくちょうのま》という別名に呼応したものか、海鳥が沢山飛来していた。ウミガラスというのだと、暁男《あけお》が教えてくれた。頭こそ人のように黒いが、胸元から腹にかけては真白い。眩《まぶ》しい夕陽に姿を黒く溶かしては、オロロンと独特の声で鳴いている。

「お世話になりました」

その彼は今、旅姿で頭を下げている。

「お気になさらず。私はあなたがたの後見人なのだから」

寂しくなってしまいましたけど、と小さく廣章《こうしょう》が付け足した。暁男は手甲《テクンペ》を撫《な》でる。比佐乃《ひさの》の手で切伏《きりぶせ》や刺繍《ししゅう》が施されたものだ。刺青《いれずみ》の図案を参考にしたのだろう。少し歪《いびつ》な羽の文様――彼女の残した形見である。

「向こうに着いたら手紙を書きますから」

「待っていますよ。兄も直《じき》に亜米利加《アメリカ》に戻ると言ってましたし、頼りになる人ですから」

廣章の次兄・盈正《えいしょう》の伝手《つて》で、暁男は亜米利加へ行くことになった。思わぬ形で夢が叶《かな》った。だが隣に立つはずだった妻はいない。息子の旅立ちを喜んでくれる母も。

　そう思うだけで、寂しさが募った。

　真汐《ましお》らは集落の人々とともにサメと比佐乃を送った。瀧次郎《たきじろう》の遺体は大傀屋《おおがいや》の残党が引き取っていったが、もし残されていたとしても、暁男は弔いをしてくれたような気がした。

　――瀧次郎も、暁男と同じ一族の者だったのだから。

『すまない、ゆき緒《を》』

　あの詫《わ》びの真意は彼女の妹を殺したことだろうか、それとも――。


　廣章は暁男に改めて陳謝したという。サメの問い――償いに関しての持論が、彼女を追い詰めたのかもしれないと悔いているようだった。だが暁男は首を振った。

『どちらにせよ、あいつらは集落に来たのです。ならば母は遅かれ早かれ、自決したと思います』

　サメが自決した理由――必ずしも自身への呵責《かしゃく》によるものではないかもしれないと暁男は言う。

　自責の苦しみで自死を選ぶなら、彼女はもっと以前にそれをしていたはずだ。彼女が命を贖罪《しょくざい》に使わなかった理由は、それで罪を贖《あがな》えるとは思っていなかったからではないか、と。

　だとすれば、彼女の死の理由は他にある。

『大切なものを守るために、その未来のために、己の時間や力を使うでしょうか。それがひいては償いというものになるのかと』

廣章の言葉によって、彼女はその未来のための何かを見つけたのかもしれない。

流れ歩く《ヤイケシテ》村は滅亡した。だが一族すべてが死に絶えたわけではない。記憶をもとに暁男が話してくれたが、自らの意志で村外に出た者たちもいたという。

鬼純《きずみ》は狙《ねら》われる。その危険性をサメは承知していた節がある。だとすれば、彼女が守ろうとしたものは一族の——暁男の未来だろうか。

『いつだって自分ではなく、誰かを助けたいと願う人だった。俺たちの未来を守るために自ら命を断ったのではないかと思えてならないんです』

それでも、と振り絞るような言葉が続く。

『それでも生きていて欲しかった。死ぬことなんてなかったのに』

暁男は潤《うる》んだ目を瞬《まばた》く。

『俺にもっと力があったら……！』

歯軋《はぎし》りがきこえそうなほど、それは悔しげな声だった。

サメと比佐乃の、最期《さいご》の笑顔を思い出すと、胸が痛い。真汐は不意に目を擦《こす》ることが増えた。

『大事な人を信じて』

サメの言葉を思い出す。

人を信じるということが、どうして難しくなったりするのだろう。

「真汐、また思い出してるだろ」

慌《あわ》てて瞬きをする。

「そんなことないです」

「おまえはわかり易《やす》いんだよ」

頭を撫でられる。

「でもしばらくは泣いてやってくれ……しばらくでいいから」

暁男は淋《さび》し気に微笑《ほほえ》む。

「思い出して、やってくれ」

かすれた声に、真汐は顔を逸《そ》らした。鼻の奥が痛い。歯を食いしばった。

「暁男さん。英語にはこんな言葉があります——マイベターハーフ、我が良き片羽《かたは》」

片羽、と暁男は繰り返す。

「自分の魂の片割れ。自分の伴侶《はんりょ》を表現する言い回しです。比佐乃さんを失ったことはあなたの半身をもぎ取られたに等しいけれど、どうか飛び続けてください。あなたにはまだ羽があるのだから」

それは比佐乃をはじめ、暁男を守ろうとした人たちの願いだ。

そうですね、と暁男は手甲を再び撫でた。

「妻と一緒に世界を回ってきます」

「戻ってきたら、訪ねてきてくださいね」

「こっそり寄ります、那賀坊《なかぼう》たちに見つからないように」

暁男はそう言うと、大きな鞄《かばん》を抱えて船に乗り込もうとする。ふと廣章が彼を呼び止めた。

「アンケㇱ――アシハセプンキ、アン、ペ、ネ、ナ」

振り返る先で目も口も開いて、暁男が廣章を見つめる。廣章は穏やかに微笑んだ。

「あなたにご一族の加護がありますように」

暁男はくしゃりと顔を崩して、泣きそうな笑い方になる。

「廣章先生には敵《かな》わないや。……行ってきます」

大きく手を振り、その手を上げたまま天を仰いでいた。

暁男の目に映るのは、大空を背にした妻の羽だろうか――。

今まさに抜錨《ばつびょう》した船は横浜に向かうらしい。あとは盈正の部下たちが上手《うま》く手続きをしてくれる算段だ。

「……廣章さま、暁男さんにはお伝えにならなかったんですね？」

真汐が問うと、廣章は遠ざかり始めた船を見つめたまま頷《うなず》いた。

「脅威は那賀坊さんだけに止《とど》まらないかもしれないので」

那賀坊と江井《えねい》がいないことに気付いた真汐は、すぐさまその後を追った。

そう遠くに行けるはずがない。慌てて集落跡を探し、それから沢へと向かった。

そして――見つけたのだ。

※　※　※

「動くな！」

叫ばれて遠目からでも飛び上がったのがわかった。岩に腰を下ろしていた那賀坊だ。岩場の一隅、毛皮の帽子を被《かぶ》った彼らはすぐに目についた。

「なんや、真汐はんかェ」

あからさまにほっとしたところを見ると、暁男の方を警戒していたのだろうか。比佐乃を亡《な》くした直後の暁男は、確かに鬼神の如《ごと》くだった。

「わてのところに来たってことは、操練所《そうれんしょ》に戻りたくならはったってことかいな」

「違います」

真汐は刀を抜く。切っ先を突きつけた。

「一緒にきていただきます。暁男さんに謝罪を」

「まあまあ、そう血気逸《はや》らんと。物騒なもん仕舞ィな。こっちもあんたんところの先生のお蔭《かげ》で、計画がグダグダや。謝って欲しいんはこっちやで」

那賀坊はあしらうように片手をヒラヒラさせた。

「そもそも廣章先生の案内を引き受けたんは、あんたに接触するためやってんで、真汐はん」

江井が無言で煙管《きせる》を差しだす。おおきに、と言って受け取った那賀坊は、旨《うま》そうに煙を吐いた。

「さっきも言うたけど、操練所はまったく無《の》うなったわけやない。わてらのような地方で協力しとる者《もん》も生き残っとるし、お偉い議員閣下の中には操練所復活を望む声があんのや。日清・日露と、強国と戦って、自国の兵の貧弱さが浮き彫りになったせいやな。今こそ奇鬼の復活、屈強な兵士隊を作るべきやっちゅうて、気炎揚げとる方々もおられる」

まあもちろん反対派もおるよって、今の軋轢《あつれき》があるんやけどな、と再び煙管を咥《くわ》えた。

「操練所は復活できんこともない。問題は種となる鬼純がおらんことや。せやから、暁男はんはどうしてもほしい。わかるやろ？」

わかりません、と真汐は即座に否定する。

「本当に、暁男さんのことは微塵《みじん》も人扱いしていないんですね」

「好きなだけ女抱ける毎日や。そこにたまたま叔母とかが混じるだけやろ。何が不満や。娘や、孫かて抱かなならん者《もん》もおったんやで」

真汐は怒りで手先が震えた。

「外道が……！」

「大層な口利《き》くけどな。山内かて操練所の歯車のひとつやったんやで」

蟀谷《こめかみ》が動いた。

「血に酔って制御できんようになった奇鬼を始末する役目や。そのためだけに存続してきた家やで。まァ、始末屋風情《ふぜい》が気安う口利けるのは、今だけやけどな」

にやりと笑う。

「暁男を持って帰ったら、少なくとも立場は変わる。今わてに与《くみ》すりゃ、あんたにもええ目見せてやれんで？　どや、乗らんか？　あんな弟子を弟子とも思わん薄情な主《あるじ》なんか見限って」

「廣章さまを侮辱するな！」

思わず激昂《げっこう》した。

蔑《ないがし》ろになどされていない。むしろその反対だ。

そうでなければ、あの場で『おまえが決めて良い』などと言えるはずがない。

信頼だ。信じてもらったのだ。人鬼《かれら》を化け物と呼ぶ者に、与することなど断じてないと。

——ならばこそ、ここでも判断を誤るわけにはいかない。

「命を弄《もてあそ》ぶ輩《やから》の手先になる気なんかない。かつての繋《つな》がりがどうあれ、今の僕には廣章さまが主だ」

ほーう、と面白くなさそうに那賀坊が声をだす。

「命を弄ぶ、ね。気に入らん言い回しやし、視《み》えとるところが狭いわ」

気の毒やなァ、と唇の端を歪《ゆが》めた。

「人の身体《からだ》にはな、ある要素っちゅうもんが入っとるんや。持病、首の長短、耳の形、髪の質、瞳《め》の色、膚《はだ》の色。そういう人間の情報を次の世代に運ぶことを担《にな》う、目に見えんほど小さいもんのことや。それが交配《かけあわせ》によって子に伝わったり、逆に伝わらんもんがあったりする。そもそも子が親に似るのはそのせいやで。遺伝て言うんやけどな。それをうまい具合に操作できれば、ある特性だけを強化したりもできる。いずれ真汐はんとそっくり同じ人間を拵《こしら》えることもできるようになるんやで」

「馬鹿馬鹿《ばかばか》しい、そんな荒唐無《こうとうむ》稽《けい》な話があるものか」

「馬鹿はあんたや」

憐れむような言い方だった。

「いずれ皆気づくようになるで。命は作れる、弄《いじ》れるってことに。現にわてらより先んじて奇鬼研究をしとったヤツらもおる。わかっとる人間はな、生ぬるい良心や道徳なぞに邪魔されんもんなんや。あんたには今、時代がうねっとるのが見えへんのか？」

感じんのか、と手を広げる。

「ここから先、考えられん速度で人の暮らしは一変するやろ。三十年も経《た》てば今の暮らしは昔話、五十年経てばもしかしたら人間はお月さんまで行けるようになっとるかもしれん。なら人が人を創《つく》ることとかて夢物語やなくなる」

世迷言《よまいごと》を、と言いながらも、なぜか那賀坊の言葉には不思議な引力がある。

「せやからあんたは目の前の梁《はり》に気づかん蒙昧《もうまい》言うんや。廣章先生に聞いてみるとええやろ。あの人はまさにその遺伝を勉強して、戻って来てはるお人なんやから」

驚いた真汐の顔を見て、那賀坊が呆《あき》れた。

「なんや知らんのかいな。動物学て言うてはるけど、維納《ウィーン》てところはその遺伝に関する論文をいち早く発表した学者が留学しとった所やで。人鬼《ひとおに》に嚙んで来よるのもそのせいやないんか」

ただの酔狂かもしれんけど、と付け足す。

「まあええわ。あんたの力は勿体《もったい》ないけど懐柔できん始末屋なら要らん。返す返す、廣章先生に先を越されたのは痛かったわな。あんたを早《はよ》ゥ引き取りたかったのはほんまなんやで」

雁首《がんくび》を岩に叩《たた》く。カンと甲高い音がした。

「さてと大悟《たいご》、真汐はんはおまえがあしらいィ。そんでとっとと暁男を捕えにいくで。全滅したて言うけど、どうせ二、三人は村外に出とる者《もん》もおんのやろ。探せばなんとかなるかもしらん。が、まずは今いる鬼純の確保が最優先や」

新しい奇鬼《きき》も拵えにゃいかんしな、と那賀坊が下卑た笑い声をあげた。

「……ありゃ」

那賀坊の手から煙管が落ちた。手先が小刻みに震えている。その時だった。

「ありゃ、なんや、これ、急に」

身体の自由が利《き》かないようだ。ゴフッと嫌な音がした。口から突如血泡を吹く。

「ようやく効いてきましたか」

「た、大悟？」

「百貫とまではいかなくとも、ここまで体格がよろしいと、毒の効きも鈍くて困ります」

那賀坊が目を瞠《みは》る。座っていられなくなったのだろう、岩から滑り落ちるようにしてその場に頽《くずお》れる。

「ど、毒」

「とっておきの刻みなのですよ。大事に喫《の》んで貰《もら》えて良かったです」

江井は軽く笑うと背後から那賀坊の首に手を回す。一瞬、腕が膨れ、すぐに那賀坊が静かになった。

――首の骨を折ったのだ。

声も出ない真汐に、江井は涼しい顔で遺体を担《かつ》ぎ上げた。

「ちゃんと見てましたか、真汐さん。殺す時は迅速に。不用意に声などあげさせてはなりませんよ」

「あ、あなたは……那賀坊さんの味方ではないのですか」

江井は冷ややかな目で那賀坊を見る。

「操練所に潜って二十年が経ちますが、この男の味方だったことは一度もありません」

散々良いように遣われましたけど、と江井は肩を竦《すく》めた。

「この男は『修羅』、操練所の鬼です。この男の父親もそう呼ばれていました。鬼純を探し出しては、拉致《らち》して子飼いに運ばせていた。大傀屋などにね」

江井の声は淡々としている。

「穏やかに暮らす人鬼の集落を見つけ、襲撃し、根こそぎ住人を奪い、死ぬまで監禁し蹂《じゅう》躙《りん》する。生まれた子どももこの男の玩弄物《がんろうぶつ》です。それを嬉々《きき》としてやってのける。修羅と呼ぶのでさえまだ温《ぬる》いくらいです」

とはいえ、と自嘲《じちょう》めいた笑みで続ける。

「操練所に嗅《か》ぎつけられそうになるや先んじて赤熊《ひぐま》と奇鬼に襲撃させ、村の人々を死に至らしめた者たちとて、しょせん同じ穴の貉《むじな》ですが」

何を言って、と言いかけて、真汐は戦慄《せんりつ》する。

──赤熊と奇鬼に。

村を襲撃させた──？

「では、あの村の本当の滅亡の理由は……！」

江井は眉《まゆ》を下げて微笑んだ。

「鬼の村とこなたでは言い、かなたではこちらを鬼と呼ぶ。本当の鬼はどちらだと思いますか？」

真汐は声も出ない。

「廣章さまのご慧眼《けいがん》には舌を巻きましたよ。よくもまああれだけの手がかりから肉薄なさったものだ。感服するしかありません」

馬鹿にした様子ではなく、本当に感心しているようだった。

「暁男さんのお義兄《にい》さんが後をつけてくるのもわかっていました。ご指示はやはり廣章さまでしたか。素人《しろうと》を使うところはいただけませんが、抜かりなくていらっしゃる」

「あなたは一体……」

ただの影ですよ、と江井は言う。

「操練所内部に潜入して長く動いておりました。が、今回、廣章さまがこの男の標的になりそうだと知り慌てて表に出てきました。この男は何をしでかすか読めないので。もっとも、本当の標的は真汐さん、あなただったわけですがね」

江井は肩の上の那賀坊に視線を送る。

「この男はあなたを操練所に取り込みたがっていた。きっぱりと断ってくれてよかった。ついていくと言われたら、私はあなたまで始末しなければならなくなるところでした」

廣章さまがお哀《かな》しみになるのは避けたかったので、と続ける。

「あ、あなたは廣章さまの何なんですか」

「ご存知ないですよ、私のことなぞ。あなたもみだりに口外して徒《いたずら》に廣章さまを混乱させたりしないように」

噛んで含めるように言う。

「那賀坊が行方不明になれば操練所は私を追うでしょう。が、江井大悟という杣夫《そまふ》はそもそも存在しない。あなたも私のことは忘れてください」

「あなたは、これからどうするんですか」

「古巣に戻りますよ。ゲザらしい男どもの中に長くおりましたからね、ようやくこれで――闇《やん》の夜《よ》の明《あ》く」

少し解放感が出たのか、わずかに方言らしいものが混じった。

「気をつけてくださいね。鬼純がいるのはなにも北海道《ここ》だけではない。各地に存在しているのです。だから那賀坊のような奴らに目をつけられる。修羅とて、こいつひとりだけではないのですから」

江井は那賀坊を担いだままで、落ちていた煙管を拾いあげた。

「廣章さまを頼んましたよ、真汐さん」

彼は沢の奥へと姿を消した。

※　※　※

真汐は迷った挙句、廣章にすべてを話した。江井の正体に思い当たることはないかと聞いてはみたが、主は首を振った。結局、何もわからないままだった。

暁男を室蘭港で見送った後、真汐たちは再び町まで戻って来ていた。もう陽が落ちかかっている。海沿いに歩くと、この時間でもたくさんの船の影が浮かび上がっていた。橙《だいだい》を背に黒い船の形が行き交う。まるで影絵を見ているようだ。

「人鬼に因《ちな》む婚礼――『変身婚《ヤイカラ・ウコレ》』。見ることが叶うとは思いませんでしたね」

主の少し後ろを歩きながら、アイヌに化け、男女に化けた村を思った。一族を守るために、自らを変化させることをも厭《いと》わない。それはしなやかでたくましい、生きるための知恵だ。けれどそうせざるを得なかった哀しい柵《しがらみ》だ。

アイヌとは人という意味だという。サメも暁男も、瀧次郎とてそうだ。人以外のなんだと言うのか。鬼とは誰を指す言葉か。心に蟠《わだかま》る憤《いきどお》りのぶつけ先を探しあぐねる。

廣章が振り向いた。杖《つえ》は今真汐が持っているから、主は身軽だ。

「真汐、憶《おぼ》えていますか、渡嶋《わたりのしま》の蝦夷《えみし》が、日本と共同で粛慎《みしはせ》という敵を討った話を」

難しくて詳細は定かではないが、廣章が室蘭へ向かう船の中でそういう話をしていたことは憶えている。

「粛慎《かれら》は、鳥の羽を板に付け旗の代わりにしていたといいます。きっと美しい一族だったのでしょうね――アシハセは」

廣章が敢《あ》えて最後に言いなおしたのは、先ほど暁男に贈った贐《はなむけ》の言葉だ。どういう意味か問おうとしたが、結局何も聞かずに口を閉じた。

暁男はわかっている様子だった。ならばもうそれでいい。

比佐乃の腕の鮮やかな羽を、暁男の足の翼を思い出す。

きっと彼は世界を飛んでいくのだろう。

――亡き半身の羽とともに。

再び長く汽笛が鳴った。

「廣章さま、お訊《たず》ねしてもいいでしょうか」

主は立ち止まり、無言で真汐を促す。考え考え、ゆっくりと口に出した。

「山内のお役目とは、本当はどういうものだったのでしょう」

人鬼の始末をすることだと伝えられてきた。人を害する、制御のできない危険なものたちを、刃《やいば》をもって鎮《しず》めるのだと。

だがその真相は、ただの始末屋でしかなかった。外道な実験を繰り返す機関の末端として、道具として生みだされた憐《あわ》れな奇鬼たちを葬る役割を担わされていたにすぎない。

「暴走し、人を害する者たちを正気に返すのがお役目。師匠にはそう聞いた憶えがあります」

廣章は低い声で言う。真汐は瞑目《めいもく》する。知らないことが多すぎる。

『ひとたび下命あらば、我らは粛々と剣を揮《ふる》う。其《そ》が為《ため》の生《しょう》なり』

――刃を揮うべき本当の相手を、自分は見誤っているのではないのか。

「真汐」

呼ばれて顔を上げた。廣章が覗《のぞ》き込んでいた。

「おまえの蹇《なや》みは察することができます。私に何かして欲しいことはありますか？」

廣章に索《もと》めれば、おそらく答えてくれるだろう。与えられた答えはきっと納得できるもの、主は真汐にもわかるように優しく説いてくれるに違いない。

だがそれは、あくまでも廣章の答えであって、自分のものではない。

真汐はしばらく廣章を見てから、首を振った。

「いいえ。おそらくこれは、僕が探さなければいけない答えだと思うので」

主は目を細める。

「そうですね。与えられた言葉で胸がすくのは一時《いっとき》だけです。自分がみつけた言葉でなければ、きっと何度でも同じ迷いを生みだすでしょう。迷った時は考えなさい。探す努力を惜しんではなりません」

真汐は頷く。

「僕ももっと知りたいです。知らなければならないと思うので」

人鬼とは何なのか。山内の役目をどうすべきか。

――師匠を殺した者は、一体誰だったのか。

「ではしばらくは同じ方向を向いて旅ができそうですね。真汐がいない旅はつまらなかったですから」

驚きに、一瞬声が出ない。

「ほ、ほんとうですか」

「本当ですよ。盈正兄様のお髭《ひげ》のようです。あるべきものがないというのは、とても心細く、落ち着かないものです」

真汐は眉を寄せる。嬉《うれ》しい言葉だが——髭と言われるのは複雑だ。

「そういえば集落で教えてもらったんですが、真汐は解けますかね」

「何をでしょう」

「謎かけです」

思わず首を傾《かし》げる。

「アドイ　カタ　タㇺ　スイェ　ㇷ゚　ヘマンタ　ネ　ヤー」

「すみません、わかりません」

即答する真汐に、廣章は声を立てて笑う。

「『海の上で刀を掉うものは何か』だそうです」

なんだろう、と首を捻《ひね》った。

「これを聞いた時、真汐を連想しましたよ。鮮やかに刃を閃《ひらめ》かせるもの。真汐の剣は静かで、なのに鋭く速い。美しくて、時に冷たい」

「……答えは何なんですか」

「おや、自分で探すのではなかったですか？」

時折、主は自分を虐《いじ》めて楽しんでいるのではないかと思うことがある。

「謎かけは得意ではないんです」

仕方ない、と勿体ぶって廣章は答えを教えてくれる。

「イメル——稲妻だそうですよ」

髭に稲妻——。脱力した。

「……せめて人間になぞらえていただけると有り難いです」

呵々《かか》大笑に、さらに力が抜ける。稲妻のようだとは身びいきが過ぎるというものだろう。

けれど——射《さ》しこんできた光で胸が温かい。

心配して欲しいわけではなく、報いてもらいたいわけでもない。

胸の渇きの正体が、わかった気がした。


——自分は、ただこの人に認めて欲しかっただけなのだろう。


「結局、温泉も入るどころか、見る事さえできませんでしたね、廣章さま」

悔しさが声に出ていたのだろうか。真汐の頭に廣章が掌《てのひら》を載せた。

「銭湯で我慢しましょう。せっかくですから海の幸も良いですねえ。美味《おい》しいものでも食べて、足の疲れを癒《いや》して、明日家に帰りましょうか」

「はい！」

黄色い電灯の灯《とも》り始めた道を急ぐ。

上空で海鳥の鳴く声と、どこからともなく追分を歌う声が聞こえてきた。

※　※　※

――夏の初めにその冊子は出来上がったという。

幻の集落を守り抜いた『神に聴く者《イコンヌプ》』。彼女に未来を託された青年の、刹那《せつな》の幸福と壮絶な哀哭《あいこく》。

人の身でありながら翼を持つ彼が、世界に向けて旅立つところまでが綴《つづ》られている。

表紙には『変身奇譚《ヤイカラきたん》』、不恰好《ぶかっこう》だが伸びやかな筆跡が躍る。この題字は持主の手跡《て》ではないことが知られており、愛《いと》おしげに撫でてゆく者が今も後を絶たない。

了

≪参考文献≫

『クマにあったらどうするか——アイヌ民族最後の狩人姉崎等』
　姉崎等・片山龍峯　ちくま文庫 2014
『江戸文学俗信辞典』石川一郎編　東京堂出版 1989
『萱野茂のアイヌ語辞典』萱野茂　三省堂 1996
『北海道の歴史60話』木村尚俊他編　三省堂 1996
『東北の民俗—海と川と人』国分直一・高松敬吉編　慶友社 1988
『増補・改訂　アイヌ文化の基礎知識』
　アイヌ民族博物館・児島恭子監修　草風館 2018
『先住民アイヌはどんな歴史を歩んできたか』
　坂田美奈子　清水書院 2018
『アイヌ学入門』瀬川拓郎　講談社現代新書 2015
『北海道の風土と歴史』高倉新一郎・関秀志　山川出版社 1977
『地名アイヌ語小辞典』知里真志保　北海道出版企画センター 1984
『アイヌ民譚集』知里真志保編訳　岩波文庫 1981
『知里真志保の「アイヌ文学」』知里真志保　クルーズ 2012
『アイヌ神謡集』知里幸惠編訳　岩波文庫 1978
『図解アイヌ』角田陽一　新紀元社 2018
『知里真志保の生涯』藤本英夫　新潮選書 1982

≪取材協力≫

「アイヌ記念館」

≪関西方言監修≫

北門徹

本書は新潮文庫のために書き下ろされた。

本書の記述・表現の中には、今日の観点からすると差別的表現と思われる箇所があります。しかしそれらは、作品の時代背景にもとづく記述・表現であり、作者の意図は差別を助長するものではありません。読者各位のご賢察をお願いいたします。〈編集部〉

清水朔著

奇譚蒐集録
―弔い少女の鎮魂歌―

死者の四肢の骨を抜く奇怪な葬送儀礼。少女たちに現れる呪いの痣《あざ》の正体とは。沖縄の離島に秘められた謎を読み解く民俗学ミステリ。

乾緑郎著

機巧のイヴ
―帝都浪漫篇―

美しき機巧人形《オートマタ》・伊武《イヴ》が、浪漫の花咲く1918年を駆け抜ける。魂と愛の根源を問う、日本SF小説史に残る傑作シリーズ、第三弾。

一條次郎著

動物たちのまーまー

混沌と不条理の中に、世界の裏側への扉が開く。『レプリカたちの夜』で大ブレイクした唯一無二の異才による、七つの奇妙な物語。

生馬直樹著

夏をなくした少年たち
新潮ミステリー大賞受賞

二十二年前の少女の死。刑事となった俺は、少年時代の後悔と対峙する。「得がたい才能」と選考会で絶賛。胸を打つ長編ミステリー。

一木けい著

1ミリの後悔もない、はずがない
R-18文学賞読者賞受賞

誰にも言えない絶望を生きられたのは、桐原との日々があったから――。忘れられない恋が閃光のように突き抜ける、究極の恋愛小説。

佐野徹夜著

さよなら世界の終わり

僕は死にかけると未来を見ることができる。生きづらさを抱えるすべての人へ。『君は月夜に光り輝く』著者による燦めく青春の物語。

宇江佐真理著
深川にゃんにゃん横丁
長屋が並ぶ、お江戸深川にゃんにゃん横丁で繰り広げられる出会いと別れ。下町の人情と愛らしい猫が魅力の心温まる時代小説。

倉橋由美子著
大人のための残酷童話
世界中の名作童話を縦横無尽にアレンジ、物語の背後に潜む人間の邪悪な意思や淫猥な欲望を露骨に焙り出す。毒に満ちた作品集。

窪　美澄　著
ふがいない僕は空を見た
山本周五郎賞受賞・
R－18文学賞大賞受賞
秘密のセックスに耽る主婦と高校生。暴かれた二人の関係は周囲の人々を揺さぶり――。生きることの痛みを丸ごと包み込む傑作小説。

桜木紫乃著
無垢の領域
北の大地で男と女の嫉妬と欲望が蠢き出す。子どものように無垢な若い女性の出現によって――。余りにも濃密な長編心理サスペンス。

有吉佐和子著
鬼怒川
鬼怒川のほとりにある絹の里・結城。戦争の傷跡を背負いながら、精一杯たくましく生きた貧農の娘・チヨの激動の生涯を描いた長編。

石井光太著
「鬼畜」の家
―わが子を殺す親たち―
ゴミ屋敷でミイラ化。赤ん坊を産んでは消し、ウサギ用ケージで監禁、窒息死……。家庭という密室で殺される子供を追う衝撃のルポ。

内田百閒著

百鬼園随筆

昭和の随筆ブームの先駆けとなった内田百閒の代表作。軽妙洒脱な味わいを持つ古典的名著が、読やすい新字新かな遣いで登場！

小野不由美著

屍鬼（一〜五）

「村は死によって包囲されている」。一人、また一人、相次ぐ葬送。殺人か、疫病か、それとも……。超弩級の恐怖が音もなく忍び寄る。

北方謙三著

鬼哭の剣

—日向景一郎シリーズ4—

敵は闇に棲む柳生流。日向森之助、遂に剣士として覚醒す——。滅びゆく流派を継ぐ兄弟の交錯する想い、そして哀しき運命を描く。

京極夏彦著

今昔百鬼拾遺　天狗

天狗攫いか——巡る因果か。高尾山中に端を発する、女性たちの失踪と死の連鎖。『稀譚月報』記者・中禅寺敦子らがミステリに挑む。

霧島兵庫著

甲州赤鬼伝

家康を怖れさせ、「戦国最強」の名を歴史に刻んだ武田の赤備え軍団。乱世に強い光芒を放った伝説の「鬼」たちの命燃える傑作。

西東三鬼著

神戸・続神戸

戦時下の神戸、奇妙な国際ホテル。エジプト人がホラを吹き、ドイツ水兵が恋をする。数々の作家を虜にした、魔術のような二篇。

高田崇史著　**鬼門の将軍　平将門**

東京・大手町にある「首塚」の謎を鮮やかな推理の連打で解き明かす。常識を覆し、《将門伝説》の驚愕の真実に迫る歴史ミステリー。

葉室　麟著　**鬼神の如く**
—黒田叛臣伝—
司馬遼太郎賞受賞

「わが主君に謀反の疑いあり」。黒田藩家老・栗山大膳は、藩主の忠之を訴え出た——。まことの忠義と武士の一徹を描く本格歴史長編。

隆慶一郎著　**鬼麿斬人剣**

名刀工だった亡き師が心ならずも世に遺した数打ちの駄刀を捜し出し、折り捨てる旅に出た巨軀の野人・鬼麿の必殺の斬人剣八番勝負。

井上　靖著　**北の海**（上・下）

高校受験に失敗しながら勉強もせず、柔道の稽古に明け暮れた青春の日々——若き日の自由奔放な生活を鎮魂の思いをこめて描く長編。

上橋菜穂子
チーム北海道著　**バルサの食卓**

〈ノギ屋の鳥飯〉〈タンダの山菜鍋〉〈胡桃餅〉。上橋作品のメチャクチャおいしそうな料理を達人たちが再現。夢のレシピを召し上がれ。

新田次郎著　**アイガー北壁・気象遭難**

千八百メートルの巨大な垂直の壁に挑んだ二人の日本人登山家を実名小説として描く「アイガー北壁」をはじめ、山岳短編14編を収録。

西村京太郎著

羽越本線 北の追跡者

「いなほ五号」車内、十津川警部の目の前で、殺人事件の鍵を握る男が絶命した！「山形の文化を守る会」が封印した過去とは？

増田俊也著

北海タイムス物語

低賃金、果てなき労働。だが、この新聞社には伝説の先輩がいた。悩める新入社員がプロとして覚醒する。熱血度120％のお仕事小説！

三浦綾子著

天北原野（上・下）

苛酷な北海道・樺太の大自然と、太平洋戦争を背景に、心に罪の十字架を背負った人間たちの、愛と憎しみを描き出す長編小説。

I・マグワイア
高見 浩訳

北氷洋
—The North Water—

捕鯨船で起きた猟奇殺人、航海をめぐる陰謀、極限の地での死闘……新時代の『白鯨』とも称される格調高きサバイバル・サスペンス。

H・ミラー
大久保康雄訳

北回帰線

独自の強烈な〝性の世界〟を通して、衰弱し活力を失った現代社会を根底からくつがえし、輝しい生命の息吹きを取戻そうとする処女作。

恩田陸・芦沢央
海猫沢めろん・織守きょうや
さやか・小林泰三著
澤村伊智・前川知大
北村薫

だから見るなといったのに
—九つの奇妙な物語—

背筋も凍る怪談から、不思議と魅惑に満ちた奇譚まで。恩田陸、北村薫ら実力派作家九人が競作する、恐怖と戦慄のアンソロジー。

朝井リョウ・飛鳥井千砂
越谷オサム・坂木司
徳永圭・似鳥鶏 著
三上延・吉川トリコ

この部屋で君と

腐れ縁の恋人同士、傷心の青年と幼い少女、妖怪と僕!? さまざまなシチュエーションで何かが起きるひとつ屋根の下《ふたりぐらし》アンソロジー。

似鳥鶏
友井羊
彩瀬まる
芦沢央
島田荘司 著

鍵のかかった部屋
—5つの密室—

密室がある。糸を使って外から鍵を閉めたのだ——。同じトリックを主題に生まれた5種5様のミステリ! 豪華競作アンソロジー。

青柳碧人 著

猫河原家の人びと
—一家全員、名探偵—

謎と事件をこよなく愛するヘンな家族たち。私だけは普通の女子大生でいたいのに……。変人一家のユニークミステリー、ここに誕生。

浅葉なつ 著

カカノムモノ

悲しい秘密を抱えた美しすぎる大学生・浪崎碧。人の暴走した情念を喰らい、解決する彼の正体は。全く新しい癒やしの物語、誕生。

蒼月海里 著

夜と会う。
—放課後の僕と廃墟の死神—

悩める者だけが囚われる廃墟《夜の世界》に迷い込んだ高校生・有森澪音の運命は。優しくて、ちょっぴり切ない青春異界綺譚、開幕。

葵遼太 著

処女のまま死ぬやつなんていない、みんな世の中にやられちまうからな

彼女は死んだ。でも——。とある理由で留年し、居場所がないはずの高校で、僕の毎日が変わっていく。切なさが沁みる最旬青春小説。

伊与原 新著

青ノ果テ
—花巻農芸高校地学部の夏—

僕たちは本当のことなんて1ミリも知らなかった——。東京から来た謎の転校生との自転車旅。東北の風景に青春を描くロードノベル。

板倉俊之著

トリガー
—国家認定殺人者—

近未来「日本国」を舞台に、射殺許可法の下、正義のため殺《あや》めることを赦されし者が弾丸を放つ！ 板倉俊之の衝撃デビュー作文庫化。

榎田ユウリ著

ここで死神から残念なお知らせです。

「あなた、もう死んでるんですけど」——自分の死に気づかない人間を、問答無用にあの世へと送る、前代未聞、死神お仕事小説！

王城夕紀著

青の数学

雪の日に出会った少女は、数学オリンピックを制した天才だった。数学に高校生活を賭す少年少女たちを描く、熱く切ない青春長編。

梶尾真治著

彼女は弊社の泥酔ヒロイン
—三友商事怪魔企画室—

新人ＯＬ栄子の業務はスーパーヒロイン!? 酔うと強くなる特殊能力で街を〝怪魔〟から守れ！ 痛快で愛すべきＳＦ的お仕事小説。

桜庭一樹著

青年のための読書クラブ

山の手の名門女学校「聖マリアナ学園」。謎と浪漫に満ちた事件と背後で活躍する読書クラブの部員達を描く、華々しくも可憐な物語。

新潮文庫最新刊

伊坂幸太郎著
ホワイトラビット
銃を持つ男。怯える母子。突入する警察。前代未聞の白兎事件とは。軽やかに、鮮やかに。読み手を魅了する伊坂マジックの最先端！

重松　清著
カレーライス
―教室で出会った重松清―
いつまでも忘れられない、あの日授業で読んだ物語――。教科書や問題集に掲載された名作九編を収録。言葉と心を育てた作品集。

瀬尾まいこ著
君が夏を走らせる
金髪少年・大田は、先輩の頼みで鈴香（一歳）の子守をする羽目になり、退屈な夏休みが急転！　温かい涙あふれるひと夏の奮闘記。

七月隆文著
ケーキ王子の名推理《スペシャリテ》5
祝♡カップル成立！　初デートにコスプレハロウィンパーティー、看病イベントも発生!?　胸きゅんが溢れ出る新章「恋人編」始動!!

清水　朔著
奇譚蒐集録
―北の大地のイコンヌプ―
流れ歩く村《ヤイケㇱテコタン》に伝わる鬼の婚礼、変身婚《ヤイカラ・ウコㇾ》とは――。帝大講師・南辺田《みなべだ》廣章《こうしょう》が大正の北海道で滅亡した村の謎を解く、民俗学ミステリ。

森見登美彦著
太陽と乙女
我が青春の四畳半時代、愛する小説。鉄道旅。のほほんとした日常から創作秘話まで、登美彦氏が綴ってきたエッセイをまるごと収録。

新潮文庫最新刊

川上和人著

鳥類学者だからって、鳥が好きだと思うなよ。

出張先は、火山にジャングルに無人島。遭遇するのは、巨大ガ、ウツボに吸血カラス。鳥類学者に必要なのは、一に体力、二に頭脳？

阿刀田高著

漱石を知っていますか

日本の文豪・夏目漱石の作品は難点ばかり!? 代表的13作品の創作技法から完成度までを華麗に解説。読めばスゴさがわかる超入門書。

沢木耕太郎著

深夜特急（1・2）

デリーからロンドンまで、乗合いバスで行こう――。26歳の〈私〉の、ユーラシア放浪が今始まった。増補新版、三ヶ月連続刊行！

ヘミングウェイ
高見浩訳

老人と海

老漁師は、一人小舟で海に出た。やがて大物が綱にかかるが。不屈の魂を照射するヘミングウェイの文学的到達点にして永遠の傑作。

バーネット
川端康成訳

小公子

傲慢で頑なな老伯爵の心を跡継ぎとなった少年・セドリックの純真さが揺り動かしていく。川端康成の名訳でよみがえる児童文学の傑作。

百田尚樹著

カエルの楽園2020

「新しい病気」がカエルの国を襲う。迷走する政治やメディアの愚かさを暴き、コロナ禍の日本に3つの結末を問う、警告と希望の書。

デザイン　川谷康久（川谷デザイン）

奇《き》譚《たん》蒐《しゅう》集《しゅう》録《ろく》

北の大地のイコンヌプ

新潮文庫　し－85－2

令和二年七月一日発行

著者　清《し》水《みず》朔《はじめ》

発行者　佐藤隆信

発行所　株式会社新潮社

郵便番号　一六二―八七一一
東京都新宿区矢来町七一
電話　編集部(〇三)三二六六―五四四〇
　　　読者係(〇三)三二六六―五一一一
https://www.shinchosha.co.jp

価格はカバーに表示してあります。

乱丁・落丁本は、ご面倒ですが小社読者係宛ご送付ください。送料小社負担にてお取替えいたします。

印刷・錦明印刷株式会社　製本・錦明印刷株式会社

© Hajime Shimizu 2020 Printed in Japan

ISBN978-4-10-180194-0 C0193